寻找中国之美

少年双城记（北京与南京篇）

傅国涌 著

天地出版社 | TIANDI PRESS

前　言

　　1912年年初，蔡元培在南京就任中华民国临时政府的教育总长。时隔五年，1917年年初，他在北京就任北大校长。十年后，他在南京先后就任大学院院长、中央研究院院长。作为中国近代最有魅力的教育家，蔡元培平生的事业主要在南京和北京展开，尤其在北大任上的作为，深刻影响了20世纪中国的历史进程。一个人，将南北两座城连在了一起。2017年1月7日，在蔡先生就任北大校长百年时，《优教育》编辑部在南京举办了一个小型的"致敬蔡元培"活动，在蔡先生当年就任教育总长的旧地，资中筠先生、谢泳先生和我分别做了三场有关民国教育的讲座。

　　2018年9月28日，我带着24个来自全国各地的童子走进老北大红楼，这是国语书塾"北京教育文化之旅"的第一站。童子们抚摸着百年红楼的旧砖，背诵着当年的北大校歌："到如今费多少桃李栽培，喜此时幸遇先生蔡。"他们在红楼一角演绎了沙叶新先生的剧作《幸遇先生蔡》，无论是饰演"先生蔡"的付润石和陈禹含，还是饰演辜鸿铭、黄侃、傅斯年、陈独秀和燕瑞博等的金恬欣、曾子齐、王旖旎、郭馨仪、冯彦臻等人都演得有模有样。"先生蔡"的形象从此挂在了他们的嘴上，留在了他们的心里。这一行我们主要是沿着蔡元培、胡适、司徒雷登、梁启超的足迹，从沙滩红楼与蔡元培、胡适对话到未名湖畔与司徒雷登和燕京大学对话，从清华园与王国维、陈寅恪、梁实秋对话到植物园与曹雪芹和梁启超对话，这是主线。

自元朝在北京建都，历明清两朝，七百多年来，北京在大多数时候都是中国的政治中心。1898年，北大的前身京师大学堂在北京开学。北京大学和清华大学、北京师范大学等现代大学一起赋予了这座古老的都城以新的意义。一百多年前，蔡元培为北大铸造的新学统，继往开来，既承接古老文化的根脉，又开辟了与新思想、新文化接轨的新途。胡适与傅斯年之间的师生问对，成就了沙滩红楼的大好风光。梁启超、王国维、陈寅恪他们在水木清华的求问永无止境，昆明湖的水回答不了王国维的疑问，陈寅恪的十字箴言刻在石头上，也刻在了后人的心头。相比之下，朱自清所见的荷塘月色则显得暗淡，梁实秋对清华八年的追忆也显得太轻了。未名湖的水还在，司徒雷登的背影早已远去，燕京大学消失在时代的更替中，只剩下"一塔湖图"。遥望秦时明月汉时关、明代的烽烟、满人的辫子，八达岭上、居庸关前，曾是水寒伤马骨的饮马处，唯余石头和古槐，与故宫的琉璃瓦、汉白玉栏杆和景山下的歪脖子树遥相呼应。

从红楼演绎《幸遇先生蔡》到颐和园老柏树下对光绪帝功败垂成的追问，北京七日，虽然匆匆忙忙，但收获满满。童子们在长城背诵贾谊的《过秦论》；在清华王国维纪念碑前背诵陈寅恪执笔的碑文，在工字厅前的荷塘边朗诵朱自清的《荷塘月色》；在颐和园面对昆明湖朗诵沈从文的《春游颐和园》；在植物园梁启超墓园背诵《少年中国说》……从北大红楼到未名湖，从水木清华到圆明园，从香山到颐和园，到处都回荡着童子们的琅琅书声。白天，童子们行走、读书、听课；晚上，则把所见所闻、所思所想写下来，许多童子写出了令人欣喜的文字。

故宫回来当天，我们的课是《与北京的秋天对话》，9岁的王旖旎在《北京的秋日》中写道：

秋日，北京的秋日是美味的。甜甜的糖炒栗子、大糖葫芦、杏啊桃啊李啊、酸梅汤、豆腐花……虽然一个都没吃到。来一根故宫棒棒糖也是不错的。

11岁的郭馨仪定睛于未名湖的"绿"：

作家们说得对，这湖水的确是绿的，在阳光下绿得透明，绿得像司徒雷登的眼睛。岸边的植物也是绿的，衬得湖水更绿了，只是它们只管各自绿，绿得那么不团结，极不协调。只有柳树例外，柳条垂下来，互相搂抱着，组成一大片无瑕的绿。柳条密极了，而且结实极了，那是一大片多么令人垂涎欲滴的绿啊！

一句"绿得像司徒雷登的眼睛"，让人惊叹。这一路走来，童子们带给我的惊喜不断。临别的那天，我给表现出色的童子颁奖，他们分别获得"小蔡元培奖""小傅斯年奖""小沈从文奖""小梁实秋奖""小辜鸿铭奖"。

2018年12月，34个童子跟随我开始了南京寻梦之旅。南京是六朝古都、中华民国临时政府所在地，到南京寻梦，有石头城为证，有满街的法国梧桐为证，有唐诗中的台城柳为证，有《桨声灯影里的秦淮河》为证，当然还有昔日的金陵大学、金陵女子大学、中央大学，以及鲁迅初读《天演论》开眼看世界的路矿学堂旧地为证。此行的重点是"寻梦"。童子们在古老的城墙上背诵庾信的《哀江南赋序》，背诵南唐后主李煜那些千古流传的名篇，在孙中山先生宣誓就职的地方背诵《临时大总统誓词》；他们在玄武湖边读宗白华、汪曾祺的回忆，在秦淮河畔读朱自清、俞平伯、张恨水的白话文，在南京大学的草地上读赛珍珠的《中国之美》；他们在石头城下、秦淮河畔演绎孔尚任的《桃花扇·余韵》，"眼看他起朱楼，眼看他宴宾客，眼看他楼塌了……"这些打动过一代代读者的名篇、名句也打动了这些少年读者，从习作中可以看出他们的感慨。11岁的付润石直接以《眼见他楼塌了》为题，写下他所见的南京：

> 皂荚树枕着一阵阵寒流，银杏染上金陵帝王龙袍的色彩，在淡淡的寂静中飘落，城门边玄武湖畔的几株绿柳在微风中摇曳，更是天生的诗题。
>
> …………
>
> 枯井颓巢扛着天下伤心事从历史的回廊中走出来，艰难地走向未来……每一块城砖，每一棵千年古树，或许都与梁武帝、宋文帝有过亲密接触；遍地黄叶，藏着多少文人墨客的喜怒哀乐？

11岁的赵馨悦给南京寻梦之旅的关键词是桃花扇，南京的历史就像一把打开的扇子。她的习作以《桃花扇·余韵》为题，写了五瓣血桃花，第一瓣被孔尚任捡起，写下了《桃花扇》；第二瓣飘落在六朝，庾信写出了《哀江南赋序》……

> 第五瓣桃花落入了我们手中
> 我们看、听、闻
> 却没有南京的气息

> 但是五个花瓣组成一朵桃花
> 这朵桃花
> 就是南京的心灵和无价之宝！

11 岁的金恬欣写了一篇《双城记》，少年的眼中不仅看见了沧桑，还看见了未来，他们的心灵正在一次次的游历中丰满起来。

因为童子们的习作，因为两位童子的妈妈（广州陈来熙的妈妈和杭州冯彦臻的妈妈）将我在游学途中的讲课录音整理成了文字，于是我动了编这样一本书的念头。每一篇都由"先生说"和"童子习作"两部分构成，这不是我的"双城记"，而是他们的"少年双城记"，我所做的则是成全他们，让他们各自成为席勒的"审美共和国"和雨果的"思想共和国"。

北京之行，感谢我的舅舅、数学家李邦河院士给童子们上了一堂关于语文和数学学习的课，感谢王学斌先生安排的鼎石之行和分享，感谢张释文先生在圆明园给童子们上的数学课。南京之行，感谢伊顿纪德校服品牌创始人陈忠先生的鼎力支持和给童子们提供的奖品，感谢南京大学景凯旋教授和陆远教授给童子们的分享和讲解，感谢南师大附中周春梅老师的帮助和鲁迅纪念馆馆长倪峰老师的讲解，感谢罗建老师和隋月娟老师在六朝博物馆的讲解，感谢湖南长沙的曹永健老师校对了全部录音整理稿。《寻找中国之美：少年双城记（北京与南京篇）》成书时，我想到了他们。

傅国涌

2019 年 9 月 17 日杭州

目 录

北京教育文化之旅

一、与北京的秋天对话……………………………………2

二、在八达岭和居庸关与长城对话………………………25

三、在红楼与蔡元培、胡适对话…………………………47

四、在未名湖与燕京大学对话……………………………63

五、在水木清华与王国维对话……………………………79

六、在黄叶村与曹雪芹对话………………………………89

七、在植物园与梁启超对话………………………………101

八、在圆明园废墟与"万园之园"对话…………………110

九、在颐和园与沈从文和一百二十年前的戊戌时代对话……122

十、别了，北京……………………………………………144

南京寻梦之旅

一、与南京对话……………………………………………174

二、与石头城对话…………………………………………209

三、与秦淮河对话…………………………………………222

四、与鲁迅、陶行知和赛珍珠对话………………………238

五、与六朝对话……………………………………………262

双城记　金恬欣　　　　　　　　　　　　　　　　278

北京教育文化之旅

一、与北京的秋天对话

先生说

我们读了老舍、周作人、梁实秋的文章,也读了张恨水、郁达夫、张友鸾的文章。他们中老舍和梁实秋是土生土长的北京人,周作人、张恨水、郁达夫和张友鸾是从外地来北京工作的。

这些作家都写过北京,有的人将之称为北平,有的人将之叫作北京。这要从北伐军占领北京说起,1928年北伐军占领北京,将北京改名为北平,一直沿用到1949年。他们的文章如果是这段时间里写的就叫北平,之前或之后则叫北京。

我们读一下老舍的《北平的秋》第一段:

中秋前后是北平最美丽的时候。天气正好不冷不热,昼夜的长短也划分得平均。没有冬季从蒙古吹来的黄风,也没有伏天里挟着冰雹的暴雨。天是那么高,那么蓝,那么亮,好像是含着笑告诉北平的人们:在这些天里,大自然是不会给你们什么威胁与损害的。西山北山的蓝色都加深了一些,每天傍晚还披上各色的霞帔(pèi)。

现在中秋刚过，我们正好赶上了北京最美丽的时候。天气正好，不冷不热，昼夜长短也划分得平均。你们有没有感受到天是那么高、那么蓝、那么亮啊？全都感受到了吧！天气帮了我们，让我们看到了老舍心目中北平最美丽的样子。接下来老舍说，太平年月，街上会卖很多的东西：

在太平年月，街上的高摊与地摊，和果店里，都陈列出只有北平人才能一一叫出名字来的水果。各种各样的葡萄，各种各样的梨，各种各样的苹果，已经叫人够看够闻够吃的了，偏偏又加上那些好看好闻又好吃的北平特有的葫芦形的大枣，清香甜脆的小白梨，像花红那样大的白海棠，还有只供闻香儿的海棠木瓜，与通体有金星的香槟（bīn）子，再配上为拜月用的、贴着金纸条的枕形西瓜，与黄的红的鸡冠花，可就使人顾不得只去享口福，而是已经辨不清哪一种香味更好闻，哪一种颜色更好看，微微的有些醉意了！

你们觉得这里面除了瓜果，还有什么？花！老舍把花混进瓜果里面了。有一个成语叫什么？花果飘零，就是把花和果连在一起。还有一种说法，花果飘香。要结出果实需要什么？需要开花，开花才能结果。当然他这里写到的鸡冠花是不会结果的花，有的花是不会结果的。这里讲到了几种水果？正好你们今天就吃过好几种：梨、枣、苹果，有没有见到那葫芦形的大枣？那是老舍记忆里北平秋天的水果。

吃对于人来说是一件非常重要的事。1924 年，北大教授周作人就写过一篇《北京的茶食》。周作人是绍兴人，他的口味是绍兴口味，北京没有他喜欢的点心：

> 别的不说，我在北京彷徨了十年，终未曾吃到好点心。

北京没什么好吃的，这是一个外地人的看法。你觉得北京人会同意吗？梁实秋从小在北京长大，他对这里吃的东西比周作人更了解，当然不会同意周作人的观点。我们来读梁实秋的《北平的零食小贩》，他一口气列举了北平多少好吃的东西啊？他首先想起的是豆汁，然后是灌肠，还有面筋、熏鱼、羊头肉、烧脖子、烧羊肉、豆腐脑、老豆腐、烫面饺、炸豆腐、馄饨、茶汤、油炸花生仁、硬面饽饽、酸梅汤、糖葫芦——你们都想吃的糖葫芦，还有水萝卜、小花生（内空而扁的小花生），当然还有水果：

> 水果类则四季不绝的应世，诸如：三白的大西瓜、蛤蟆酥、羊角蜜、老头儿乐、鸭儿梨、小白梨、肖梨、糖梨、烂酸梨、沙果、苹果、虎拉车、杏、桃、李、山里红、柿子、黑枣、嘎嘎枣、老虎眼大酸枣、荸荠（bí qi）、海棠、葡萄、莲蓬、藕、樱桃、桑葚、槟子……不可胜举，都在沿门求售。

这里讲到的枣有多少种？梨有多少种？几乎把老舍提到的水果都包括进去了。我们重点来看看北京秋天的水果，以梨、枣这两种水果为代表，梨至少就有五种，枣列了三种，还有北京特别有名的柿子。柿子在哪里？我们再来看梁实秋另外一篇文章《树》：

东院里有一棵柿子树，每年结一二百个高庄柿子，还有一棵黑枣。垂花门前有四棵西府海棠，艳丽到极点。西院里有四棵紫丁香，占了半个院子。后院有一棵香椿和一棵胡椒，椿芽、椒芽成了烧黄鱼和拌豆腐的最好的佐料。

　　在从前的一处家园里，还有更多的树，桃、李、胡桃、杏、梨、藤萝、松、柳，无不具备。因此，我从小就对于树存有偏爱。我尝面对着树生出许多非非之想，觉得树虽不能言、不解语，可是它也有生老病死，它也有荣枯，它也晓得传宗接代，它也应该算是"有情"。

谈到树，你们是否还能想起我们今天遇到的那棵歪脖子树？那是一棵榆树，北京最有名的树是槐树。榆、槐是北京常见的树。梁实秋说，北平差不多家家都有几棵相当大的树，前院一棵大槐树是很平常的，从槐树开始，又有榆树：

　　后院照例应该有一棵榆树，榆与余同音，示有余之意。至于边旁跨院里，则只有枣树的份，枣实只合做枣泥馅子。院子中央的四盆石榴树，那是给天棚鱼缸做陪衬的。

我们在景山公园看到很多的石榴树，北京的石榴树是很平常的，枣树也是很平常的。在春天的时候，枣树会美成什么样子？张友鸾在文章中这样写道：

背后为景山公园

院中一株枣树，枝儿下垂得很低，每回我从那下面走过，往往妨碍了帽子。今天在无意之中，却嗅着一股清香。仔细向树上辨认，浓枝密叶中正开放着一串串的小花，青色的小花，球儿似的发了满枝。这种香，不是桃花杏花的浓艳，不是梅花梨花的孤僻，只有朴郁可亲的云气，是极浪漫之风味，苹啊！这么像你的粉颊！

我每回想折两枝寄与你，却怕送到你的面前，此花早是憔悴了。假使将这株大树连根带土地奉呈，那确是好，却有谁与我做邮使呢？然而我并不愁忧，自己嗅到香味，觉得也入了你的鼻观。况且那就是你的粉颊，是你自己所有。不过你终于不明白枣香与你粉颊之香，奈何哩，南方很少有枣树，你又嗅不着自己的香腮。

因之我又想起，你最爱吃那甜甜的蜜枣，我便向这树上呆呆地看着，好像那浓枝中就生出了许多果子。这些枣儿更不须蜜渍（zì）糖饯（jiàn），自然地那么甜，我就摘取了一筐，背在身上，肋（lèi）间双翼，飞鼓而到你那里，我看你笑着，看你笑着吃完了这筐枣儿。剩了一些核子，是含了你齿舌的余芬，我就一齐放在衣兜中。枣核受了我心头热气，就盘结了起来，慢慢就长成了一株大树，"春"来了，枣树开了新花，新花的香味我嗅到了，用力地嗅，我还以为这是你的粉颊哩！然而那一株枣树的枝儿又碰了我的帽子。

梁实秋也好，张友鸾也好，这些作家回忆北京的时候，都写得很细，有大量的细节。你们的文章为什么写不好？常常没有细节，都是很粗的。你们知道的水果种类很少，认识的树也很少，认识的花也不多，写什么东西都只有那几句话，根本没办法展开。而他们都写得很细致，细致是一种观察力，也是一种表达力，是他们知识丰富的一种表现，所以你们得学会捕捉细节。你们到故宫里面去看那石头是什么颜色的，有的地方是砖头铺的，有的地方是石头铺的，有的是大理石，有的是汉白玉，是吗？御花园有很多种树，那里面种的树，还是很有规律的，比如小院子里应该种什么？枣树之类的。我们进午门前，护城河边种什么树？一路都是柳树。到了景山公园里面，我们看到的是什么树？榆树、槐树……如果你们不认识这些树，这些树跟你们就没有关系，也没有一点情感，你们写出来的东西也是没有生命的、干巴巴的。你们在老北大红楼也只看见几块砖头，甚至你们都没留意，没把这砖头给写出来。李益帆写的

《红楼的蟋蟀》（见58页）虽然很简短，但是有很多细节在里面。上个星期我们上过《与蟋蟀对话》这一课，他活学活用了，跟昨天的课联系起来了，这就是学习能力。这就是关联性，把两件事情连在一起，而且如此的巧妙贴切。蟋蟀很小，齐白石的画中常常只有一个小东西，如小蟋蟀、小蜜蜂、小蝴蝶，画面都是活的，有生命气息的。他用小东西来表现他的审美理想。李益帆用蟋蟀的眼光，实现了他与蔡元培跨越一百年的对话。所以那篇文章非常精彩，这蟋蟀最后吟唱了《失乐园》《北大之歌》。为什么是《失乐园》？因为你们演绎的《幸遇先生蔡》中，辜鸿铭要跟燕瑞博比赛背诵《失乐园》啊。关键的时候就要把相关的细节调出来。

　　审美常常需要有一个媒介，如一只蜜蜂、一片树叶、一个果子，都是可以用来做审美的媒介的。一个画家要画出美，有人画叶子，有人画马，有人画牛，有人画虾，有人画花……都可以。写好文章并不困难，首先要有一颗捕捉美的心。

　　另外，要注意知识的准确性，特别是写一些你们并不熟悉的内容时，千万要小心，如果你们没有十分把握，宁可不写，只写你们知道的、有把握的，不要写你们一知半解、半懂不懂的，否则你们写出来可能会闹笑话。这些作家写出来的东西都是他们懂的，如果不懂，他们就可能闹笑话，他们把槐树写成榆树，把榆树写成槐树，把枣树写成柿子树，那他们的文章就经不起推敲。

　　刚才我们讲到秋天的水果、秋天的树，我们再来看看北京的秋天还有什么。读文章，要学会分类，学会归纳，学会总结。读一读张恨水的《听鸦叹夕阳》：

北平的故宫，三海和几个公园，以伟大壮丽的建筑，配合了环境，都是全世界上让人陶醉的地方。不用多说，就是故宫前后那些老鸦，也充分带着诗情画意。

……………

北平深秋的太阳，不免带几分病态。若是夕阳西下，它那金紫色的光线，穿过寂无人声的宫殿，照着红墙绿瓦也好，照着这绿的老树林也好，照着飘零几片残荷的湖淡水也好，它的体态是萧疏的，宫鸦在这里，背着带病色的太阳，三三五五，飞来飞去，便是一个不懂诗不懂画的人，对了这景象，也会觉得是衰败的象征。

故　宫

你们今天在故宫里有没有看见飞的乌鸦？见到了吗？至少看见了会飞的鸟吧，我们把它们归到鸟类。这篇文章题目叫《听鸦叹夕阳》，今天我们虽然回来有点早，离开故宫的时候还没有看到夕阳，但是我们明显感受到了北平深秋的太阳了，也感受到了太阳的那种病态，也看到了鸟在那里三三五五地飞来飞去，尤其是跟红色的宫墙、黄色的琉璃瓦配在一起，就更显出秋天的那种凄美。

郁达夫的《故都的秋》写的是他在北平工作时的体验，他拿更熟悉的江南来做参照系：

> 在南方每年到了秋天，总要想起陶然亭的芦花，钓鱼台的柳影，西山的虫唱，玉泉的夜月，潭柘（zhè）寺的钟声。在北平即使不出门去吧，就是在皇城人海之中，租人家一橡破屋来住着，早晨起来，泡一碗浓茶，向院子一坐，你也能看得到很高很高的碧绿的天色，听得到青天下驯鸽的飞声。从槐树叶底，朝东细数着一丝一丝漏下来的日光，或在破壁腰中，静对着像喇叭似的牵牛花（朝荣）的蓝朵，自然而然地也能够感觉到十分的秋意。说到了牵牛花，我以为以蓝色或白色者为佳，紫黑色次之，淡红色最下。最好，还要在牵牛花底，教长着几根疏疏落落的尖细且长的秋草，使作陪衬。

除了很典型的陶然亭的芦花、钓鱼台的柳影，郁达夫专门讲到了驯鸽的飞声，那表明还有鸽是吧？鸽我们可以归到哪类？会飞的鸟类！然后他讲到了牵牛花，我们把牵牛花归到哪类？花果！——秋天的花果，秋天的树，秋天的鸟。他接下来还讲到了秋天里衰弱的蝉声，秋蝉是什么？秋蝉是虫。他还讲了蟋蟀。如果我们把虫跟鸟放在一起，就可以叫秋天的虫鸟。

郁达夫还写到了秋雨：

唉，天可真凉了！可不是吗？一层秋雨一层凉了。

前两天正好北京下了一场秋雨，然后开始降温。你们来时，正好赶上了郁达夫体验过的一层秋雨一层凉了。

郁达夫接下来还写了北京的果树，跟梁实秋、张友鸾、老舍他们一样：

北方的果树，到秋天，也是一种奇景。第一是枣树，屋角、墙头、茅房边上、灶房门口，它都会一株株地长大起来。像橄榄又像鸽蛋似的这枣子颗儿，在小椭圆形的细叶中间，显出淡绿微黄的颜色的时候，正是秋的全盛时期；等枣树叶落，枣子红完，西北风就要起来了，北方便是沙尘灰土的世界，只有这枣子、柿子、葡萄，成熟到八九分的七八月之交，是北国的清秋的佳日，是一年之中最好也没有的 Golden Days。

郁达夫笔下秋天的枣树和张友鸾的枣花香相呼应。一个写的是枣树开花的时候，一个写的是结果的时候。鲁迅写过一篇《秋夜》，一开头怎么说？"在我的后园，可以看见墙外有两株树，一株是枣树，还有一株也是枣树。"鲁迅为什么会写枣树呢？难道绍兴的家中会有枣树吗？这是他 1924 年写的，他住在北京，后园可以看见枣树，太平常了。不同的作家回忆北京，都喜欢写枣树，原因是枣树很常见。

秋天的花果，秋天的树，秋天的虫鸟，秋天的雨。我们再来读张友鸾的《白鹭南飞》：

或在清晨，或在凌暮，羽羽的白鹭，更时时来到我们的湖中，它们在此地休憩，吃一滴清波，猎几尾小鱼。万绿荷田里，显出淡淡的白翼。有时它们更翱翔，翱翔到不可知的天上。但我却看它振翅而飞，飞向我渴慕的南方。

第二天再来的白鹭，已不可知是不是昨天飞去的。我正要要它们咨询南中的消息，它又冲天而去了。苹呀！你可曾交付消息与它呢？它总是躲着我，它不至故意的使狡狯吧！我看它飞的甚低，莫非翅膀上还附着你的书信？

我羡慕白鹭，我也只想吃一滴清露；然而白鹭的自由我终究没有：飞来飞去，穿云穿雾，美丽的双翼，美丽的长足，或有一两声高鸣，直上云霄路。那路上的鲜花香馨，好呀！——也只余我空空的妒忌！

我好久没有见到你，我愿托付白鹭将我的心魂带给你。我看白鹭每天很自由地向你那边行，我的心魂也乘白鹭而进。苹呀！可惜你未曾看见。你若再注意白鹭的翱翔，那就是你的爱人站在你面前——心前！

张友鸾的《白鹭南飞》《枣花香》都是情书，是他写给女朋友的信，写得那么美。白鹭南飞，我们可以看成是他写的北平的鸟类，但是他写的并不一定是秋天。

刚才戴欣然同学问,除了秋天的花果、秋天的树、秋天的虫鸟、秋天的雨,秋天的人在哪里?对,人在哪里?首先是这些文章的作者们,老舍、梁实秋、郁达夫、张友鸾、张恨水、周作人,每篇文章的背后都有一个人。文章里有没有人?卖水果的是人吧?种树的是人吧?写情书给对方,对方是人吧?这里的人多了。1934年,郁达夫的《故都的秋》说:

> 各著名的大诗人的长篇田园诗或四季诗里,也总以关于秋的部分,写得最出色而最有味。足见有感觉的动物,有情趣的人类,对于秋,总是一样地特别能引起深沉、幽远、严厉、萧索的感触来的。不单是诗人,就是被关闭在牢狱里的囚犯,到了秋天,我想也一定能感到一种不能自已的深情。秋之于人,何尝有国别,更何尝有人种阶级的区别呢?不过在中国,文字里有一个"秋士"的成语,读本里又有着很普遍的欧阳子的《秋声》与苏东坡的《赤壁赋》等,就觉得中国的文人,与秋的关系特别深了。可是这秋的深味,尤其是中国的秋的深味,非要在北方,才感受得到的。

这里讲的就是秋天的人,秋天的诗人,秋天的文人,秋天的囚犯……特别提到了欧阳修的《秋声赋》、苏东坡的《赤壁赋》,都与秋有关。

今天晚上我们与北京的秋天对话,与北京秋天的花果对话,有哪些花?牵牛花、桂花。今天我们也看到了桂花,还有什么花?老舍的文章里提到北平的秋里有什么花?鸡冠花。果有哪些?主要有梨、枣、柿子,当然还有苹果,这是北京秋天的花果。北京的树,槐树、榆树、柿子树、枣树、柳树。秋天的虫鸟，虫有什么？虫有秋蝉、蟋蟀。鸟有什么？白鹭、鸽子、乌鸦，还有其他的鸟。有秋天的雨，秋天的人。你愿意成为秋天的柿子，还是愿意成为秋天的枣？你愿意成为秋天的槐树，还是秋天的榆树？你愿意成为秋天的乌鸦、秋天的蟋蟀，还是秋天的白鹭？你愿意成为秋天的一场雨，还是秋天的白云？老舍说天是那么高、那么蓝、那么亮，你愿意成为那么高、那么蓝、那么亮的那个天空吗？或者你愿意成为一朵牵牛花、一朵鸡冠花，或者成为一棵石榴吗？你可以尽情地展开想象。当然你也可以想象你是秋天的一棵歪脖子树，你看见了对面的一棵歪脖子树，传说1644年一个年轻的皇帝在那里吊死了，你把今天见过的、想到的串联在一起。当然你还可以成为一颗棒棒糖，棒棒糖上的图案是故宫、天安门或者别的，你可以想一个自己的图案。

如果你变成一颗枣，你就被别人吃掉了；如果你愿意成为一棵枣树，春天里开花那是很美的，还可以让一个叫张友鸾的人写一封情书给他的女朋友，跟他的女朋友共享枣花开时那种香气；如果你变成一只乌鸦，就在夕阳下孤独地飞过。无论你成为什么，你都成了北京秋天的一部分。

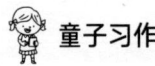 童子习作

北京的秋日

王旖旎（9岁）

秋日，北京的秋日是美味的。甜甜的糖炒栗子、大糖葫芦、杏啊桃啊李啊、酸梅汤、豆腐花……虽然一个都没吃到。来一根故宫棒棒糖也是不错的。

午门是甜的，角楼是甜的，中左门是甜的，太和殿是甜的，

掌心里的"故宫"整个儿是甜的,它在阳光下闪闪发光!我看着这得来不易的"故宫"——那根吟唱着大清兴亡的棒棒糖!

北京的秋日是五彩缤纷的。光是桃花、石榴花、兰花就已经"乱花渐欲迷人眼",还有各种树,不愧是北京!

……

秋　　天

冯彦臻(11岁)

猫

"喵——"从榆树下传来一声猫叫。

这只猫默默地盯着故宫的红墙,鸟儿飞过了,柿子掉落了,游人走过了……它只是默默地盯着红墙。

它是一只秋天的猫,它看着每一片黄叶飘落,看着天气的变化,看着柿子上市。

它是一只属于自己的猫,它望着柿子,听蛐蛐唱歌,闻桂花的香味。

它是一只猫,它只属于秋天和自己。

柿　　子

"啪"的一声

柿子掉了

秋天成熟了

从树上掉了下来

惊醒了蛐蛐

蛐蛐开始唱歌

惊醒了秋叶

秋叶开始掉落

惊醒了秋雨

秋雨落了下来

秋天来了

北京的秋味儿

郭馨仪（11岁）

北京一旦到了秋天，那浓厚的秋味就会弥漫全城，那秋味是许多味道被秋风捣碎混合而成的。因此，一到秋天，当秋风在街上溜达的时候，那秋味儿便会更加浓重。

秋　咸

秋味儿里有咸味，咸味儿来自故宫护城河边的柳树，那柳树齐齐地站成一排，长而粗且茂密的柳条从树干上垂下来，密密麻麻，织成一片古老的深绿，与护城河里那被水晕开的浅绿形成了对比。这些柳树镇守着红墙黄瓦的故宫，俨然是一群忠诚的卫士。它们目睹了清朝的灭亡，会有什么感想呢？我想是悲寂吧！继它们之后坚守故宫的树，发现自己背负着这样大的重任，又会有怎样的感觉呢？它们的思绪里有着淡淡的咸涩味，融化在空气中了。

秋　甜

　　北京的秋天，甜味儿自是必不可少的：糖葫芦、各式各样的水果和特色小吃……香甜的气息在北京的大街小巷窜来窜去。石榴树上结了小小的石榴，石榴们一个个泛着红艳艳、甜滋滋的光泽，馋得人直咽口水；空气里还有甜甜淡淡的桂花味，是哪朵顽强的花仍在开放？唯有那朵灿如金星的桂花。北京香甜的东西还真不少，若是细细数来，那定是数不清的，因此只好粗略地概括一下。关于这秋味儿的甜，唯一可惜的是我没吃到那魂牵梦萦的老北京糖葫芦，幸好有故宫特色的糖解解馋，倒也有几分藏在故宫里的秋甜味儿。

秋　涩

　　秋天的涩味是十分有特点的，它涩得微酸，还有点微甜。这涩味涩出了北京的老胡同，灰砖灰瓦灰石路，踏上去发出"嗒嗒"的轻响，聆听这清脆而清爽的微涩，回味着秋涩的古朴与悠扬。

秋　味

　　秋味是由许许多多种味道混合而成的，而我所列举的，则是其中最有特色的三种。北京的秋味儿是奇妙的，也是秋日中最吸引人的。

孤殿寒鸦

戴欣然（10岁）

　　我振动翅膀，发出"呼啦呼啦"的声音，在空旷的天空中漫无目的地飞翔。我向下看,看到柳树的枝条像波浪一样狂乱地上下舞动,摇落许多枯叶。

当那些枯叶与风一齐翻飞,划过我的肚子时,我的心一惊,是秋天了。

风来了,时常使我打个踉跄。虫多了,蟋蟀悲凉的小提琴声灌满了北京。果树结果了,有小如鸽蛋的枣儿,还有鸦头大的梨,有些会更大一点儿。雨多了,故宫的琉璃瓦不时向下滴水,要是被滴到,真叫个透心凉!有了这些迹象,还不叫秋天吗?

夕阳还没有完全落下,静坐几百年的宫殿,阴森森的,不管是太和殿还是坤宁宫,此时都成了禁地,没有一只小动物敢进去,真可称作孤殿了。

里面因为夕阳照不到,黑乎乎的一片,再一想人类关于"复活""僵尸""灵魂"的故事,不禁片片羽毛都颤抖。再加上里面静,不是带有神秘感的"静",而是静得可怕,只能听见自己的呼吸声与心跳声,要是这时吹来一阵风,我定会仓皇而逃,变成一只寒鸦。

这样的环境吹来一阵秋风,我怎能不害怕?秋风,能穿透羽毛,到达背部,再透过我的肉与骨,像一只无形的手抚摸我的内脏,此时不逃更待何时。

"呱呱呱",我听到鸦群在呼唤我,我乘着秋风,再一次振翅高飞。

北京之秋

刘尚钊(11岁)

假如我是一颗北京之枣
我想做梁实秋的那颗

假如我是梁实秋的枣

被他摘下

被他写进文章里

成为一颗被记录过的枣

而记录过的枣

是要付出代价的

下一秒

我就被吃掉了

秋·北京

潘瑞晨（11岁）

北京爱上秋，秋改变了北京

硕果累累，众树结果

花鸟虫鱼，一派生机

我·秋·北京

我愿化作秋的北京

化作双飞的白鹭

让张友鸾先生的情人爱上他

化作枣子

在水果摊中与"朋友"谈天

化作秋蝉

为秋天献出自我

但我不愿做"歪脖子"榆树

不然就成了千古罪人

叹·秋·北京

哟，叹秋天之北京

叹庄严之紫禁城

叹万物

叹那不改之北京城

秋之韵

赵馨悦（11岁）

抬头望天空

秋天的云飘在青空上

云披着金黄的薄纱

秋风整理着北京的冠冕

阳光洒在了柳树上

柳叶骄傲地仰着头

饱受秋风的洗礼

迎接秋新娘的到来

阳光洒在了喜鹊的头上

它吱吱地叫着

望着慈禧太后的宫殿

想着自己为什么不是太后呢

阳光洒向故宫

朱红色的墙头反衬出琉璃瓦的宁静

秋的阳光

洒向护城河

洒向琉璃瓦

洒向世界的角落

洒向时间的尽头

洒向乞丐的叹息声

秋的阳光洒向北京

乞丐从黑暗看到了光明

一个眼盲的孩子

他看不到故宫

他的心却感受到了秋之韵

北京秋天的榆叶
付润石（11岁）

　　北京的秋风好大，刮得榆叶儿阵阵作响，夕阳从榆叶中漏下来，漏在青灰的石板上，漏在假山上，也漏在了苍老的纪念碑上。

一片绿中透黄的榆叶飘落下，化为北平的秋歌：
  它飘啊飘

  飘回 1644 年的那一天

  33 岁的朱由检仓皇至此

  两鞋立于树前——

  早已走投无路

  长发垂于脸前——

  无颜面对祖宗

  朱由检虽然死去了

  可他的疑问仍然流传着

  万历皇帝为自己建造了陵墓

  可无人问津

  "忠树""罪树"不知去向

  可它们在历史上有一席之地

  飘啊飘

  飘进了幽幽的故宫

  夕阳下一群鸽子

  也想饱尝北平的秋韵

  高大的城墙

  深深的护城河

  阻挡不了李自成的"乌合之众"

  金黄的琉璃瓦

  汉白玉的栏杆

  掩盖不了皇族的肮脏

飘啊飘

飘进了北平的茶食

小贩的叫卖声中

到底是周作人的彷徨

还是梁实秋的向往

北平人的"馋"

到底藏在豆汁灌肠面筋中

还是柿子枣子石榴里

飘啊飘

飘进了苹儿的心房

我虽是一片飘落的榆叶

却也堪比张友鸾的枣花

苹儿啊苹儿

若你梦见落叶与白鹭

不要奇怪，不要惊讶

那是远在天边的人儿的思念

带着一缕缕的忧愁……

这榆叶儿飘了千年

从《水浒》的大名府

飘到 21 世纪

飘到我面前

我想

它还会再飘下去吗……

北京知秋

黄若瑜（10岁）

听闻那凉飕飕的西北风，便知秋天来了。

若光看那护城河的光景，还真不知这是北京之秋。阳光暖洋洋的，倒似一般呢！可这高大坚固的城墙，挡不住从远方吹来的冷风，也挡不住满园的秋色，夏天的气息正在外泄。这闷热的气体到底还是徘徊其中，叫人不禁抱怨几声。路边的杨柳还是绿油油的，很是气派，丝毫没有衰竭之相，这北京之秋，可真是有趣至极！

北京故宫倒是没见几只鸟雀，更别提乌鸦了。宫里的乌鸦有个美誉——宫鸦。宫鸦这名儿总算不大晦气，还沾染了点天子的贵气。宫鸦与其他乌鸦不同，住在皇宫里的还不是贵族吗？

故宫里自然不会去找乌鸦——岂不是自寻晦气！这群宫鸦销声匿迹，连我想见也见不得了。故宫里的乌鸦可称为北京秋的使者，黄昏的使者。

那景山公园的榆树，才是真正让人感到秋的。听说崇祯皇帝就在这里上吊自杀。我是怀着沉重的心情来到这里的，就算不讲解，恐怕已经要哭了。这也就是秋了，寒鸦啼鸣，寒风习习，到底很是凄凉！

常言道，一叶知秋，可北京的秋却是在冷风中知晓的。这次来故宫心情甚好，对这刺骨的冷风也不大在意。这冷风，吹乱了我的头发，忽地想到，若自己也能在这冷风中飞翔，也算是一生无憾了。

二、在八达岭和居庸关与长城对话

先生说

八达岭

我们所站立的这个地方是明长城,不是秦长城,秦长城在哪里呢?往北再推进二百余里,现在基本上没有太多的遗迹留下来了。长城的形成是有原因的,按照西方的说法,十五英寸(1英寸=2.54厘米)降雨量的这条线,跟长城的这条线大致上重合。也就是说,长城的北面常年干旱少雨,不适合农耕,种不了地,只能游牧生存;长城南面降雨量能达到四百毫米,也就是四百毫米等降水量线,这条线成了农业文明跟游牧文明之间一条天然分界线。一旦遇到干旱,草地不能养活牛羊和人,游牧民族就会越过这条分界线,大举南下,这样的话,农耕民族(汉人)就遭到攻击。为了防止游牧民族南下,汉人修了长城。自春秋以来,农耕区域的各诸侯国就开始在边界线建造石头的城墙,公元前221年,秦始皇统一中国,将原来的赵长城、燕长城等慢慢地连接起来,就变成了孙中山在《建国方略》里所说的:

秦始皇令蒙恬北筑长城,以御匈奴。东起辽沈,西迄临洮(táo),陵山越谷五千余里,工程之大,古无其匹,为世界独一之奇观。

秦长城只有五千余里，它所在的位置比我们所在的八达岭长城要往北推进二百余里。明长城往后退了，明代主要是为了防御蒙古人和瓦剌人等。蒙古人建立的元朝统治中国九十七年后，被以朱元璋为首的起义军推翻了。朱元璋的第四子燕王朱棣奉命镇守北京，北京城主要是朱棣修的。过去，虽然元朝的大都也设在北京，但没有这么大，朱棣后来把北京作为都城。

明长城就是明成祖朱棣开始修建的，距离今天至少六百年了，总长度超过了一万里，真正是万里长城。我们今天在这里与长城对话从一首诗开始，这首诗是魏晋时代的名人陈琳写的：

饮马长城窟行

魏晋　陈琳

饮马长城窟，水寒伤马骨。
往谓长城吏，慎莫稽留太原卒！
官作自有程，举筑谐（xié）汝声！
男儿宁当格斗死，何能怫（fú）郁筑长城。
长城何连连，连连三千里。
边城多健少，内舍多寡妇。
作书与内舍，便嫁莫留住。
善待新姑嫜（zhāng），时时念我故夫子！
报书往边地，君今出语一何鄙？
身在祸难中，何为稽留他家子？
生男慎莫举，生女哺用脯。

君独不见长城下，死人骸（hái）骨相撑拄。

结发行事君，慊（qiè）慊心意关。

明知边地苦，贱妾何能久自全？

"饮马长城窟，水寒伤马骨"——我一生都忘不了的诗句，一见到这两句诗，我就记下来了。后来我一想到长城，就会想到这两句诗。每年的冬天，天冷了，我也会想起这两句诗。今天我们登长城前做的第一件事是什么？加衣服！现在刚秋天就这么冷了，那些防御长城的士兵，自秦以来两千多年，自明以来六百多年，住在这上面，你说半夜有多冷！尤其是到了冬天——冰雪覆盖的冬天，"水寒伤马骨"，这句诗让人忘不了。历代以来，尤其是汉代，有大量关于长城的诗，不只陈琳写了一首《饮马长城窟行》诗，很多人都写了这样的诗。有多少的妻子在家里望眼欲穿，因为自己的丈夫或去修长城，或在守卫长城。

从这首诗，我们知道长城是起军事防御作用的。长城给多少人带来了痛苦，带来了生活上的苦难，但在那个时代，农耕民族要防御游牧民族的攻击，长城就是一屏障。在冷兵器时代，游牧民族要越过长城，从北面打过来是非常困难的。可是为什么有好几次农耕民族还是被游牧民族征服了呢？即使有了长城也没用。明朝的土木堡之变，连皇帝都被俘虏了，瓦剌族就是一个游牧民族部落。

鲁迅先生——20世纪中国最重要的作家，他是如何看长城的呢？

伟大的长城！

这工程，虽在地图上也还有它的小像，凡是世界上稍有知识的人们，大概都知道的罢。

其实，从来不过徒然役（yì）死许多工人而已，胡人何尝挡得住。现在不过一种古迹了，但一时也不会灭尽，或者还要保存它。

我总觉得周围有长城围绕。这长城的构成材料，是旧有的古砖和补添的新砖。两种东西联为一气造成了城壁，将人们包围。

何时才不给长城添新砖呢？

这伟大而可诅咒的长城！

长城是一个防御工程，但不能起到铜墙铁壁的作用。鲁迅是一位作家，也是一位思想者，他沉思了长城对于中国的作用，喊出了一句："这伟大而可诅咒的长城！"

鲁迅这篇文章是1925年写的，比他早五年，即1920年英国作家毛姆来过长城，《在中国屏风上》里有一篇写长城的：

长　　城

毛姆

巨大、雄伟、令人敬畏的中国长城，静静地耸立在薄雾之中。

长城是孤独的，它默默无言地爬上一座座山峰又滑入深深的谷底。

长城是威严的，每隔一段距离就耸立着一座坚固的方形烽火台，镇守着边关。

长城是无情的，为修建它，数百万的生命葬身于此，

每一块巨大的灰色砖石上都沾满了囚犯和流放者的血泪，

长城在逶迤而崎岖的群山间开辟出一条黑黝(yǒu)黝的通道来。

长城是无畏的，它绵延着无尽的旅程，一里格接着一里格，直到亚洲最边远的角落；

它完全不为外界所动，就像它所拱卫的伟大帝国一样神秘。

巨大、雄伟、令人敬畏的中国长城，静静地耸立在薄雾之中。

今天我们上来时没有看到薄雾，正好太阳照在了长城上。我们看到的不是薄雾中的长城，而是阳光中的长城，是秋天的长城。我们看见了松树，也看见许多植物都是秋天的样子。

长　城

毛姆与鲁迅写的长城完全不一样，他们的风格不一样，鲁迅是一位犀利的批评家，毛姆则是一位温暖的充满了人性关怀的随笔作家，也是一位小说家。

在毛姆眼里，巨大、雄伟、令人敬畏的长城是孤独的、威严的、无情的、无畏的，而且还是神秘的。长城是神秘的，每一块砖头都是神秘的。我们今天看到的是修复过的长城，有些砖头是新的。老的城砖，每一块砖头是哪个地方、哪个窑烧的，其上都有记录，上面还刻着那个地方行政长官的名字。修长城的每一块砖大小是一样的，可以说是标准的城砖。毛姆对这个古老的帝国是陌生的，他没有办法理解，所以他用一个词——"神秘"来概括！

今天我们看到的长城似乎并不神秘，为什么？因为我们不是英国人，我们是中国人，所以我们看长城不觉得神秘。

接下来我们看法国思想家伏尔泰如何写长城：

中国在我们基督纪元之前两百年就建筑了长城，但是它并没有挡住鞑靼（dá dá）人的入侵。中国的长城是恐惧的纪念碑，埃及的金字塔是空虚和迷信的纪念碑。它们证明的是这个民族的极大耐力，而不是卓越才智。

这里说的鞑靼人，主要是指北方的游牧民族，并不是特指哪一个民族。伏尔泰是法国人，他并没有搞得很清楚。18世纪，法国伟大的启蒙思想家有伏尔泰、狄德罗、卢梭、孟德斯鸠，伏尔泰是首屈一指的领袖人物。他很仰慕中国的文明，写了很多歌颂中国文明的文章。他认为长城比金字塔更厉害，但是上面的那段文字，他没有特别地把长城高举在金字塔的上面。他认为长城是恐惧的纪念碑，金字塔是空虚和迷信的纪念碑，都是不好的。修长城是因为恐惧，修金字塔是因为空虚和迷信。伏尔泰并没有来过中国，当然也没有见过长城。

还有一位对长城发表了见解的外国人，叫希里曼，他是19世纪德国的一位大考古学家。希里曼于1863年来到长城，那是圆明园被烧掉三年后。他来到中国，写了一篇文章——《我到长城的旅行》。面对长城他发出了惊叹，认为这是一个像大洪水暴发以前巨人族的神话式的创造，是人类用双手创造的最奇伟的作品。他认为长城是一个奇迹，他被震撼了，他又惊讶，又欢喜，又赞叹。1863年的中国是一个什么样的中国？是一个打不过英法联军圆明园被烧掉的中国。从1840年到1860年，二十年间中国两次被打败，第一次被英国打败，就是鸦片战争；第二次被英国和法国的联军打败，就是第二次鸦片战争。中国当时非常衰弱，这位德国的考古学家来到长城，对长城却充满了敬意：

> 长城不可争辩地是人类的双手所曾创造的最奇伟的作品，它是过去的伟大所留的纪念碑，不论它深入到谷里或高耸进云天，它沉默地抗议着那使中华大国沉沦到现在的无体面的深渊中去的颓废和道德的堕落。

这句话什么意思呢？长城是了不起的，但现在的国家太糟糕了，因此连长城都要沉默地抗议。

我们知道秦长城是秦始皇让他的大将蒙恬率军修的，就是传说中孟姜女哭倒的长城。在燕山和贺兰山山脉保存下来的一些才是秦长城，这个时期的长城其实并没有起到抵抗游牧民族的主要作用，倒是起到了一个产生凝聚力的作用。

跟千古一帝秦始皇一样牛的人——亚历山大，横扫欧、亚、非各个古老的帝国，却没有修一条长城，修长城这种想法亚历山大做梦都不会有的，亚历山大想到的是什么？出击，打出去，去征服。秦始皇的想象力，就是做两件事：一件是制造兵马俑，一件是修筑长城，这就是他当了皇帝以后的想象力，他被自己的思维限制了。

一个人的想象力到哪里，一个人就能到达哪里。为什么第一个上月球的不是中国人？你没有想过要登上月亮，你当然到不了那里。我们想象中的月亮是什么样的？月亮里有嫦娥、兔子、吴刚、桂花酒、桂树，是吧？我们想的是这些。也就是说，一个民族的想象力常常决定了一个民族的可能性。几千年来，中国人在这片土地上日出而作，日落而息。我们从来没有想过要越过长城到北面去，我们从来没想过要越过大海到彼岸去。唯有两次中国人想过，一个是往西面去，就是汉武帝派了一个叫张骞的人通西域，最远只走到了西域。还有就是明代的郑和下西洋，最远也只走到了东非与红海边缘。郑和去干吗？传说他不是去拓展贸易，也不是去征服那些民族，而是宣扬皇恩浩荡。这就是中国皇帝的想象力。

"修筑长城，实属无益"，是谁说的话？是康熙皇帝！鲁迅也这样认为，这几乎是清代以后我们的共识。秦始皇修的那个古长城，现在还沉睡在沙漠之中，有些地方还有遗迹，茫茫流沙从北方一步一步地蚕食，经过两千余年它慢慢消失了，明长城就成了我们的一种念想。

学者们已经发现，绵延万里的长城正好同十五英寸降水线大致重合，这条降水线正好意味着农业区域和非农业区域的分界。这是历史学家黄仁宇先生在《中国大历史》这本书中提出来的。通常我们会说四百毫米降水线，四百毫米跟十五英寸差不多，十五英寸相当于三百八十一毫米。今天在宁夏有一段长城在红石峡镇，在那里还能看到祖先留下来的一块石碑，上面刻着四个字：华夷天堑。

这个地方确实是华和夷之间的界限，"华"代表我们华夏，以汉民族为主体；"夷"代表了游牧民族或者说其他少数民族，这是农业文明的一个边界。我们的祖先是种地的，永远都无法超越土地和农业，因此最伟大的想象力、最伟大的举动也只能是修一条长城。

15 世纪对于整个人类来说，是非常关键的一个世纪。15 世纪意大利和欧洲还是文艺复兴运动的时候，产生了达·芬奇、米开朗琪罗和拉斐尔这些巨人；15 世纪是大航海开启的时代，哥伦布、麦哲伦这些大航海家要去发现新大陆、环球航行的时代。但中国人在做什么？中国人还在修长城！

1957 年春天，王含英来到八达岭长城，写了一篇《长城春色无限好》。他们从德胜门出发，那个时候没有高速公路，路上就走了半天。

我们从"北门锁钥"关口旁边拾级登城。在关口两侧，长城依山上筑，倾斜度极大，越向上走就越感到困难。可是，为了要详细地看看这具有二千五百多年历史的伟大建筑，有些年纪花甲的老华侨，扶着手杖，亦步亦趋地且行且看。一位七十多岁的非洲老华侨偕同六十多岁的太太，也跟着大家一齐登城，尽管别人劝告他们不要上去，但他们仍坚持着要上去。

这一段的城墙，经过修缮，已很整洁。我们走上八达岭的城楼高处，倚墙眺望，但见长城像一条长龙似的蜿蜒着，依山势的高低向远处伸展开去，忽起忽落，千形万状，甚为壮观，怪不得古人说"居庸之险不在关城而在八达岭"。转过头来向前面望去隐隐约约的是一片广阔盆地，这时，不禁使我想起古人所描绘的"塞外风光"景象，但如今不再是那荒凉的了。我又抬头看那碧蓝的天空，看那青青的山和那玉带般的长城，顿觉心旷神怡。

今天我们不是从"北门锁钥"关口登上来的，但我们看见的是同一段长城。

"一夫作难而七庙隳（huī），身死人手，为天下笑者，何也？"修了万里长城，给自己预备了兵马俑的千古一帝秦始皇，因为仁义不施，二世而亡。大秦王朝威震天下，征服了齐、楚、燕、赵、韩、魏，最后也不过是十几年的寿命。任何王朝，如果仁义不施，都会"攻守之势异也"，这是历史留下的教训。长城从来不能保证一个朝代万年永固。

居庸关

我们前面就是居庸关，上面有"天下第一雄关"几个大字，大家都知道山海关号称"天下第一关"，嘉峪关也有"天下第一雄关"之称。一位外国专家写过一本研究长城的书，说最好的"关"是雁门关，最大的关也是雁门关。长城那么多的关隘，哪一个才是天下第一雄关，一直没有定论。说居庸关是天下第一也不是没有缘由，这里形势险要，放眼往山上看去都是绵延的长城，确实是个雄关，但是不是天下第一，每一个人的想法可能会不一样。

从京城到八达岭约一百五十华里。清晨，我们分乘五部大汽车，出德胜门朝西北方向驶去，车经清河、沙河、昌平、南口等集镇，这段马路是柏油铺的，不甚崎岖，只是中间有几处正在翻修中。记得前年我去时，昌平至南口的一段路，还未完成。而且现在路的两旁，都已栽下树木，有两米多高，枝上长出嫩绿的新叶，迎风摆动，含着无限春意。过了南口，汽车就沿着曲折的山路行进，不时绕盘在高山峻岭之中。放眼向窗外望去，下面是深涧险谷，远处是重峦叠嶂，形势雄伟，气象万千。不久，就看到"居庸关"了。

居庸关建在山沟之中，两旁高山屹立，因此这是万里长城的重要关口。现时保存的关城是明朝初年建筑的，关口上写的"居庸关"三个大字，虽已剥蚀褪色，但字形仍可辨认。相传秦始皇修筑长城时，"徙（xǐ）居庸徒（tú）"于此（即把筑城的兵卒和民工迁居在这里），这就是"居庸关"名字的由来。关两旁的山坡上，野草丛生，一片葱茏郁茂，早年有"居庸叠翠"之称，并被列为燕京八景之一。

汽车穿过居庸关，路边出现一个凸起的方台。这个叫作"云台"的台子，原来是一座建筑物的基座，上面的建筑早已塌毁，目前仅剩下一个四方形的空台。它保存了许多元代的雕刻和各种文字的经文，是研究文学的宝贵实物资料，而且它的艺术价值也很高。

1957年王含英在这里看到的，与我们此刻看到的几乎一样。我们今天也经过了崇山峻岭，看到了重峦叠嶂、形势雄伟、气象万千的景象，我们可以体会居庸关的险，两旁高山屹立，关隘就在这个山谷之中，这是明代长城的一个重要关口。本来这是一个有人居住的地方，它的得名是秦始皇派蒙恬修长城的时候，把一批修长城的士兵和民工迁居到这个地方。"庸"其实指的是人，我们平常会说一个人是庸人，庸人是什么样的人？平庸的人是吧？我们说这个人很平凡，这是褒义还是贬义？至少是中性的。如果说这个人很平庸，那就有点贬义了。每个人都不想成为一个平庸的人，但可以做一个平凡的人。不过，"庸"在古汉语中是指底层的人，士兵和民工都被认为是底层的人，也就是"庸"，把他们迁居到这个地方来，所以叫"居庸"。到了明代，这里成了一个重要的关隘。两旁的山坡上，我们现在看上去有什么？王含英写得太笼统了，山上能不能看见树啊？能不能看见山上面有蓝天？还能看见白云吗？白云在动还是没动？我们此刻看到的白云是动的。"白云千载空悠悠"，居庸关上的白云空悠悠。六百多年过去了，从昔日的居庸关到今天的居庸关，从军事防御工程到一个旅游景点，白云有没有变过？今天的云抄袭昨天的云。

居庸关

我曾经说：文言是美的，"壬戌之秋，七月既望，苏子与客泛舟游于赤壁之下。清风徐来，水波不兴。"很美！"臣亮言：先帝创业未半而中道崩殂；今天下三分，益州疲弊，此诚危急存亡之秋也。"很美！无论是写景的还是说理的，都可以写得很美！你觉得白话有没有可能写得很美呢？我举个例子，刚才已经说过了，"今天的云抄袭昨天的云"，就很美是吧？有位作家叫王鼎钧，他写了一本书叫《昨天的云》，这个书名就是从台湾诗人痖弦的诗中来的。我再举一个白话的句子，"人都住在自己的衣服里"，你们觉得好吗？这是张爱玲写的。人都住在自己的衣服里，有的人住在红色的衣服里，她是红衣少女；有的人住在绿色的衣服里，她是绿衣少女；还有的人住在白色的衣服里，她是白衣少女。如果穿黑色的衣服，她是黑衣少女，所有的人都住在自己的衣服里。如果穿彩色的衣服怎样？她是彩衣少女。这句子多美啊！

所以白话可以跟文言一样美。一位诗人在法国巴黎开口说："世界上只有难看的人，没有难看的树。"这句话一讲出来，全场鸦雀无声。他接着又说了一句："树也会痛苦，但痛苦的树仍然是美的。"这样的白话是美的。

王含英写得很真实，但并不是很精彩，他不是一位出色的作家。关于八达岭长城，关于居庸关，我还真没有找到一篇好文章。希望你们可以写出好文章来。今天我们在这儿念王含英的文章，也是因为没有找到更合适的佳作。但是你们来了，也许一切就不同了，金恬欣来了，就可能有一篇金恬欣写的关于居庸关的文章；李益帆来了，就可能有一篇李益帆写的关于居庸关的文章。

王含英在《长城春色无限好》中说"居庸叠翠"被列为燕京八景之一，燕京指北京，这么大的北京，只选八景，"居庸叠翠"被列为其中之一，和"卢沟晓月"并列,说起来北京城似乎真没什么好风景。跟它相比,西湖随便拿出一个都能压倒它,平湖秋月、三潭印月、曲院风荷、南屏晚钟,但西湖的景都没有它这样的雄伟。杭州有可以跟居庸关相比的雄关吗?我们只能说各有各的美,居庸关是什么美?壮美!西湖是什么美?柔美!柔美与壮美是各有各的美,美得不一样。

古人将这个景色取名"居庸叠翠"。王含英在写山坡的时候,只用了一句话来概括:野草丛生,葱茏郁茂。写得太笼统了,光是野草丛生,什么草啊?他没有写。葱茏郁茂的是什么呀?也没有写。我们写文章最忌讳的就是这样笼统地表达,要用具体的、更有表现力的词汇。我们昨天晚上讲梁实秋写得好,他用了很多具体的东西来写北京的吃的、北京的水果。还有作家张友鸾,无论写枣树花,写白鹭,都很具体。还有张恨水,写那只夕阳下的老鸦,非常具体。老舍和郁达夫写北平的秋天,也都写得非常具体。王含英写得太笼统了,比如说他写云台,只是说这个建筑早已塌毁,目前仅剩下一个四方形的空台。

我们看一下这个四方形的空台,其中有元代留下的文物,七八百年了,我们知道文物保存的时间越久价值越高,这个地方有多少个元素?居庸关,有军事、文物及自然山川的险要、植物,包括这棵老槐树,包括云台和这个关隘,包括"天下第一雄关"这六个大字,这儿的树、草、石头,这一切结合在一起,就构成了我们今天与居庸关对话的基本元素。我们把八达岭和居庸关结合在一起,以"与长城对话"为主题写一篇文章,找到一个自己的题目,比如说两只蜗牛爬长城,比如说两只蜗牛在居庸关之类。谁是蜗牛?你变成蟋蟀也可以,但是蟋蟀已经被李益帆抢走了,所以你们没蟋蟀了,只剩下蜗牛了。即使我们没看见蜗牛,也可以变成一片叶子，变成一块石头，变成云台上的一块石头，还可以变成天上的一片云，变成长城上的一片云，只要找到你自己的位置，就可以写出你自己的文字。

童子习作

城砖的两面

付润石（11岁）

长城拥有无数的"城砖"，那一块块砖都是男儿们肌肉、耐力的结晶。我抚摸着它，抚摸着它的两面——一面抵御外侮，一面坐享其成。

抵御外侮的那一面，被塞外的狂风刮伤，被刀剑划伤，花岗岩一般的表面面目全非。它的心里更藏着建筑长城的农人们、守卫长城的士兵们的累累白骨。这个精神是伟大的，希里曼爱它，爱它胜过希腊遗址；宗白华传颂它，希望它举世闻名；毛姆赞叹它，认为长城和中国一样神秘……

坐享其成的那一面还是最初的模样——光滑、洁净，偶尔的粗糙也不过是因为岁月流逝的缘故。它们过得安稳，却给整个长城带来了骂名。孙中山批评它，说它不为民族繁荣着想，只顾保一姓之私；伏尔泰认为它不过是民族的耐力，是恐惧的纪念碑而已；鲁迅也诅咒它，说它是牢房，扼杀了中国人的可能性和想象力。

可悲的是，长城砖总有两面，总是不懂得同心协力……哦！这伟大而可诅咒的长城！

长城的风

郭馨仪（11岁）

我们今天去了中国的传奇——长城！

到了长城上，天气好得美妙，天空是极蓝的，蓝得透明，蓝得有点甜。天上的云定是画上去的，色彩和形状都染得匀实极了，惹得月亮待在长城的上空迟迟不肯下去，与太阳针锋相对。

我正出神地看着太阳与月亮同在天上之时，一个淘气的"孩子"扑进我的怀里，煞是冰冷，惹得人直打寒噤。风的速度比我们要快得多，总是在前面等着我们，等到我们走过去时，给我们一个扑面而来的"大惊喜"。不过倒有不少人欣赏这"惬意的清凉"。

到长城风最猛烈的地方尽情地吹风，如果伸出舌头去舔一舔这风，那一定会是甜的，甜得像长城的天空，像长城的白云，像每一块长城砖，只是带着点时间的微涩。

长城的风，是长城能给予我们的——属于它自身的最美好的东西。

我是长城的砖

刘尚钊（11岁）

我是长城的一块砖
朱棣把我砌在了烽火台上

我看见寒风冻伤

战士的马匹

我看见游牧民族

南下征战

我看见日月同辉

也看见大雪纷飞

我是长城的砖

我听那块历经秦朝的砖

讲述这里的故事

讲述生生死死

讲述气象万千

我是长城上一块小小的砖

长城的槐叶
曾子齐（10岁）

秋天来了

踏着秋风去长城

寻找一叶知秋

却是竹篮打水

槐树的叶子

苍翠欲滴

倒有几分夏天的味道

槐叶像把刀
合着刺骨的风儿
划伤了人们的脸庞

槐叶像绿宝石
合着明媚的阳光
开出了几亿的天价

一片槐叶
长城的槐叶
美丽
神奇

我愿成为长城的槐叶
陪伴着
独自伫立在山峦中的长城

长城的云
潘瑞晨（11岁）

　　飘在雄伟的长城之上，俯身凝望，一块块长城砖镶在长城上。
　　长城真！在这一块块历经风雨的长城砖上，是历史的伤痕，那么深，那么真！

长城善！在水寒伤骨的冬日或秋日，依然充满了生命力！

长城美！万里如一，在高山深涧中蜿蜒、盘旋。那两旁的大好河山，仿佛在诉说："这里是雄伟的，是至高无上的！"

我飘在蓝天上，再次俯望。

这是居庸关，给人一种雄壮的感觉，两旁为两座隘口，地面四根红色的大柱，木质飞檐，顶头铺出了头戴黄金的感觉，烈日下的琉璃瓦透出金闪闪的光泽，沿中间长廊飘去，中间是云台的基座，一道道深痕刻出了克服时间的雕塑，就连罗丹也无法超越。

我在低空飘着，两旁为崇山峻岭，远看一片郁绿，近看则百草丰茂、树木丛生，长城就在上面，而我是飘在长城上的云。

蚂蚁和长城

王旖旎（9岁）

长城下，一只小蚂蚁正一脚一脚努力爬着。它是那么渺小，长城的每一条裂缝对它来说都过大了些，可它又是那么努力，任何一粒灰尘都不见得比它快。它念着《过秦论》，吟唱着《大明风云》，仰望着那曾被异族人嘲笑，代表冷漠、不幸和弱小的长城，但小小的它并不觉得长城弱小，它觉得长城是坚固强大的，这些流言是一些中国人本身不上进的缘故……

长城下，一只小蚂蚁正一脚一脚努力爬着。

八达岭长城上众童子背诵《过秦论》 童子刘艺婷作

一群蚂蚁爬长城

陈禹含（9岁）

　　从前，有一群蚂蚁组成了蚂蚁团。渐渐地蚂蚁团越来越大，每一个假期都去一个地方，这次去的便是长城。

　　在长城脚下，蚂蚁们觉得长城是如此之高之长，高如珠穆朗玛峰，长如大丝巾，但是蚂蚁们却毫不畏惧。爬上长城后大部分蚂蚁都喘不过气来了，但它们仍坚持着，经受着风吹雨打、烈日暴晒，同时还要经受人类脚丫的踩踏，以及其他昆虫的夺食，还有石头缝里深沟的威胁，要历尽千辛万苦才能到达烽火台，也就是终点。

一群蚂蚁在深沟身亡,人类踩死数百只,昆虫争夺的也不少,最后幸存的只有一只。

当那只蚂蚁听到:"虽然长城很坚固,但北方民族仍然可以攻破,是因为还有一条路呀。"一个人走迷宫,前面虽然是死路,你不会找另一条路吗?

这只蚂蚁震惊了,它在烽火台上站立不动,心里反复思考着这个问题:"对呀,山重水复疑无路,柳暗花明又一村。"

那只蚂蚁看着见证历史的白云凝固在那里,不是肢体凝固,而是思想凝固,那只蚂蚁正是我。

多变的长城

戴欣然(10岁)

长城啊,你是多变的!一百个人看你,你即变作一百座长城了。

毛姆说你是孤独的,我却认为你是温暖的,一点儿也不寂寥。你的台阶上踏满了人,那些人不停地惊叹你的伟岸与高大。即使不说人,就说大自然,难道没有一缕阳光在你的脸上流转?难道没有一只蟋蟀在你的耳边长鸣?你并不孤独。瞧,我和毛姆有了两座长城。

可转念一想,你还是孤独得很呢!虽然有那么多人、鸟、风陪着你,可他们是聒噪的,是年轻的。而你,已经经历过那么多的世事沧桑,也许当年蒙古族和满族跨越长城的景象,还历历在目吧?瞧,我的那座长城,又合并到了毛姆的长城里去了。

要让我说说你,我觉得你是个惭愧的长城。为了建造你,民工死了一个又一个，你是他们用血汗所堆垒的。可当游牧民族大举进攻时，你似乎没起什么大作用吧？

但我又觉得你完全不需要惭愧。每个王朝的更迭是有规律的，当统治者仁义不施，这个朝代的灭亡就为期不远了。如果正当此时，游牧民族团结起来，想要多一些的土地，难道不可以吗？欲望是人人皆有的东西呀。

不过有一点，我非常同意毛姆说的，他说你是神秘的。难道不是吗？我们谁也不了解你，因为你是多变的。

长长的城　大大的风

赵馨悦（11岁）

"呼——呼——"寒冷的秋风拂过大地，好像魔法一般把树叶染黄了，但秋风依然没使长城动一丝，长城变成了人们的"避难所"。

长城，中国一条蜿蜒的长龙，盘在八达岭山上的龙。全身披着银白的"鳞片"，它的脚是每一个烽火台，这条龙神气地占领了十五个省区，这真是一个奇迹。

北京会飞的龙盘绕云间，徐徐飞升，我也随着龙的思想飞入历史深处的"云层"。

三、在红楼与蔡元培、胡适对话

先生说

在出任北京大学校长之前,蔡元培曾两次做过中华民国的教育总长。他个子很小,却是那个时代算得上学贯中西的人物。他不仅有旧科举中的进士功名,而且在欧洲留过学,深通中国的经典,又接触了西方文化。

蔡元培在1917年担任北大校长时正好50岁,他是北大历史上、也是整个中国高等教育史上最具影响力的校长。他在北大挂名做了十一年的校长,但实际在北大的时间不到五年,可就是这不到五年的时间,奠定了北大百年的根基,北大的学统是由他确立的。

在蔡元培之前,北大不是一个多么了不起的学校,学术上并无什么建树。世界上有近千年历史的大学在那个时候有:剑桥——历史在七百年以上、牛津——八百多年的历史,还有更古老的博洛尼亚大学、巴黎大学。到2018年北大建校正好一百二十年,在蔡元培来当校长的时候,北大成立还不到二十年。1918年北大二十年校庆,当时的北大教授吴梅写了一首校歌,校歌当中最有名的那句歌词就是"幸遇先生蔡"。这五个字是中国大学史上最美好的五个字,因为这五个字,中国有了第一所像样的大学。北大由蔡先生一手奠定,根基就是八个字——兼容并包,思想自由,其中很重要的即贯通中西。没有贯通中西,不叫大学,充其量只是旧的国子监、太学的翻版。

红楼是 1917 年建造的，北大的其他老房子都没有了，这栋老房子是中西合璧，蔡先生做校长以后才启用。这是当年最新的楼，是北大最好的一座建筑。一百年前，即1918年[①]，红楼是一座辉煌的建筑，是中国教育界聚焦的中心。

蔡元培先生重视美学、美育，这两本杂志——《音乐杂志》《绘学杂志》（墙上的照片）是专门研究音乐与绘画的。蔡元培先生倡导美育，甚至提出了以美育代替宗教，那时北大就有"绘画研究会"和"音乐研究会"。1920 年，北京大学首开了男女同校的先例，这三个女生——王兰、奚浈、查晓园（墙上的照片中人物）是最早进入北大念书的女学生。

《绘学杂志》《音乐杂志》

[①] 本书初稿完成于 2018 年，所以一百年前即 1918 年，其他时间计算也是这样。

北大的校徽——三个"人",是1917年鲁迅先生设计的,今天还在用。真正的校徽是有一点粗糙的,没有那么精细,那是鲁迅先生手绘的。

北大是第一所设立了国学门、开始招研究生的大学。那个时代的研究生不分硕士和博士,北大是中国第一所招收研究生的大学。

蔡先生容纳不同的主张,他能容纳留辫子的辜鸿铭。辜鸿铭英语好,他来不是教学生编辫子,而是教学生们英文的,他的英文水平当时是一流的。

北大有很多的兔子(指生肖),有三只最厉害的兔子,老兔子叫蔡元培,中兔子叫陈独秀,小兔子叫胡适。这三只兔子是百年前老北大的三根台柱子。

1879年出生的陈独秀和1891年出生的胡适都是安徽人,1868年1月11日(还在阴历丁卯年)出生的蔡元培是浙江绍兴人。北大虽在北方,决定它的方向的却是这些南方人。

陈独秀生于安徽怀宁(今安庆),有秀才功名,1901年到日本留学,但他没有上过大学。蔡元培为了聘请他来当北京大学文科学长,伪造了他的学历,说他毕业于日本东京大学(当时日本只有东京帝国大学,二战后的1947年东京帝国大学才改名为东京大学)。教育部很快就批准了由陈独秀担任北京大学文科学长,任命书上的时间为中华民国六年(1917年)一月十三日。为了顺利地让教育部同意陈独秀做北大文科学长,蔡元培不仅伪造了陈独秀的学历,还伪造了他的履历。陈独秀在担任安徽省都督府秘书长时,只参与过安徽高等学校的创办,没有担任过安徽高等学校的校长,蔡元培却说陈独秀担任过安徽高等学校的校长。

陈独秀最主要的贡献不是在北大的工作,而是创办了当时中国影响力最大的杂志——《新青年》。可以说,陈独秀办杂志的影响要远远大于做北大文科学长的影响。他也是因为办《新青年》出名,才被蔡元培三顾茅庐请到北大做文科学长。

陈独秀是一个很有魄力的人,他崇拜法国文化,崇尚法兰西的"自由、平等、博爱"。陈独秀有一句名言,"世界文明发源地有二:一是科学研究室,二是监狱。我们青年要立志出了研究室就入监狱,出了监狱就入研究室,这才是人生最高尚优美的生活。从这两处发生的文明,才是真文明,才是有生命有价值的文明"。他说了这句话不久,就去北京"新世界"散发《北京市民宣言》,结果被抓起来,关了九十三天。他果然进了世界文明发源地之一的监狱。全国各界纷纷通电呼吁释放他——从学生到知识界,连反对他的人都站出来了,他成了全国瞩目的风云人物。

陈独秀的同乡胡适崇拜的是杜威和美国文明。胡适自1917年从哥伦比亚大学回来,到1948年年底离开,在三十一年当中,他有很长的时间都在北大担任教授,先后做过中文系主任、文学院院长、北大校长,对北大的影响十分深刻,是老北大的灵魂人物之一。

童子诵

北大校歌

吴 梅

其 一

景山门,启鳣(zhān)帷成均又新,
弦诵一堂春。
破朝昏,鸡鸣风雨相亲。
数分科,有东西秘文。

论同堂，尽南北儒珍。
珍重读书身，
莫白了青青双鬓。
男儿自有真，
谁不是良时豪俊？
待培养出，
文章气节少年人。

其　二

棫（yù）朴乐英才。
试语同侪，追想逊清时创立此堂斋。
景山丽日开，旧家主第门桯（yíng）改。
春明起讲台，春风尽异才。
沧海动风雷，弦诵无妨碍。
到如今费多少桃李栽培，
喜此时幸遇先生蔡。
从头细揣算，匆匆岁月，已是廿年来。

"廿年来"是多少年？这首校歌写于1918年，当时北大建校已二十周年，如今又过去了一百年，北大已经一百二十岁了。我们在百年后重读吴梅教授的这两首校歌，你们最喜欢哪一句？

"先生蔡"的北大，希望培养出"文章气节少年人"。

我选了蔡元培的三篇短文：一篇是《自由与放纵》，一篇是《洪水与猛兽》，还有一篇《美育与人生》，因为他大半生致力于提倡美育。

植物的花，不过为果实的准备；而梅、杏、桃、李之属，诗人所咏叹的，以花为多。专供赏玩之花，且有因人而择的作用，而不能结果的。动物的毛羽，所以御寒，人固有制裘、织呢的习惯；然白鹭之羽，孔雀之尾，乃专以供装饰。宫室可以避风雨就好了，何以要雕刻与彩绘？器具可以应用就好了，何以要图案？语言可以达意就好了，何以要特制音调的诗歌？可以证明美的作用，是超越乎利用的范围的。

蔡元培是进士、翰林出身，又曾留学法国、德国，兼有旧学问和新学问，是真懂教育的人。今天我们的教育主要关注什么？现在的教育虽也强调全面发展，但在"分数"面前，我们常常忽略了美育，很多人认为音乐、美术，甚至文学都是不太重要的，认为感情是不太重要的，最重要的是什么？考试！知识点！而这样的教育是不完整的教育，是片面的教育。

蔡元培作为20世纪中国最重要的教育家，他意识到教育当中最重要的部分不是智育而是美育。因为美育可以陶冶情操，这样才能够认识人生的真正价值。教育最根本的是要让一个人变成更有价值的人，并不是变成一个更有知识的人。教育中最重要的并不只是知识，还有比知识更重要的情感、意志。

蔡先生到底是一个怎么样的人？他的学生蒋梦麟这样说：

蔡先生所具者有三种精神而熔合于一炉：（一）温良恭俭让，蔡先生具中国最好之精神。（二）重美感，具希腊最好之精神。（三）平民生活，及在他的眼中，个个都是好人，是蔡先生具希伯来最好之精神。……蔡先生这种精神，怎样得来的呢？是从学问中得来的。故诸君当以学问为莫大的任务。（1919年7月26日初到北大时在学生欢迎会上的演说）

这是九十九年前，蒋梦麟来北大代理校长职务（因为当时蔡先生已经辞职走了）给学生演讲时说的。在蔡元培的身上有三种精神，第一种精神来自哪里？来自中国，叫"温良恭俭让"。第二种精神，来自希腊。他强调美育。第三种精神来自以色列，即希伯来精神，也就是基督教的精神。这三种精神来自三种不同文明，陶冶出了一位大教育家。

我觉得蒋梦麟是最懂蔡先生的人之一，他是蔡先生在绍兴府中学堂的学生，是蔡先生做中学校长时的学生。蒋梦麟后来到美国留学，拿到了美国哥伦比亚大学博士学位，是胡适的师兄、杜威的学生。

北大在蔡先生的领导下到底变成了一所怎样的学校？

先从鲁迅的视角来看。鲁迅生于1881年，一位在日本学医出身的作家。他曾经在北大做过老师，由于他是教育部的官员，他在北大兼职只能做讲师，不能做教授，他从来不是北大教授。他在北大教中国小说史，那本著名的《中国小说史略》，就是他在北大讲课时的讲稿。他在北大二十七周年时写的《我观北大》短文中，对北大精神进行了概括：

北大是常为新的，改进的运动的先锋，要使中国向着好的，往上的道路走。北大是常与黑暗势力抗战的，即使只有自己。

1948年12月，蔡元培离世八年后，北大校长胡适为北大五十周年校庆写了一篇演讲稿。但是他还没等到那一天就被飞机接到南京去了。12月17日是胡适的生日，也是北大那个时候的校庆日。北大是1898年12月17日成立的，胡适的生日正好和北大校庆日同一天。

胡适在北大度过了他一生的黄金时代。他26岁来北大，那时北大建校还不足二十年。北大二十周年校庆时，校长是蔡元培，之后当校长时间最长的是蒋梦麟。讲北大如果不讲蒋梦麟，不讲胡适，那就是遮蔽了北大的真实历史。

与博洛尼亚大学或巴黎大学、牛津大学、剑桥大学相比，北大太年轻了。就是年轻的美国，他们的哈佛大学在1948年也已经度过了三百周年，美国立国都没有三百年。耶鲁大学那时候也快二百五十年了，普林斯顿大学二百多年了。仅仅五十年的北大，历史太短暂了，短暂本身就意味着没有传统、没有积累。胡适知道，我们需要勇敢地追，追赶世界上那些几百年以上的大学。

胡适讲述了五十年来的北大历史。北大很可怜，遭受了很多的苦难，特别是九一八事变后，日本很快占领了东三省，北大几乎处于国防第一线。即使在这样的危急关头，蒋梦麟和胡适（蒋梦麟是校长，胡适是文学院院长）他们还是一心要办好北大，地质馆、图书馆、女生宿舍都是那个时候建起来的。北大很多教授在学术上取得了很大的成就，北大真正在国际上赢得了学术地位，正是在1931年到1937年的这几年。蒋梦麟和胡适奠定了北大的学术根基，蔡元培的时代主要是奠定思想根基。一所大学最重要的东西是什么？学术！要能跟国际上第一流的学术机构相提并论，这个大学才站得住。胡适希望将来北大还能度过像九一八事变一样的危机，成为一所真正立得住的大学。但是他还没来得及发表这篇演讲，就仓皇南下了。

1958 年，远离了北大的胡适先生在台北纪念北大创校六十周年，那一天是 12 月 17 日，正好是他 67 岁生日。十年前，1948 年北大创校五十周年前夕，北平已在大军合围之中，他仓皇离开，泪洒金陵。转眼北大已在新中国过了差不多十年，校庆日也由 12 月 17 日改成了 5 月 4 日。那天，胡适透过电台发表广播讲话。胡适纪念馆于 1970 年初版、1978 年修订的《胡适讲演集》有这篇题为《学术平等、思想自由》的演讲稿。

在这篇演讲稿中，胡适指出了北大的精神到底是什么。北大的精神就是蔡元培开创的、蒋梦麟继续提倡的八个字"学术平等，思想自由"的精神。什么叫学术平等？把它读出来就是这么简单。他想起 1917 年他初登北大讲台，坐在下面听课的学生，学问不一定都比他差。傅斯年、顾颉刚这些人读的旧书比他还多，旧学问做得比他还好，但是他们缺少新学问，他们没有去过国外。当然后来傅斯年到了英国留学。那些年轻人从小就背书，背了大量的经典。胡适一看见那些人年纪比自己小，学问比自己好，站在讲台上就很恐惧，因此他就拼命读书，拼命用功。胡适有没有比他们强的地方呢？胡适是美国哥伦比亚大学博士、杜威的学生，他是念哲学的，是美国康奈尔大学本科毕业的，他有新方法、新工具、新观念。但是那些学生的旧学问更好，中国的经典读得更熟。

胡适想起 1917 年回国的时候，在北大的讲台上既站着鲁迅、周作人、钱玄同、刘半农这样的人，也站着辜鸿铭、黄侃、刘师培这样的人。辜鸿铭留着一条辫子，刘师培提倡君主立宪，主要要有皇帝，黄侃讲旧学问，反对白话文。但他们个个都有大学问，没有一个是没有学问的。

北大学生也分成了三派：一派是傅斯年、罗家伦、杨振声等人，办了一本杂志叫《新潮》；一派是许德珩、张国焘等人，他们办了一本杂志叫《国民》；还有一派是跟黄侃、刘师培亲近的学生，办了一本杂志叫《国故》，但是在这一派学生中没有出大学问家，因此慢慢就被淘汰了。《国民》这一派出了革命家，也没出学问家。《新潮》这一派出了哪些人呢？傅斯年、罗家伦、杨振声、俞平伯、顾颉刚、毛子水、康白情、朱自清等，里面有数学家、散文家、历史学家，三个大学校长，还有心理学家和诗人等。《新潮》受胡适的影响最大，白话文、新思想，这是胡适影响北大最深远的地方。到今天为止，真正对北大有深远影响的人里，如果只是举出三位的话，是哪三位呢？蔡元培、胡适、蒋梦麟。

胡适曾一度离开北大，做过中国公学的校长，我们来读一下他的《中国公学十八年级毕业赠言》：

诸位毕业同学：你们现在要离开母校了，我没有什么礼物送给你们，只好送你们一句话罢。

这一句话是："不要抛弃学问。"以前的功课也许有一大部分是为了这张毕业文凭，不得已而做的。从今以后，你们可以依自己的心愿去自由研究了。趁现在年富力强的时候，努力做一种专门学问。少年是一去不复返的，等到精力衰时，要做学问也来不及了。即为吃饭计，学问决不会辜负人的。吃饭而不求学问，三年五年之后，你们都要被后进少年淘汰掉的。到那时再想做点学问来补救，恐怕已太晚了。

有人说："出去做事之后，生活问题急需解决，哪有工夫去读书？即使要做学问，既没有图书馆，又没有实验室，哪能做学问？"

我要对你们说：凡是要等到有了图书馆方才读书的，有了图书馆也不肯读书。凡是要等到有了实验室方才做研究的，有了实验室也不肯做研究。你有了决心要研究一个问题，自然会撙（zǔn）衣节食去买书，自然会想出法子来设置仪器。

至于时间，更不成问题。达尔文一生多病，不能多做工，每天只能做一点钟的工作。你们看他的成绩！每天花一点钟看十页有用的书，每年可看三千六百多页书；三十年读十一万页书。

诸位，十一万页书可以使你成一个学者了。可是，每天看三种小报也得费你一点钟的工夫；四圈麻将也得费你一点半钟的光阴。看小报呢？还是打麻将呢？还是努力做一个学者呢？全靠你们自己的选择！

易卜生说："你的最大责任是把你这块材料铸造成器。"

学问便是铸器的工具。抛弃了学问便是毁了你自己。

再会了！你们的母校眼睁睁地要看你们十年之后成什么器。

胡适先生喜欢说"大胆假设，小心求证"，我喜欢说"大胆想象，小心落笔"。

1929年6月25日，胡适对即将毕业的大学生说十年后看看你们到底成了什么样的人，也就是"铸造成器"了吗？

易卜生是谁？他是挪威的戏剧家，胡适最早将他的作品《玩偶之家》翻译成中文。这篇讲话引用易卜生的话："你的最大的责任就是把你这块材料铸造成器。"就是盼望学生将自己铸造成器，成为对社会有贡献的人。

胡适语重心长，用最浅白的白话文对他的学生说话。作为白话文的首倡者，他把文章写得明白如话，也明白如水。十多年前，我曾写过一篇文章《鲁迅是酒，胡适是水》。酒很好，能醉人，很诱人，但是，水什么时候都可以喝，什么时候都需要。酒并不是什么时候都需要，而且酒喝多了会醉，会变成醉鬼。虽然酒比水贵，但水比酒更重要。胡适是水，鲁迅是酒，这是两个人的区别。就像他们的文章一样，风格完全不一样。当然，我的文章不仅是从语言的角度说的。

回到吴梅的北大校歌：

待培养出，

文章气节少年人。

到如今费多少桃李栽培，

喜此时幸遇先生蔡。

可惜如今没有"先生蔡"了，也没有"先生胡"了，都没有了！这个世界已不是一百年前的世界，要完全靠你自己铸造成器，靠你自己努力了！

童子习作

红楼的蟋蟀

李益帆（9岁）

红楼的墙

蔡元培摸过

匆匆的岁月流过

早晨

一缕阳光

透过图书馆的窗户

照到了一只蟋蟀身上

喔喔——

它又跳出窗，

来到蔡元培摸过的红墙上

静静地吟着

《失乐园》

唱着"北大之歌"。

幸遇先生蔡

陈禹含（9岁）

　　我在红楼漫游。红楼，这个小小的空间，北大的气息越来越强烈。在蔡先生的办公室，那电话上的灰尘覆盖着岁月。我看着，眼睛突然一阵冷痛，一眨眼，眼前的事物开始慢慢改变，看见的是一栋西式建筑，红红的墙壁，我回到了旧时北大。

　　正在台上讲话的是蔡元培。在红楼的映衬下，他那朴素的衣服、沉稳的举止显得格外引人注目。

　　看看蔡先生，看看学生与教员，我突然醒悟，我被蔡元培电话里的声音传送到了民国时期。一百年前的校歌在耳畔回响——喜此时幸遇先生蔡。

我到台前问蔡校长精神如何？他答：一、温良恭俭让的精神。二、有美感，可以与希腊媲美。三、在我眼中，个个都是好人。蔡先生看着我，问："你是何人？"我一时语塞，只好说："21世纪人。""哦——你是未来人吧？我曾说：'待培养出，文章气节少年人。'"

我再睁开眼睛，已是公历2018年9月27日午夜时分。

幸　　遇
潘瑞晨（11岁）

北大来过很多人，有学生，也有老师。

匆匆那年，在冬风来临时还是"北大"，当冬风走时，已成了真正的北大！

该来的人来了，那是群学者，更是一批开拓者。今天，望红楼，仿佛这不是一个学校，而是圣洁的殿堂。那天，先生蔡与先生们踏入红楼，仿佛整个中国教育也紧随其后，向黄金时代迈进。啊！北京大学！我想喊出你的全名向世界证明你曾经的光荣！

忆·风云人

蔡先生、胡先生、陈先生作为浪尖上的人，带领学生走向未来。1917年，蔡先生、胡先生、陈先生将新思想、新知识带给学生，他们口吐"知水"，更新了老旧的北大。

啊！先生！啊！北大！一次幸遇，犹如奇妙的碰撞，擦出了新世纪的火花！

遥想红楼

刘尚钊（11 岁）

我看到这座红楼，心里遥想一百年前幸遇先生蔡的老北大。

在我的心里，红楼是崭新的，是"兼容并包，思想自由"的。蔡元培先生将他的教育理念赋予了所有学生。

我仿佛看到陈独秀先生正在编新一期《新青年》，黄侃、辜鸿铭正在给学生们上课。

童子们在北大红楼演绎《幸遇先生蔡》

在外留学的胡适，研究着白话文，也许他也没想到他能成为北大的重要人物，那就是后来盼学生成大器的胡适。

我看着红楼,遥想着一百二十年前的蔡先生,幻想着在未来的红楼幸遇先生。

红楼回声

付润石(11岁)

几扇木头窗镶嵌在朱红和淡灰的石墙中,高大粗糙的墙面布满了一百多年来一代代学人的沧桑。在蔡元培的桌前,在"五四"的旗帜中,是否隐藏着思想之自由、学术之自由?在红楼墙瓦之间,我听到了红楼师生的声音……

蔡元培站在讲台上,说出了"兼容并包,思想自由"。北大汇纳百川,百家争鸣。《新青年》《新潮》传遍大江南北……喜此时幸遇先生蔡,北大从此脱颖而出,成为黑暗势力恼怒的对象。

"还我青岛!"傅斯年、罗家伦站起来向北洋政府抗争。几声钟响,蔡元培、蒋梦麟、胡适以教育救国。周作人、鲁迅乃至辜鸿铭、刘师培等在蔡元培带领下相继"跳"出。新思想、新革命也相继"跳"出。胡适对学生们说"不要抛弃学问",黄侃、刘师培坚持旧学,而傅斯年、罗家伦等人毫不犹豫地发起五四运动……

蔡元培、陈独秀、胡适早已经不复存在,除了当年的红楼、书桌,他们还留给我们自由的思想、自由的声音!

四、在未名湖与燕京大学对话

先生说

今天一大早，我在梦中想到了一副对联：

喜此时红楼幸遇先生蔡，到如今文章气节少年人。

文章气节少年人就是你们。蔡元培在哪里？蔡元培不在未名湖，蔡元培在红楼。但是未名湖畔有一个蔡元培的铜像。未名湖也有一个人，跟蔡元培一样，另一个伟大的校长。他虽然不是中国人，但是他比很多中国人还要中国人。他生于中国，在中国生活居住了五十年，他叫司徒雷登，是我的邻居，他住在耶稣堂弄6号，我住耶稣堂弄7号。我写过一篇文章，题目叫《我与司徒雷登比邻而居》，当然我住在那儿的时候司徒雷登早就不在了。

很多人知道司徒雷登，是因为毛泽东在1949年写了一篇文章，题目叫《别了，司徒雷登》。那个时候司徒雷登是美国驻中国的大使，但是司徒雷登在过去的中国之所以有名不是因为他是一位驻华大使，而是因为他是燕京大学的创校校长。他缔造了燕京大学三十年的辉煌，他把燕京大学办成了一所具有国际水准的大学，未名湖因为有司徒雷登而成了举世瞩目的一个湖。这个湖有西湖大吗？这个湖有我们看过的很多湖大吗？都没有！但这个湖却是中国最有名的湖之一，它为什么有名？因为有一个叫司徒雷登的人绕着这个湖办了一所大学，这所大学的名字是燕京大学。

在未名湖畔建立的这所大学有三道风景，用一个成语来概括即"一塔湖图"——"塔"是我们看见的博雅塔，"湖"是未名湖，"图"是图书馆。这三样都是燕京大学的标志，是司徒雷登时代以来校园的聚焦点。

燕京大学的时代是1919年到1952年，1920年迁到这个地方，经过三十多年，燕京大学变成了一所具有世界水准的大学。这里产生了无数在国内外有巨大影响的师生，在自然科学领域、医学领域、人文科学领域、文学领域，他们做出了杰出贡献。无论是燕京大学的老师，如冰心、许地山这些作家，还是燕京大学的学生当中所产生的重量级的人物，都曾经影响了20世纪的中国。司徒雷登一生对中国最大的贡献是创办了燕京大学，因为他创办了燕京大学，所以他被称为燕京大学之父；整个的燕京大学校园又被称为燕园，因此他又被称为燕园之父，司徒雷登在这里深受学生和老师的爱戴。他后来出任美国驻中国大使，离开了燕京大学。他做中国大使的时间很短，只有三年；他做燕京大学校长和校务长的时间很长，一共二十几年。办这所大学的钱都是他募集的，他到美国募集了二百五十万美元，在中国地方军阀和达官名流那里也募集了不少，张学良和他的父亲张作霖就捐了很多钱。张作霖非常尊敬司徒雷登，曾说司徒雷登什么时候让他捐钱他都会捐。当时有很多中国人给燕京大学捐过钱。燕京大学是一所教会大学，也可以说是一所私立大学，而不是国立大学。这个大学是司徒雷登一生最高的成就，领导这个学校的二三十年是他的黄金时代。司徒雷登脑海中时常浮现出未名湖畔的柳枝，他想到最多的就是这柳枝。

为什么司徒雷登总想到柳枝呢？司徒雷登说每当他的脑海中出现未名湖畔的柳枝时，他就会想到燕京大学，这是他心中一个已经实现了的梦想。

他一生最大的梦想就是创立一所好的大学留给中国。他虽然不是中国人，但他比很多中国人还要中国人。他出生在杭州，讲一口地道的杭州土话，11岁才离开杭州到美国念书，在美国念完博士又回到了杭州，在杭州工作四年之后去了南京，在南京的金陵神学院工作十年后被邀请到北京来创立燕京大学。

司徒雷登一生大部分的时间都在中国，一共居住了五十年，所以他的回忆录就叫《在华五十年》。他筚路蓝缕，到处募款创立这所大学，邀请了许多有学问的外籍教授和中国教授来到这所大学，把这所大学变成了举世瞩目的一流的综合性大学。燕京大学今天已经消失了，世界上没有了燕京大学。三联书店有一套很有名的《哈佛燕京学术丛书》，为什么"燕京"这个词还在这上面？因为燕京大学虽然消失了，但是燕京大学的精神没有消失。没有燕京大学，还有一个未名湖；没有燕京大学，还有一个博雅塔；没有燕京大学，还有柳枝。这些都属于司徒雷登，都是他生命中留下的痕迹。这里的石头、湖水、草木，他太熟悉了，因为他一直生活在这里。1937年，日本占领北平，北京大学办不下去了，但燕京大学还能继续办下去。燕京大学为什么可以办？因为燕京大学当时挂的是美国国旗。1941年12月7日，珍珠港事件引发了太平洋战争，日本对美国宣战，日本人进入燕京大学校园，司徒雷登被捕，著名的教授洪业、张东荪都被抓了起来，关在集中营里。司徒雷登先生那时年纪已经很大了，但是他在日本的监狱里毫不屈服，为了燕京大学他愿意承担失去自由的代价。当日本投降，他被释放之后，在中国的威望更高了。

很多中国人都非常尊敬这位没有中国国籍的外国人，因为他是一位真正的英雄，一位白发的英雄，一位创立了燕京大学的英雄，这样的英雄在历史上是很罕见的。多数人认为英雄就是像关羽、岳飞这类人，其实创办一所大学影响一个国家、一个民族的人同样是英雄，所以蔡元培是英雄，司徒雷登是英雄，张伯苓是英雄。英雄不只是会打仗的人，英雄有很多类型。英国有一位有名的作家卡莱尔，曾写过一本书叫《论英雄和英雄崇拜》，他概括了英雄的类型，其中一类英雄叫诗人英雄，如但丁、歌德、莎士比亚。英雄不一定都是马背上拿武器的人，也可以是手无缚鸡之力的人，如司徒雷登、蔡元培。蔡元培一米六几的个子，鲁迅比蔡元培还要矮一点，拿破仑也很矮，英雄不问出身，更不问高低。如果你写出了《红楼梦》，你就是一座高山！如果你写出了《哈姆雷特》，你就是一座高山！如果你办了一所像燕京大学那样的大学，你就是高山！

三百年后，未名湖想来还在，三百年后当北大四百二十周年校庆的时候，想来未名湖畔真的也会有鸿鹄之志，而不只是燕雀之志，这个地方有可能飞出莎士比亚这样的剧作家，也可能飞出弥尔顿这样的诗人，或牛顿和爱因斯坦这样的科学家。一百多年来，不管是北大还是清华，一个牛顿都没有，要产生一个牛顿需要几百年甚至上千年的积累（燕京太短暂了，三十多年，还来不及产生自己的牛顿）。你们的目标是成为"文章气节少年人"，成为牛顿这样的人，成为歌德、莎士比亚、托尔斯泰这样的人，从小就要有创造力、想象力、审美力，从小就要学会独立思考，从小就要亲近蓝天白云，亲近这些柳枝、芦苇，亲近每一片树叶，这些树叶会告诉你世界是什么。脚下的泥土可以摸一把，它是未名湖的泥土；你可以用自己的手摸一下这些泥，未名湖的泥土带着未名湖的气息。如果你觉得它脏，那是因为你只看到了它物质的一面，你没看见它文化的一面，你的眼睛是有限的，没有穿透力。

未名湖畔的燕京大学有一个九字校训——"因真理，得自由，以服务"，这是精通中文的美国人司徒雷登给燕京大学定下的校训，一个充满了魅力的校训。燕京大学的校歌也非常有意思，多年后，燕京学子唱起当年的校歌："良师益友，如琢如磨，情志每相同；踊跃奋进，探求真理，自由生活丰……"仍常常禁不住哽咽。这正是一所大学的精神魅力所在，是教育在人心中播下的种子。

未名湖畔与司徒雷登的燕京大学对话

今天我们坐在这里，在未名湖畔与曾经的燕京大学对话，与司徒雷登的燕京大学对话。我们跟北大的对话已经在红楼完成了，那是蔡元培和胡适他们的北大。在这里，我们不是跟北大对话，我们是跟已经消失的燕京大学对话，我们主要的对话对象不是人，而是这个湖——未名湖。《湖光塔影》的作者宗璞——北大哲学系著名教授冯友兰先生的女儿，从小就常在未名湖畔行走，后来又在未名湖畔住过很长时间，她写的《湖光塔影》有她亲身的经历在里面：

　　小时候，常在湖边行走。只觉得这湖水真绿，绿得和岸边丛生的草木差不多，简直分不出草和水、水和草来。又觉得这湖真大。在湖岸边看着鱼儿向岛游去，水面上形成一行行整齐的波纹，"鱼儿排队！"我想。在梦中，我便也加入鱼儿的队伍，去探索小岛的秘密。

　　一晃儿过了几十年。我在经历了人世酸辛之余，也已踏遍燕园的每一个角落，领略了花晨月夕、四时风光。未名湖，湖光依旧。那塔，应该是未名塔了，最让人难忘的，是它投在湖水上的影子。晴天时，岸上的塔直指青天，水中的塔深延湖底。湖水一片碧绿，塔影在湖光中，檐角的小兽清晰可辨。阴雨时，黯云压着岸上的塔，水中的塔也似乎伸展不开。雨珠儿在湖面上跳落，泛起一层水汽。塔影摇曳了，散开了，一会儿又聚在一起，给人一种迷惘的感觉。雾起时，湖、塔都笼罩着一层层轻纱。雪落时，远远都覆盖着从未剪裁过的白绒毡。

…………

　　冷月有知，当能告诉我们从建园起这里发生的种种悲剧。鹤影诗魂，难逃魔掌，更不说这湖山中渗透的民脂民膏，埋葬着的累累白骨了。这园原名淑春园，是乾隆年间权臣和珅的私产。"芳园筑向帝城西"，那时颇有些达官贵人在这一带经营园囿。燕园北部的镜春、朗润、鸣鹤诸园，都是私人园林，现已融入燕园，成为一体。

从那幽塘边上行，到了千百竿翠竹掩映的临湖轩，那便是当初燕京大学的神经中枢了。燕大于一九二六年从城内迁此。……

又是清晨散步，向湖中的岛眺望，那白石船仍静静地停泊在原处，树木只管各自绿着。在那浓绿中，一架射电天文望远镜赫然摆在那里，仰面向着天空。有的朋友认为它破坏了自然的景致，而我却觉得它在湖光塔影之间，显示出人类智慧的光辉，儿时的梦又在眼前浮起。

小时候宗璞觉得这个湖很大，后来还觉得这个湖大吗？《湖光塔影》中提到了一个叫临湖轩的地方，临湖轩是当年司徒雷登先生居住的地方，也是他最喜欢的地方，那里有千百竿的翠竹。临湖轩也在湖边。

看这篇文章的最后一段：

这时，我虽不在未名湖畔，却想出了一幅湖光塔影图。湖光、塔影，怎样画都是美的，但不要忘记在湖边大石上画出一个鼓鼓的半旧的帆布书包……

这结尾写得好，好就好在在湖边的石头上还有一个鼓鼓的半旧的帆布书包，如果是全新的书包就不好了；如果不是鼓鼓的，而是空空的、扁扁的书包也不好；如果是一个很贵的那种包，那就是大大的败笔。

再来看邓云乡的《燕园秋色》，他是非常熟悉老北京的一位作家、学者。他回忆过未名湖畔秋天的样子：

当时是下午四点来钟，西面的金色阳光洒在院墙上，天气很好，但却有风，吹得水泥路上的黄叶沙沙作响，我们一边散步，一边闲谈，一边眺望着缥缈的燕云。心里却充满着即将离别远行的怅惘情绪。当时燕园人本来不多，在这里散步时，更没有什么人，安静极了，这些都使我留下十分深刻的印象。几十年了，偶一忆及，便在眼前浮动，连那黄叶的飘落声似乎也还能听到。

你们抬头望一下，能看见黄叶吗？已经有黄叶了，谁的黄叶？邓云乡的黄叶、秋天的燕园的黄叶。邓云乡还写了几篇和燕园有关的文章，比如《燕东园》，讲冬天大雪之后燕东园的这条路。这条路上曾走过著名的美国记者埃德加·斯诺，走过燕京大学后来的校长吴雷川，走过著名作家许地山，历史学家邓之诚、顾颉刚，学者郭绍虞，以及陆侃如和冯沅君夫妻俩。邓云乡深深地怀念未名湖的冰，等到冬天，这里的湖水结成了冰，他们就在上面溜起了冰：

未名湖畔的刀光冰影，想来在今天一定更为热闹了。可惜光阴易逝，学生时代早已去我而远，渺乎不可追矣。那冰影，那人声，那笑语，那冬日西山的钝色，只能系以遥思了。

燕大消失之后，未名湖畔一位北大女生林昭，也曾在这里溜过冰。她说：

提起滑冰我立刻就——很自然地——想到了我们的冰场：我

们北大的冰场就是未名湖。

犹如在亚热带的南方人们喜爱游泳，在严寒的北国，滑冰是一项群众性运动。学子们对它更是入迷。想当年负笈春明，每到初冬，校内校外、街头、车上，举目莫非三两并肩背着冰鞋冲寒抗风谈笑以行的年轻人，青春气概无视着那卷沙夹雪满处回旋而呼呼作虎啸声的凛冽的朔风。而北大人又得以自己母校所特具的有利条件引为骄傲了：别的学校到了滑冰季节要和泥挑水、打椿筑版花不少工夫去整修临时冰场，我们可用不着。那幽倩秀逸宛如美人明眸的未名湖换上冬装以后我们就有了冰场，既方便又宽广。

她怀念这样的未名湖——

未名湖呵，你的名字唤起我多少低回不尽的联想……你的垂柳，你的迎春，你的紫藤，你的槐花，你的千叶桃与黄刺玫。它们听见过我们无邪的欢笑；听见过我们豪情的歌唱；听见过我们战斗的誓言；也听见过我们激越的诗章！……未名湖，未名湖，我们的未名湖呵，作为北大校景的中心组成部分我是如此熟悉着你，任时间与空间遥相间隔，我只要略一凝神，你的形象便分明在目：别具风姿的小塔，玲珑的石桥、岛亭，垂柳掩映的土山，诗意盎然的花神庙……

"哪一天再回到你的怀抱，那一切是否都依然无恙？"未名湖的水、未名湖的柳枝、未名湖的树叶都还无恙吗？那座小塔、石桥都还无恙吗？这也是历史留给我们的一个问号。

童子习作

燕园青路

郭馨仪（11岁）

踏在燕园的小路上，踩着凹凸不平的鹅卵石，沿湖行走，比起狂奔的人，我们那优哉游哉的步调显得不紧不慢，像是专门来观景似的。不过不管快慢，我们只有一个目的：寻找临湖轩。

关于翠竹环绕的临湖轩，我们毫无头绪，所以还不如省省力气，欣赏一下沿岸的景色。作家们说得对，这湖水的确是绿的，在阳光下绿得透明，绿得像司徒雷登的眼睛。岸边的植物也是绿的，衬得湖水更绿了，只是它们只管各自绿，绿得那么不团结，极不协调。只有柳树例外，柳条垂下来，互相搂抱着，组成一大片无瑕的绿色，柳条密极了，而且结实极了，那是一大片多么令人垂涎欲滴的绿啊！

如果我选一个字来形容未名湖，那我一定会选"绿"字。未名湖其他的颜色都被这绿色给吞噬了，我如同置身于一个巨大的绿色旋涡中，沉陷于奇妙的遐思里。就在此时，一声响彻云霄的尖叫打破了我的遐想，大概是他们找到了临湖轩。我加快步伐，顺着鹅卵石小路跑去，身后只留下一片片绿。

未名湖记

袁诗濛（11岁）

燕园有一湖，叫未名湖。虽叫未名湖，但是很"有名"。许多作家都为它写过文章，写了它的许多景致。

我最喜欢它的，一是垂柳，一是湖中的倒影。

穿过冰心行走过的小径，越过宗璞玩过的树林，透过阳光，我凝望着未名湖。这一潭湖水，从它的倒影中，我可以看到整个燕京大学；而透过燕京大学的倒影，又可以隐约看到水底的淤泥和水草。湖中有景，景中有湖，恰好湖又是景的一部分，于是未名湖和燕京大学就密不可分了。未名湖中流淌的不仅是水，还有整个燕京大学。

既如此，垂柳和湖就也是一体的了。可它们分明又是不一样的两个个体。柳枝垂向湖面，泛黄的叶尖触着泛黄的池水，不知是柳叶染黄了池水，还是池水将秋天带给了柳叶。叶子的排列、柳枝的安排都那么和谐，怪不得有"燕园之父"之称的司徒雷登先生在晚年想到的依旧是未名湖的垂柳，它是那么美……

仅仅这些还不够，还要在临湖轩的石头上挂上我们自己的帆布挎包……

是山？是树？

戴欣然（10岁）

我摇了摇尾巴，在身后荡起一圈涟漪。没错，我是一只小鸭子。

嘘，告诉你一个秘密，这未名湖里有座山。

我常常在"山里"游泳，湖水溅起来的时候，山就在未名湖里晃动，把带了绿的水送到湖心儿去。水静下来，山也静下来，这时候我连大气儿也不敢出，生怕打破这种庄严感。山在岸边的水中，绿绿的连成大片，给鸭子们带来了阴凉和欢乐。

哎呀！我看错了！那在水中摇摆的是树呀！风吹来，水也摇，树也摆。抬头看，低头……怎么回事？在未名湖水中，绿绿的在岸边晃动的明明是山呀！

抬头是树木与天空，低头是未名水与未名山。到底是树木众多连成一座山，还是湖水中的山分解而成棵棵树木呢？

我只是一只小鸭子，不懂这其中的道理，只懂得这未名湖水是最广袤的天地，既能包容天，也能包容地，树和山也可以在水中荡漾，鸭子和水鸟也可以在浪中舞蹈。这般无私、厚爱的精神，是耳濡目染了司徒雷登的言行举止而学来的吧！

这样有"大爱"的湖水，怎么能不包容呢？于是水包容了树，溶成了一片。

这样有品格的湖，为何不叫它"无私湖""博爱湖"呢？这些名字不雅，还是叫未名湖吧！

不是因为它没有名字，而是所有的美好的词汇都不足以形容它。

鸳鸯之恨

刘尚钊（11岁）

那只燕京大学的鸳鸯，还在未名湖上生活。它很怀念司徒雷登在这里的时光，它恨上帝让司徒雷登离世。

它想念燕园的柳枝,它想念湖边的花草,它更想念燕京的人们。而今,这一切都不复存在。

如今,这里是北京大学,这更激发了鸳鸯之恨。与它相伴的燕京大学也离去了,它每天在未名湖上觅食,并希望找到新的朋友。

鸳鸯皱着眉,因为无论如何,它都无法回到与司徒雷登相处的时光了。

未名湖

王旖旎(9岁)

世人说起北大的美景,常想起一个成语——"一塌糊涂",而这"糊"说的就是未名湖。

英　雄

英雄是谁?岳飞?吕布?只有这些舞刀弄枪的武将吗?牛顿、亚里士多德难道不算英雄吗?在我看来,司徒雷登就是一位大英雄,他在中国待了五十年,创建了燕京大学。英雄司徒雷登的座右铭是"因真理,得自由,以服务",这九字箴言也是燕京大学的校训。他自己却因做大使失败,再也回不来了。如今英雄已故,他深爱的未名湖已成了北大校园的一部分……

湖光塔影图

"湖光、塔影,怎样画都是美的,但不要忘记在湖边大石上画一个鼓鼓的半旧的帆布书包。"

宗璞笔下的未名湖多美！下雪、小石桥、临湖轩、望远镜、鱼儿排队、月夜之湖……

未名湖很可爱，还透着一股纯真。

冰　　场

北大的冰场，当然就是未名湖了，未名湖结了冰就自然而然成了冰场。

北大有位女生一直记得她在冰场的"光荣时刻"，小塔、花神庙、石桥、小亭、土山，还有打油诗：

寒光刀影未名湖，北海稷园总不如。

哈得西山冰雪气，龙头一浴热乎乎。

北大未名湖畔

"未名"湖

潘瑞晨（11岁）

我漫步于北大的未名湖畔，风不大，景色优美。但为什么叫未名湖呢？大概是它太妙了！

景妙！不论哪个角度都是美的。我立于湖边一块灰黑色的石头上，远眺，一丛丛不同的树木如众星拱月般衬托着木塔。湖面倒映出这一奇景，木塔的灰刻映得如真一般，如同一幅淡雅的水墨画，如山一般一字排开，美哉！我又向外走去，湖畔，几十块石头拼成了一方石台，石头缝里还流淌着丝丝湖水，透出略略清香……妙！

在石头桥上观察湖的形状，似乎是有着数字密码的几何图，在这几个图中微波荡漾，似一条条线，分割了这个湖，美哉！

这是"未名湖"，我想叫它"深奥"湖。

未名湖小记

黄若瑜（10岁）

未名湖是燕京大学的。

这湖曾是燕京大学的"舌头"。这"舌头"虽可有可无，但若是没了它，燕京大学可就不是燕京大学了。这"舌头"，既可尝百味，又可开口歌唱，而且也是极美观的，到哪里寻这样的宝贝？

美丽的湖虽有很多，但这未名湖实在是令人难以忘却。天下有哪几个美丽的湖是在校园里的呢？恐怕没几个。石碑立在湖边，上面明明白白地写着"燕京大学"等字。这块石碑，在一湖碧水前显得有些压抑，却也和谐。

未名湖的景致自是不用说，那依依杨柳，蓝天白塔，游鱼戏石之景已十分令人陶醉，其他生命也从不做作。若是一人撒下面包屑，群鱼便过来哄抢，全然不顾自己的形象。那鸭子却显出一副与世无争之相，多数在湖中央沐浴，或躲在芦苇中休息。那喜鹊可真是无拘无束，竟飞到游人脚边，叽叽喳喳地叫嚣，这声音甚是吵闹，也不知是骂骂咧咧还是迎秋报喜呢！我见它在柳林边来回飞翔，只见那小塔上竟有一只半圆形的鸟巢，也明白了它的意思。走过树林时，它还在枝头"高歌"。真是傲娇的鸟儿！

回望小溪边，见到一群小虫在水中游戏。我虽不爱昆虫，但见到这样的场面，也不禁觉得有趣。只愿它们别成长为蚊子这样害人的虫子。身边还有一群孩子，他们共享这片湖水，与自然游戏！我触到了这片宝地，而这片宝地有我的一部分，来自杭州的未名湖人。

五、在水木清华与王国维对话

童子诵

海宁王观堂先生纪念碑铭

海宁王静庵先生自沉后二年，清华研究院同人咸怀思不能自已。其弟子受先生之陶冶煦（xù）育者有年，尤思有以永其念。佥曰，宜铭之贞珉，以昭示于无竟。因以刻石之词命寅恪，数辞不获已，谨举先生之志事，以普告天下后世。其词曰：士之读书治学，盖将以脱心志于俗谛之桎梏，真理因得以发扬。思想而不自由，毋宁死耳。斯古今仁圣所同殉之精义，夫岂庸鄙之敢望。先生以一死见其独立自由之意志，非所论于一人之恩怨，一姓之兴亡。呜呼！树兹石于讲舍，系哀思而不忘。表哲人之奇节，诉真宰之茫茫。来世不可知者也，先生之著述，或有时而不章。先生之学说，或有时而可商。唯此独立之精神，自由之思想，历千万祀，与天壤而同久，共三光而永光。

陈寅恪撰

先生说

"海宁王静庵先生自沉后二年"，也就是 1929 年，此时国立清华大学已成立，所以这块碑是清华大学时代立的，当时清华已经是国立大学了。王国维、梁启超、陈寅恪、赵元任四位先生，他们担任的是清华国学研究院的导师，那时候还是清华学校，虽然有大学部，但无清华大学之名，再往前叫清华学堂，如果从 1909 年清政府成立的游美学务处算起，清华大学十九年后才出现。清华学堂作为留美预备学校，凡是考入清华的学生，就是为到美国留学做准备，清华学堂办学经费来源于美国退还的庚子赔款余额。从这里走到美国的有上千人，20 世纪中国许多杰出的知识分子都是从这个地方走出去的，包括许多大学校长、院长，第一个就是梅贻琦先生。梅贻琦是年龄偏大的，他是 1889 年出生的"80 后"。1890 年出生的竺可桢先生后来是浙大校长，1891 年出生的胡适先生是北大校长，这样的校长有一批。他们都是通过清华留美的，从清末起，二十多年间有上千人留美深造。

闻一多、罗隆基、王造时、潘光旦……一大堆的学者从这里走出去，他们是从全国各地选拔出来的最优秀的童子，比起 1872 年开始由容闳陆续带到美国去的一百二十个幼童厉害多了。1872 年起到美国去的那一百二十个幼童家庭都较为贫寒，国人当时对美国完全陌生，以为是个蛮荒之地，一般家庭都不愿意送孩子出去。那一百二十个幼童中包括建造了中国第一条铁路的工程师詹天佑，包括后来做过民国总理的唐绍仪，以及后来做了中国驻美国大使的梁诚。正是梁诚在中国驻美大使任上跟美国政府交涉，让美国政府把 1900 年庚子事变以后多赔给它们的钱退回，利用这笔赔款余额建起了清华学堂。当年的留美幼童梁诚三十年后促成了比容闳更大规模的留美壮举。

清华国学研究院于 1924 年 12 月开始筹备，最初北大教授胡适想推荐王国维出任清华国学研究院院长，但王国维没有接受，最后受聘成为四大导师之一，其他三位导师为思想家梁启超、历史学家陈寅恪、语言学家赵元任。在不到两年的时间里，王国维先后开了一系列研究课。第一届的三十二个学生，他一个人就指导了十六人。清华国学研究院在短短四年间开创了研究国学的新风气，成为中国教育史上的一个奇迹。

从清华学堂到清华学校，虽然这只是一所留美预备学校，但童子们在这里通常要读八年（也有人像闻一多，就在这里读了十年书），从一个少年变成了青年。

1928年，清华学校正式更名国立清华大学。

讲清楚了清华大学的来龙去脉，我们再来讲这块碑。这块碑是在王国维先生于昆明湖自杀两年后，为纪念他而立的。这是代表了中国知识分子精神独立的一块碑，这块碑和中国最有学问的两个人相关联，一位是写碑文的人——陈寅恪先生，另一位是纪念的对象王静安——王国维先生。这两个人一位是1890年出生的，一位是1877年出生的；一位是江西人，一位是浙江人。他们俩都学贯中西，陈寅恪先生懂很多种语言，许多很冷僻的外国语他都懂；王国维去过日本。王国维是中国第一代研究甲骨文的专家，他认识甲骨文、金文，也认识日文。王国维通过日文阅读了德国的哲学著作，是中国最早阅读过尼采哲学、叔本华哲学的人；他用叔本华哲学来研究《红楼梦》，写出了极好的论文；他用西方的文艺理论、美学理论来研究中国的戏曲、中国的词，提出了重要的境界说。王国维的身上有旧学和新学的结合，还有学术上的新方法——地下考古发掘和地上文献的相互印证，这是他最早使用的方法；西方的文献记录与中国文献记录的相互印证；纸上的文献与其他文献的相互印证。王国维是到达了20世纪学问高峰的人。

清华大学王国维纪念碑

这篇碑文很短，不足三百字，1929 年以来人们普遍认为"独立之精神，自由之思想"这十个字，就是这篇碑文的眼睛——文眼。

陈寅恪先生是王国维先生的同事、挚友，陈寅恪中年就失明了，王国维 50 岁时自杀了，我是幸运的，我今年 51 岁，几个月后就 52 岁了，我还健康地活着，我觉得人生最大的幸事莫过于健康而有价值地活着。王国维 50 岁就死了，但他还活在这块碑里，活在这块碑的背后，活在"独立之精神，自由之思想"这十个字里，因此我们要到他的碑前来背诵他的碑文。

"独立之精神，自由之思想"。

理解了这十个字,你就成了天地间堂堂正正的人,不管活几岁,你都会感到生命有价值。不理解这几个字,活一千岁也等于零。但是你现在未必能深刻理解这十个字,我也没有办法告诉你这十个字是什么意思。王国维生前不知道这十个字,这是他死后两年,他的朋友陈寅恪为他写的。这块碑立在清华,给清华增添了重量。没有王国维、陈寅恪压阵,没有梁启超、赵元任、吴宓、李济压阵,清华就只是轻飘飘的清华。

清华园、圆明园、朗润园、燕京园、燕东园都是园,都是乾隆、雍正时代的皇家园林,都是过去皇帝封给自己的皇子住的花园。到了清末,为了抵御外侮,国人发愤图强,一些有识之士开始创办教育,一些皇家园林被当成校址,因此就有了这些学校。也包括红楼,红楼那个地方叫马神庙,是皇帝册封给公主的一个住宅,后来成了北京大学前身京师大学堂的馆舍。北大所在的园子,原本也是皇家的,清朝垮台后,被卖给了一个河南来的军阀,这个军阀又把它卖给了教会,司徒雷登在此创办了燕京大学。因为这些地方原来都是皇家园林,所以才建设得这么好,有树有草地。

我们现在可以读一下王国维的《人间词话》:

词以境界为最上。有境界则自成高格,自有名句。五代北宋之词所以独绝者在此。

有造境,有写境,此理论与写实二派之所由分。然二者颇难分别。因大诗人所造之境,必合乎自然,所写之境,亦必邻于理想故也。

有有我之境,有无我之境。"泪眼问花花不语,乱红飞过秋千去。""可堪孤馆闭春寒,杜鹃声里斜阳暮。"有我之境也。"采菊东篱下,悠然见南山。""寒波澹(dàn)澹起,白鸟悠悠下。"

无我之境也。有我之境，以我观物，故物皆着我之色彩。无我之境，以物观物，故不知何者为我，何者为物。……

《人间词话》是研究词的，王国维用"境界"这个关键词来研究中国的词。我们一起来读下面这段文字：

古今之成大事业、大学问者，必经过三种之境界："昨夜西风凋碧树。独上高楼，望尽天涯路"，此第一境也。"衣带渐宽终不悔，为伊消得人憔悴"，此第二境也。"众里寻他千百度，回头蓦见，那人正在灯火阑珊处"，此第三境也。此等语皆非大词人不能道。然遽（jù）以此意解释诸词，恐晏欧诸公所不许也。

古今之成大事业、大学问者有三重境界，你们现在到的是第几重呢？第一重。你们到希腊，到意大利，到长城，到清华这块碑前面，我带着你们在做什么？"独上高楼，望尽天涯路。"就是打开视野，登高望远。但是第二重，我无能为力，因为第二重是"衣带渐宽终不悔，为伊消得人憔悴"，指的是什么？努力，努力，再努力！积累，积累，再积累！人与人在哪里分道扬镳啊？有的人在第一重就和其他人分道了，因为他从来没有独上高楼，所以他不可能望尽天涯路。有的人到了第一重，但是他不肯努力，所以他在第二重被淘汰掉了。什么样的人才能够进到第三重境界？就是经过了第一重，又经过了第二重的人。第三重是"众里寻他千百度"，另外一种版本是怎么写的？那是辛弃疾的词句"蓦然回首，那人却在灯火阑珊处"。我引用的这种版本叫"回头蓦见"，"回头蓦见"就是达到了一个很高的境界，成了王国维、梁启超、赵元任、吴宓、李济和陈寅恪这样的人，成了具有"独立之精神，自由之思想"的人。但是这样的人很少，因为要到达这一境界，这中间要吃很多苦，要读很多书，正所谓"读万卷书，行万里路"，要经过不懈努力，所以一般人很难到达这个境界。少年梁启超、少年王国维、少年陈寅恪都是愿意努力的人，都付出了很大的努力，愿意努力的人是有理想的人，是心灵高尚的人。你们当中有多少人最后成了理想中的自己，需要未来的十年、二十年来证明。二十年后如果我还活着，我七十多岁了，我们再到这块碑前来聚会。看看你们中有几个人成了"王国维"，有几个人成了"陈寅恪"，有几个人成了"梁启超"。当然没有成也没关系，我们照样可以到这块碑前来念这十个字：

"独立之精神，自由之思想。"

要把这十个字印在脑海中，铭刻在心中，一生一世永不忘记。记住了这十个字就记住了什么叫"人"，人之为人的全部奥秘都包含在陈寅恪先生为王国维写的碑文里。王国维是一位大有学问的人，但是他却在50岁那一年自杀了，他生于1877年，死于1927年。他给儿子写了一封信，然后6月2日自杀了，为什么这块碑上是6月3日？因为1929年6月2日是王国维两周年的忌日，在他两周年忌日的次日立了这块碑。我特别为他的遗嘱感到沉痛，因为他的遗嘱开头十六个字是："五十之年，只欠一死，经此世变，义无再辱。"

1927年6月2日，王国维雇了一辆车从清华出发到了昆明湖，在湖边停下来，抽了一根烟，然后从容地投水自尽。水太浅了，他背部的衣服都没有全湿，但他怀着必死之心，因此是头往下插在淤泥里闷死的。因为他不想再活了，这个世道太黑暗了，不值得他这么一个高贵的人活着，这个世道配不上高贵的王国维，他一心求死。在他身后，人们才慢慢懂得他的价值。

童子习作

清华的柳树
郭馨仪（11岁）

柳树，在我所在的滨海城市是极为罕见的。这次到北京，可是大饱眼福。四处都有柳树，北大有柳树，清华也有柳树。不过柳树与柳树之间倒也有不同之处，北大的柳树虽浓密，可惜过于拘束，失去了柳树原本的姿态；清华的柳树有着野性的美，很绿，也很茂密，只不过它们是单棵成荫的。

清华的柳树姿态各异，使人百看不厌。有的柳树将浓密的枝条瀑布般地垂下来，组成大片流水般的绿色；有的柳树将身子略微斜探在荷花池上方，好似伸出胳膊抚摸那残荷。那单棵成荫的独立，那姿势的与众不同，都像极了王国维先生，也许这柳树便是王国维先生。

有人说王国维先生死了，但我认为，只要这清华园中的碑不倒，只要这清华的柳树不枯，只要这"独立之精神，自由之思想"还流传于世，王国维先生就不会离去。

种子的清华
赵馨悦（11岁）

"一粒小小的种子扎进了清华园的土里，几十年后小小的种子变成了参天大树,静静地看着清华园的变化。有一天园林工人砍了它,它只是一棵树,怎么可能会有学问呢?"一粒种子讲述着这个故事,一粒蒲公英种子认真地听着,它想:"清华就像那粒小小的种子那样慢慢地成长起来了。"于是它想去做清华的种子。春天来了,蒲公英种子被风吹进了清华,它降落到王观堂先生纪念碑前,它看到了"独立之精神,自由之思想"。

秋天到来,蒲公英活过了一世,但是它没有白活,它懂得了做人的道理。种子的清华,清华的种子。

年复一年,日复一日。洁白的蒲公英在王观堂先生纪念碑前随风飘扬……

在清华大学与王国维对话 童子刘艺婷作

秋水之韵

袁诗濛（11岁）

有水的地方，一定很有韵味。

我在清华的荷花池前停了很久，看着看着，忽然感到一丝荒凉。王国维先生在清华的时候，荷花池就是现在这个样子了吗？提到王先生，我想起了陈寅恪先生为他写的十个字："独立之精神，自由之思想。"仅这一句话，就足以让我们研究一辈子。

望着水面上泛黄的荷叶，我又想起了朱自清的《荷塘月色》。如今，荷塘不再是曲曲折折的了；荷叶也沾染上了几分秋意，不再像夏天一样茂盛了。妙的是水中的倒影，秋色与秋水融为一体，上面点缀着荷叶、睡莲和挂向水面的柳条，这便是一幅完整的"秋色图"。更妙的是风，使柳枝和荷叶摇曳着，而水中的秋色则完全散了，好像打乱的调色盘，形成好看的水波……

忽然我又想起了圆明园。如果圆明园没有被破坏，那里的水没有干涸，那它一定会更美吧？到了那时候，我们又该讨论它的存在有什么意义这样的话题了。我仿佛正凝望着那片废墟，想象着它秋天的盛景……在它面前，恐怕紫禁城也会黯然失色。宫廷办公的地方怎么能和皇帝的私人花园相媲美呢？如今的圆明园是一段历史，而历史的车轮总是残酷的，它无情地碾轧了圆明园，让"万园之园"成了英法联军的牺牲品。这里的秋水，向我们诉说着一个沉重的故事。

有秋水的地方，会给我们带来思考。

六、在黄叶村与曹雪芹对话

先生说

　　从《荷马史诗》以来，从《诗经》以来，东西方文学史上产生的伟大文学家，意大利的什么人？但丁！英国的什么人？莎士比亚！法国的什么人？雨果！德国的什么人？歌德！中国的什么人？曹雪芹。曹雪芹没有活到50岁，却是能与但丁、莎士比亚、雨果、歌德、托尔斯泰、巴尔扎克并列的中国作家，在整个文学史上他是可以傲视几千年的人。他生前在黄叶村是靠什么度日的？一个伟大的文学家过的不是丰衣足食的日子，最后贫病交加而死。

　　乾隆皇帝很想成为文学家，他一生写了三万九千多首诗，比中国古代诗人中留下诗最多的陆游还多三万多首，陆游一生只留下九千多首诗。乾隆到处题诗，但他的诗写得真的不敢恭维。乾隆时期中国产生了一个曹雪芹，他虽然姓曹，但他是旗人，旗人是那个时代的高等人，只是他的家族衰落了，他成了旗人中的穷人。他的祖上四代曾三任江宁织造，那是一个肥缺，因在康熙时期被抄家，从此破落。一个破落的家庭常常会产生伟大的作家，比如我们所知道的鲁迅。鲁迅的爷爷是一位进士，因为科场案被抓了起来，差一点被杀头，后来改成了"斩监候"，押在杭州狱中。从此，鲁迅的家从一个荣华富贵的家变成了一个贫穷的家，从上等人家堕落为下等人家。在这个过程中，他看见了人世的炎凉，看见了世界的不可靠，看见了人性的丑陋。曹雪芹如此，鲁迅也是如此。

曹雪芹的伟大建立在他对人性的洞察上。《红楼梦》是一部悲剧，结局是白茫茫大地一片真干净，一切归于空无。贾宝玉最后遁入了空门。《红楼梦》的另一个名字叫什么？《石头记》。曹雪芹的雕像应该用石头而不是青铜，《石头记》的作者岂能不用石头来雕刻呢？

《红楼梦》从一块石头写起，女娲补天用了多少块石头？三万六千五百块。她一共炼了多少块石头？三万六千五百零一块。多出来的这块石头认为自己是无用的石头，经过风吹、雨打、日晒，吸取日月之精华，若干年以后，这块石头变成了一块通灵的石头，成了宝玉身上戴的那块石头，变成了一块玉。从石头开始的《红楼梦》最后又归于空无，白茫茫大地一片真干净。

鲁迅先生的《中国小说史略》是他在北京大学讲课的讲义，其中对《红楼梦》有句非常精彩的评价："悲凉之雾，遍被华林，然呼吸而领会之者，独宝玉而已。"乾隆时代是一个什么样的时代？是所谓的"康乾盛世"的顶峰。从康熙到乾隆那一百年是中国历史上的盛世，国家富有、国力强大，甚至连英国人来请求通商，乾隆皇帝的回答都是——天朝德威远被，万国来王，种种贵重之物，梯航毕集，无所不有，不需要你们的货物以通有无。如果你们一定要跟我们做生意，可以恩准你们在澳门开设洋行。

在这样一个时代里，皇帝看得到北京郊区香山脚下黄叶村的一个破落家庭子弟曹雪芹吗？根本看不见！乾隆时代，人们不知道世界上有一个叫曹雪芹的人。曹雪芹默默地在那里写着《红楼梦》，默默地生老病死，当他死了将近三十年，才有人把《红楼梦》刻印出来。1792年是乾隆皇帝垂垂老去的时候，也就是1793年的前一年。1793年是什么时候？就是马戛尔尼勋爵带领英国使团来中国敲门的那一年,而《红楼梦》最初被世人所知是在1792年,这个时候曹雪芹死去已经快三十年了。他埋葬在哪里我们都不知道,我们只知道他生前住在这一带。自晚清以来,人们研究了一百多年,到20世纪80年代才确定曹雪芹写《红楼梦》时住在香山脚下的黄叶村。

黄叶村有什么?顾名思义,有黄叶。我们来得还算是时候,至少在绿叶之间能看见黄叶。虽然红叶不一定能看到,黄叶是一定可以看到的,黄叶村的曹雪芹写下了千古之绝唱《红楼梦》。

"悲凉之雾,遍被华林"这八个字的意思是:中国到了康熙、乾隆年间,其实已经危机四伏。为什么危机四伏?蒸汽机已经发明了,西方已经进入工业文明,走上了工业化的道路,要向海外扩张领土了。中国人还在干什么呢?种地!面朝黄土背朝天,天天都在地里佝偻着,种粮食、刨土豆、刨红薯。中国古人说"民以食为天",生存是第一位的,吃是压倒一切的。为什么会这样?因为我们的食物太匮乏了。曹雪芹也追求吃,但他食不果腹,即便如此,他的宏愿仍是写《红楼梦》。

曹雪芹死了,《红楼梦》还活着。你觉得曹雪芹不写《红楼梦》会不会早死?你觉得曹雪芹是写了《红楼梦》早死好,还是不写《红楼梦》晚死好?人有两重生命,第一重生命叫什么?必死的生命。谁都不例外,从秦始皇、汉武帝、乾隆帝到乞丐,所有的人都一样,所有人都要死,这叫肉体生命。曹雪芹也不例外,他没活到50岁。第二重生命叫心灵生命,或者叫精神生命,这个生命有的人有,有的人没有。在曹雪芹的时代,黄叶村有很多的村民,他们的精神生命没有建立起来,他们死了就死了,谁也不知道他们,后人不知道黄叶村在一七六几年之前生活过哪些人,长什么模样,更不可能为那些无名的人建一个纪念馆,只有留下了精神生命的人才配得上纪念馆。

曹雪芹纪念馆

《红楼梦》讲什么？讲石头。这石头是块喜剧的石头还是块悲剧的石头？悲剧的石头。为什么是悲剧？《红楼梦》写了多少女子？最重要的是十二钗。其中最厉害的人物是谁？王熙凤。王熙凤是人中之凤，聪明能干，结果是"机关算尽太聪明，反误了卿卿性命"。还有嫁入深宫成为皇妃的叫什么名字？元春。贾府四姐妹，元春、迎春、探春、惜春，"元迎叹惜"，原来就是一声叹息！这四个人的命运，无论是贵为皇妃还是远嫁异国他乡，或者出了家，都是悲剧。按理说娇滴滴的林黛玉死得早是悲剧，那嫁给了贾宝玉的薛宝钗应该是喜剧吧？但她独守空房并不幸福，也是悲剧。王熙凤死得惨，她的女儿嫁给了穷人家的孙子，这个穷人就是刘姥姥，大观园的穷亲戚。不要以为有钱就了不起，有钱也有可能变成穷光蛋，没钱没什么可自卑的，没钱也可以很有尊严，曹雪芹就没钱，但他是可以傲视几千年的人。《红楼梦》里大多数人都是悲剧人物，林黛玉是悲剧人物，薛宝钗是悲剧人物，王熙凤和妙玉也是悲剧人物。妙玉最清高了，十二钗中最有才华、最清高的人最后的结局又怎样？被强盗抢去，不知所终。

金陵十二钗之外，还有金陵十二钗又副册上的人物，比如袭人、晴雯，其中令人印象最深的是晴雯。晴雯撕扇子，最后在病床上把贴身内衣撕出来送给宝玉做礼物。晴雯是整部《红楼梦》悲剧人物当中最有光彩的小人物，她是宝玉欣赏的一个女性，但是她很早就病死了，死得很悲惨。她家里很穷，她的身份低微。宝玉却为她写了一篇非常美好的祭文——《芙蓉女儿诔》，这篇祭文寄托了宝玉对她所有最美的祝福。

《红楼梦》里的那些男人是喜剧人物吗？贾宝玉、贾宝玉的父亲贾政，还有贾琏、贾瑞……几乎都是以悲剧告终。贾府的仆人焦大在大门口骂，除了门口的一对石狮子是干净的，其他一切没有干净的，都是肮脏的。这也是真话，豪门里几乎没有干净的人，几乎都是荒淫无耻的人，如果不走向没落，上天也不容。四大家族最后怎么样了？都毁灭了。《红楼梦》想要告诉人的就是两个字——毁灭！

世上的一切都将毁灭，唯有高贵的人性常在。高贵的人性在哪里呢？藏在那些女子的心灵深处，藏在贾宝玉的心灵深处。贾宝玉爱所有年轻的女子，把她们看作世上最干净的人。他说女子是什么做的？水。男子是什么做的？泥。泥做的比水做的要脏，所以他喜欢女的。他其实不是喜欢女子，而是喜欢美。贾宝玉是一个审美主义者，贾宝玉爱美。《红楼梦》是关于美的故事，《红楼梦》又是悲剧，指向的只能是美的毁灭。我们说贾宝玉爱美，

《红楼梦》是要将美——毁灭给我们看。

围绕这块石头展开的故事是一个个美的故事，是一个个悲剧故事，也是一个个永恒的故事。为什么说永恒？因为这块石头是女娲补天时留下来的。女娲补天是什么时候的事？是远古神话中的事，我们不知道是什么时候。过去中国人讲故事第一句怎么讲？常常是"很久很久以前"。很久很久有多久？不知道。很久很久以前，这就是这块石头的来历。将来这块石头要到哪里去呢？不知道！归于空无，遁入空门，白茫茫大地一片真干净。悲剧指向毁灭，美指向毁灭，但一切悲剧和美即使毁灭了，也是永恒的。《红楼梦》是永恒的，这块石头是永恒的，美的人性是永恒的。肉体的生命都是暂时的，无论你长得像王熙凤，还是长得像林黛玉，或者长得像门口的焦大，都不是永恒的。而这个世界是一个永恒的世界，为什么？因为美。美是什么？爱默生是怎么说的，还记得吗？"宇宙的存在就是为了满足人类灵魂上爱美的欲望。"曹雪芹就是一个爱美的典范。

曹雪芹在18世纪中国幽暗的长夜中，在所谓的盛世里，贫病而死。另外一位了不起的诗人黄仲则也是贫病而死。一个盛世里中国最有才华的小说家和诗人却不能免于匮乏，这个盛世也真够呛。这是对乾隆时代最有力的控诉，所谓的"盛世"，谁有钱？皇帝有钱！这也是对皇权制度最严重的控告。1860年它被英法联军打败，1900年它被八国联军打败，1911年它被辛亥革命推翻，因为它不配永远地统治中国人。

永恒的是谁？历史最后已经告诉我们，是曹雪芹，是《红楼梦》。一个人，一部书，一个黄叶村，几棵老槐树，几间旧房子，一片翠竹林。曹雪芹的世界是一个干干净净的世界，是白茫茫大地一片真干净的世界，是一块石头的世界，也是永恒的世界，不会改变的世界，不会摇动的世界，是从远古女娲时代走来的世界,也是通往未来的世界。

今天我们在黄叶村,在曹雪芹的铜像前思考1792年之前的中国,思考1765年之前的曹雪芹,思考那个时代一位伟大作家留下的珍贵遗产。《红楼梦》可以与莎士比亚的三十九部戏剧相媲美,可以与托尔斯泰的《战争与和平》《复活》《安娜·卡列尼娜》相匹敌,可以与巴尔扎克的《人间喜剧》相匹敌。我们知道,曹雪芹还活着,活在哪里?活在黄叶村吗?不,他活在《红楼梦》里,活在中国文学史里,也活在世界文学史里,活在所有热爱《红楼梦》的人的心里,活在时间里。有《红楼梦》在,曹雪芹就永远不会死,一个人一旦拥有精神生命就不会死。你们能建立起这样的精神生命吗?如果建立起来了,你们也跟曹雪芹站在一起了。

童子习作

秋之黄叶

袁诗濛(11岁)

红叶,是熟透了的秋天;黄叶,是半熟的秋天,它不是甜味的秋,它是酸而发涩的秋,正如曹雪芹。

它是高大的杜仲树上最显眼的一片叶子,他是曹寅的孙子,是曹家这棵"大树"上的一片绿叶;它生长于暮夏,很快要迎来秋季,他有春风得意的时候,可惜"秋"马上就要到来,春、夏的繁荣将会结束;它是一点一点衰败的,他的家族是慢慢走向没落的。唯一的区别是春可以再来,而曹家却不能复兴了。

黄叶如人，人如黄叶。

现在是初秋。秋风把秋碾成粉末，挥洒在空气中。万物都开始接收秋的灵气——就像接收春的灵气那样——而不知道自己的命运会如何发展。慢慢地，开始有一些变化了——秋已经渗入大自然了。秋风是最先感知到秋天的，其次便是树叶了。树叶先是叶尖失去了鲜嫩，然后开始变黄，枯黄顺着叶子的轮廓蔓延，慢慢向叶子的中心延去——在将来的盛秋，它还会像黄叶一样慢慢变红，然后掉落——或是一阵风，或是一场雨，让这片本就摇摇欲坠的叶子结束一生的使命。然而它仍在发挥一片黄叶的价值。试问秋如果没有了黄叶，会减色多少呢？中国要是没有了曹雪芹，会是多大的损失？

乾隆时代，像一棵危机四伏的大树，还不知道秋天将至，一些枯萎而全黄的叶子，它们最先感知到秋的衰败——曹家也在其中。

《红楼梦》如曹雪芹，曹雪芹如黄叶，而曹雪芹又居住在黄叶村。不要小看一片黄叶，它是一段被遗忘的历史。万物都会毁灭，有谁可以永恒？就像曹雪芹说的那样，"白茫茫大地一片真干净。"

黄叶如人，人如黄叶。

黄　叶

赵馨悦（11岁）

黄叶林中有一块石头，每逢秋天，黄叶树满是黄叶，飘然而下，掉落在曹雪芹的铜像上。时间似乎回到了1715年，一个孩子出生了，一片黄叶飘落到孩子的手上，孩子发出"咯咯咯"的笑声。

岁月匆匆染红了叶子，也染红了时间，曹雪芹已是七八岁的孩童。秋天又来了，黄叶变成了红叶，少年曹雪芹捡起一片红叶探索生命的奥秘。

时间如流水般流过，曹雪芹变成了三十几岁的青年，他拾起一片深红色的叶子，长吟着生老病死，于是他动笔写一部《红楼梦》来揭示人性的贪婪。

曹雪芹捡起一片枯叶，咏叹时间的无穷，于是与黄叶化为一体，飘然而去……

石　　魂

刘尚钊（11岁）

黄叶村有块魂之石。

它是女娲补天剩下的那块石头，这块石头有思想，有人性。

它预示着一场悲剧。生、死、希望、绝望、光明、黑暗皆为悲。它向乌云诉说自己的痛苦，与翠竹分享自己的悲伤。

它是美的。这块石头，是一块五彩的、神圣的、精致的石头，是一块自然逼真、天然无装饰的石头。鸟儿雕琢它，风雨熬炼它，使它集天地之精华，遂有灵通之意。它散发着美的气息，蕴含着美的灵魂。它的存在是为了满足人类灵魂上爱美的欲望。

它永远活在世上，思考着生命的意义，它是永恒的。也许这块石头的"肉体"会毁灭，但它会以另一种形式——精神活着。因为它是一块不平凡的石头，它寻找着生命中的真、善、美。那种真实的生命、善良的心灵、美的灵魂使它永恒。

这块石头诉说着四大家族的兴衰成败。它像一本书，像一部电影，讲述着从繁华到没落的过程。这块石头也许会被世人遗忘，但它说过的话世人不会忘记。

这块石头的铸造者并不是女娲，而是一个平凡且有思想的人，他叫曹雪芹。

曹雪芹的一生就是做了一场梦，最终他活在了石头里。

红楼一梦

黄若瑜（10岁）

要评说《红楼梦》，只能用"空无"二字来描述空荡荡的繁华梦。繁华梦里的富贵，也是空无。

红楼之梦也非全是空虚的，抚摸曹先生的铜像，这是一个坚韧的生命，他可以刺穿清王朝的面具下空无虚有的灵魂。清王朝戴着虚荣与富贵的面具，面具下的灵魂是空无，是恐惧，是一个王朝最后的挣扎，空虚占领了满族贵族高傲而渺小的身躯。是时候将它揭穿了，打破它的"红楼梦"。历史告诉大清，这只是个繁华梦，而现在全归于空无。曹先生一生活在恐惧与不安中，是他最早看破了这个空无的梦。他晚年贫病交加，却死得干干净净。他的一生没有污点，留下了一部干净的《红楼梦》，也留下了坚硬而柔软的心。

《红楼梦》是一部悲剧，但在那个年代，有谁在漂泊四方？又有谁在苟且偷生？人死后皆为空无，化为烟尘而去。有谁还在等待着死亡，历经人世间的恐慌与动乱，他们仓皇离世，什么都留不下，皆为空无。每个人都要接受死亡，可以从容面对前方将乱的红尘，也可以拒绝，然后在恐惧中度过余生，最后皆为空无。人总要在自己有生之年做些事情，曹先生也不例外。他一贫如洗，却用他尖锐的刺，抗议这个世道的不公。我不知道他死时是怎样的，只知道他是孤独的，这世间只有他一人看破了红尘，尽管有数亿人为他流泪，却无一人能明白他钢铁般外壳下柔软的心灵。

世间美好，皆是繁华一梦。曹先生有一个实心的梦，一个繁华的"红楼梦"。

悲剧的《红楼梦》

戴欣然（10岁）

曹雪芹有一个悲剧的人生。

悲剧的人生造了个悲剧的《红楼梦》。《红楼梦》可以说是写实的，当时曹家的命运与书中贾家的命运相仿，都是悲凉的。但如果曹家一直都在荣华富贵中，那世上也就没有曹雪芹这个作家了。

何为《红楼梦》？红楼一梦之谓也。无论多少荣华富贵，到头来都是一场空，都只是一次美妙的梦，醒来时，又身在何处呢？

《红楼梦》不仅背景是悲剧的，里面的人物，又有哪个是以喜剧结尾的呢？

金陵十二钗，个个都出自名门，如水一般的纯洁，可惜这世界是悲剧的。

元春，贾府大小姐，年轻时进宫，这命运好得不能再好了！

可曹雪芹笔锋一转，给她做了个"暴毙而终"的结尾。黛玉，婉柔小巧，才华横溢，情感丰富，可惜体弱多病；她和宝玉情投意合，才子佳人，在宝玉与宝钗成婚洞房花烛时，她气急而亡。元春、黛玉的品质可以说是十全九美的了。虽不完美，但缺点几乎挑不出来，相比于乡下粗野的村妇，这有着完美品格的女子，却没能获得一个善终的结果，只不过是一场空无罢了。

南柯一梦，红楼一梦。对权力和繁华的梦想最终往往是到达高峰后，就衰败了、没落了。

红楼中的人物又极幸运，因为他们活在曹雪芹的笔下，不管结局如何惨烈，都成了一部名著的一分子。

只要有着无穷韵味的《红楼梦》在，曹雪芹就没死，他只是在1763年2月12日睡下，做了一个梦，至今还未醒来。不过等他醒过来，就是真的不知身在何处了。

曹雪芹

冯彦臻（11岁）

黄叶村中有一座曹雪芹的铜像，他在凝视远方。

曹雪芹的铜像有两面。第一面是曹雪芹生前，他年少时家道中落，我想他一定会无奈地望着远方，暗自叹息。

第二面是曹雪芹去世后，人们为他做了铜像，于是他的灵魂就注入了这个铜像中。他的眼睛望向远方，这次他看到的不再是衰落的世界，而是一个充满希望的世界。

曹雪芹做了一个短暂的"红楼梦"，他虽然去世了，可他还活在人们心中，活在《红楼梦》中。

七、在植物园与梁启超对话

童子诵

少年中国说（节选）
梁启超

　　任公曰：造成今日之老大中国者，则中国老朽之冤业也。制出将来之少年中国者，则中国少年之责任也。……故今日之责任，不在他人，而全在我少年。少年智则国智，少年富则国富；少年强则国强，少年独立则国独立；少年自由则国自由，少年进步则国进步；少年胜于欧洲则国胜于欧洲，少年雄于地球则国雄于地球。红日初升，其道大光。河出伏流，一泻汪洋。潜龙腾渊，鳞爪飞扬。乳虎啸谷，百兽震惶。鹰隼（sǔn）试翼，风尘吸张。奇花初胎，矞（yù）矞皇皇。干将发硎（xíng），有作其芒。天戴其苍，地履其黄。纵有千古，横有八荒。前途似海，来日方长。美哉我少年中国，与天不老！壮哉我中国少年，与国无疆！

先生说

1927年2月16日，梁启超先生写信给儿女们：

思成和思永同走一条路，将来互得联络观摩之益，真是最好没有了。思成来信问有用无用之别，这个问题很容易解答，试问唐开元、天宝间李白、杜甫与姚崇、宋璟比较，其贡献于国家者孰多？为中国文化史及全人类文化史起见，姚、宋之有无，算不得什么事，若没有了李、杜，试问历史减色多少呢？我也并不是要人人都做李、杜，不做姚、宋，要之，要各人自审其性之所近何如，人人发挥其个性之特长，以靖献于社会，人才经济莫过于此。思成所当自策厉者，惧不能为我国美术界作李、杜耳。如其能之，则开元、天宝间时局之小小安危，算什么呢？你还是保持这两三年来的态度，埋头埋脑做去了。

便对你觉得自己天才不能副你的理想，又觉得这几年专做呆板工夫，生怕会变成画匠。你有这种感觉，便是你的学问在这时期内将发生进步的特征，我听见倒喜欢极了。孟子说："能与人规矩，不能使人巧。"凡学校所教与所学总不外规矩方面的事，若巧则要离了学校方能发现。规矩不过求巧的一种工具，然而终不能不以此为教，以此为学者，正以能巧之人，习熟规矩后，乃愈益其巧耳。不能巧者，依着规矩可以无大过。你的天才到底怎么样，我想你自己现在也未能测定，因为终日在师长指定的范围与条件内用功，还没有自由发掘自己性灵的余地。况且凡一位大文学家、大美术家之成就，常常还要许多环境与及附带学问的帮助。中国先辈说要"读万卷书，行万里路"。

梁启超在北京写这封信的时候，王国维还活着，他们都是清华国学院的导师。

　　我认为梁启超是两百年来中国教育子女最佳的三个人之一——第一个是曾文正公，就是曾国藩；第二个就是梁启超，九个子女个个都是好样的；第三个就是傅雷，傅雷在 1966 年自杀，他的子女都有出息，最有名的是钢琴家傅聪。《曾国藩家书》一直被很多人追捧，《傅雷家书》也成了传世之作，我觉得《梁启超家书》也值得一读，尤其做父母的都应该读。虽然这本书读起来有点累，因为是用半文言写的，如果能读完，就知道怎么样教孩子了。这封信里面提到的思成和思永，梁思成是长子，梁思永是次子。

　　梁启超是榜样、典范，放在整个中国几千年文明史上，梁启超的家族也是典范。他的孙辈梁从诫先生也是一位了不起的人物。梁从诫是历史学家、中国文化书院的创始人、中国绿色环保运动的推动者。我只认识梁从诫先生，现在他已经过世了；我无缘认识梁思成先生，更无缘认识梁启超先生。梁启超先生 1929 年就去世了，离我出生还很遥远，我的父亲 1928 年出生，我父亲一岁的时候梁先生就去世了，等到我 1967 年出生时，梁启超先生早就不在了，我只能读梁先生的文章。我写过一些关于梁启超的文章，我的《主角与配角》一书中有关于梁启超的一章。

　　你们今天来到梁启超墓前，你们的年龄都在 10 岁上下，你们这么小就见到了"梁启超先生"，你们是幸运的一代。从梁启超先生这里你们可以吸取到天地的灵气、日月的精华。

　　梁启超生在中国 19 世纪的转型时代，试图以一人之力扭转乾坤，在他那个时代，有千千万万的读书人从他的文章中吸收了新的精神资源。如果你想成为一个有出息的人，你就要读读梁启超的书，以梁启超为榜样。他真是一个少年英才，20岁以前就已经中了举人，比他的老师康有为还要早，在科举的道路上他是"春风得意马蹄疾"的人，但是他发现康有为学问比他大，马上决定拜康有为为师。梁启超是一个了不起的人，他也成了康有为最杰出的学生。康有为和梁启超推动了1898年的"戊戌变法"。1897年，梁启超创办了风行中国的《时务报》，凡有井水处，读书人都知道梁启超，可见梁启超的文章在当时受欢迎的程度。再往前推，凡有井水处都有人在唱柳永的词。梁启超的文章可以前比柳永的词，后比金庸的武侠小说，而他却是一个思想家，是以思想影响中国的人。

梁启超在19世纪末异军突起，终生享有大名。1898年9月21日，慈禧太后镇压了戊戌变法，梁启超流亡到日本，创办了更有名的刊物《新民丛报》。在《新民丛报》之前，他创办过《清议报》，之后还创办了许多其他的刊物和报纸。他一生创办的影响最大的两份刊物，一份是在上海创办的《时务报》，一份是在日本东京创办的《新民丛报》。他在《新民丛报》连载的系列文章《新民说》《少年中国说》等都影响深远。少年毛泽东在学生时代读了他的文章，读得如痴如醉；少年胡适读梁启超的文章也读得如痴如醉。可以说，从1897年到1920年这二十多年间，中国的读书人很多都是读着梁任公先生的文章长大的。他的影响前无古人，后也难有来者，他是永远的梁启超，永远的梁任公。

他在思想上引领过一个时代，但并不是因为他深刻，他的深刻远不如康德、柏拉图；也不是因为他博大，他的博大不如亚里士多德，他的文学才能也不如曹雪芹、莎士比亚。但是他对近现代中国的影响是任何一位诗人、文学家、哲学家都不能比的。他是一个聪慧的中国少年，毕生的梦想就是造一个少年中国，谁来造少年中国？中国之少年才能造少年之中国，他的梦想从他年轻一直到年老都没有中断过。

1927年，他的两个儿子梁思成和梁思永都在美国留学，一个学美术，一个学考古。他认为美术和考古可以互相学习、互相切磋，最好不过了。梁思成当时写信问梁启超，学美术有用还是无用？你们觉得学美术有用还是无用？"有用没用"这个问题不是可以简单回答的。梁启超举了一个例子：大唐帝国的鼎盛时代，就是开元天宝年间，也就是"安史之乱"之前，那时大唐帝国非常富裕，达到了和平繁荣的极致。是谁把大唐帝国推到了这一步？其中有两位宰相，一位叫姚崇，一位叫宋璟，那是千古良相，他们对于开元盛世太重要了。但与李白、杜甫的贡献相比，两位宰相姚崇、宋璟的贡献算什么呢？没有姚崇、宋璟，张崇、李璟可不可以呀？或许他们是可以替代的，但古往今来，李白、杜甫无人可以替代。曹雪芹有几个？曹雪芹也是不可替代的，必须将才华、家世、努力，所有的一切集于一身才能成就曹雪芹，曹雪芹还要凑巧生活在那个时代，凑巧生在一个富足的家庭，凑巧他们又被抄家走向败落，一切因素集合在一起，促使曹雪芹要用写小说来打发自己生命的光阴，因此才有了《红楼梦》。一样都不能缺，只要有一个因素发生变化，《红楼梦》就不存在了。李白、杜甫也一样，这都是不可替代的，而姚崇、宋璟是可以造出第二人、第三人的。

王国维也说，"生百政治家，不如生一大文学家"，因为政治家只能谋求物质利益，文学家则可创造精神之利益，"夫精神之与物质，二者孰重？物质上利益一时的也，精神上利益永久的也"，所以梁启超认为放在整个中国文化史和全人类的文化史上来看，姚、宋有或没有算不上什么，但如果没有了李白、杜甫，我们的唐诗半壁江山就没有了。整个唐朝留下了近五万首诗，拿掉李白、杜甫的诗以后，唐诗的天空依然星河灿烂，但却失色大半。梁启超说，他并不是说要人人都去做李白、杜甫，不做姚崇、宋璟，而是说一个人要根据自己的性格，根据自己的个性特征，来选择做什么事情来贡献社会。是从政还是做学问，每个人都不一样。有的人适合从政，有的人适合做学问，要根据自己的性情、能力、机遇来选择自己的未来和自己的方向。我当然不认为成为哈耶克（哈耶克是经济学家）有什么不好；如果成了爱因斯坦这样的物理学家，也觉得很好；当然成为莎士比亚又有什么不好呢？如果成了杰斐逊、林肯这样的政治家也很好。

梁启超对梁思成说，你应该思考的是你能不能成为中国美术界的领袖，成为李白、杜甫那样的人。如果能，那么开元天宝年间那种小小的时局安危又算得了什么？你只要埋头去努力，保持这两三年以来的态度，将来一定有大成就。这句话是对他的儿子梁思成说的。梁思成做到了吗？做到了。梁思成从美国留学归来，写下了《中国建筑史》。梁思成与他的黄金搭档——林长民的女儿——美丽的夫人林徽因一起致力于中国建筑史的研究。梁思成完成了他父亲对他的期望，成了中国著名的建筑学家，永垂青史。

梁启超共有九个子女，个个事业有成，创造了"一门三院士，九子皆才俊"的家教传奇。梁启超是1929年去世的，十九年后的1948年，他的两个儿子梁思成和梁思永同时成为中央研究院院士，两个儿子都很有出息，一位是考古学家、人类学家，一位是建筑学家，都是最顶尖的。当时全中国所有的学科只评出了八十多位院士，他们一家就占了俩！中国有多少人口？四亿人中梁家就有两位中央研究院院士。光是这两位还不算啥，他的第三个儿子梁思忠，清华毕业后留学美国，毕业于著名的西点军校，1932年为抗战而死，年仅25岁，当时已经是炮兵上校了。第二个女儿梁思庄，著名图书馆学家、北京大学图书馆副馆长。第五个儿子梁思礼，火箭控制系统专家，也是中科院院士。这一家几位院士？三位院士，横跨四个学科，建筑学、人类学、考古学和火箭（应用物理）。

站在梁启超先生的墓前，我们遥想1929年，多少年过去了？八十九年过去了。梁启超并不是活在这个墓碑的后面，而是活在天空之上。梁任公——永远的中国少年，永远和这块土地站在一起。他的儿子、他的孙子、他的世世代代与这块土地站在一起，他蒙冤三十五年的女儿仍然与这块土地站在一起，他家的三位院士与这块土地站在一起。《梁启超全集》一千多万字表达了19世纪末到20世纪20年代末这三十多年来中国人追求现代中国的梦想，他念兹在兹的就是建立一个少年中国，他自己就是一位不老的中国少年。"制出将来之少年中国者，则中国少年之责任也。……故今日之责任，不在他人，而全在我少年。"

童子习作

墓园银杏
郭馨仪（11岁）

我在一棵银杏树下拾起一片微小的泛黄的银杏树叶，将它放到梁启超先生的墓前，以我这微不足道的动作，来表达我对梁先生的敬意。

天是那么高，那么亮，冰蓝色的天空搭着橙黄色的、明亮的太阳。阳光和暖得不像秋天，能证明这里是秋天的只有那一棵棵叶子泛黄的银杏树。它的脚下有许多片银杏叶，很烂，乃至枯焦，我看到的是片片悲凉。这时又有一片银杏叶掉了下来，很完整很美好。这落叶似乎沾染了梁启超先生的灵魂和精神。它与梁先生一样,拥有完美的灵魂、完美之精神。我将它放到梁先生的墓前,表达这个秋天我能来到这里之幸运,我有幸亲自向梁先生致以崇敬之意。

在呼唤声中,我离开了墓园,不知是谁把一本书落在了墓园里,书本正翻开到某一页,上面赫然有几个大字:

少年中国说——梁启超。

松树之王

曾子齐(10岁)

秋风已拂满了北京,叶黄了,红了,落了。但在梁启超先生墓附近,树叶却迟迟不肯变色,不肯落下。

我们来到梁启超先生墓前,脱帽致敬——向这位"前无古人,后无来者"的梁启超先生致敬!

都说梁先生教子有方,创造了"一门三院士,九子皆才俊"的传奇。是呀,要是在寻常人家,这九个孩子会怎么样呢?我想:若是在稍富的人家里,无非就是偶尔读读书,整日游手好闲;若是再穷些的,也不会有什么出息。这些孩子在梁先生和他的夫人的培养下都成了栋梁之材。傅老师说,在他心目中,近代以来,教子有方之人有三位,一位是梁启超,另两位是曾国藩和傅雷。

梁先生不仅教子有方,更是以创造"少年中国"为己任,写出了《少年中国说》等精彩篇目……

梁先生的树,树叶是不会黄的,更不会落的,因为那是松树。

梁先生像松树一样,永不改变。

梁启超墓侧

梁启超

冯彦臻(11岁)

  一只甲虫,它去过齐白石的画中,去过未名湖的草丛,现在,它来到了梁启超的墓前,读着墓碑上的字。
  它沉思了,不管人来人往,不管风有多大,也不管秋虫鸣叫。它只是沉思,沉思活着的意义,是旅游吗?是玩耍吗?不,都不是,活着是为了做出有为的事。可是……甲虫又沉默了,毕竟它只是一只甲虫,一个微小的生命,它不懂活着的意义。

八、在圆明园废墟与"万园之园"对话

先生说

1793年来到圆明园的马戛尔尼勋爵使团,是西方世界第一次进入中国的一个庞大的使团,代表已跨入工业文明的西方世界与农业文明的古老中国的第一次直接对话。

圆明园成为废墟是在1860年,距离今天将近一百六十年。但华夏民族面对这废墟还没有写出一篇值得我们一读的文字,这是整个中文世界说不过去的一件事,希望你们当中有人能写出配得上这废墟的中文来,在圆明园废墟的钟声中,我们写出配得上这废墟的母语,让未来的人可以读到关于圆明园的佳作。

"万园之园"是中国所有皇家园林中曾经达到最高标准的一个园林。为什么圆明园号称"万园之园"?刚才我们看了一百五十八年前的地图,发现它园中有园,最重要的三园是圆明园、长春园和绮春园。现在我们的所在地是长春园北面大水法附近,这仅仅是过去的园子的一小部分。

圆明园里面有东方的建筑,有西方的建筑,有中西合璧的建筑,在1860年以前,这几乎是全世界最牛的皇家园林。这里集中了全世界最优秀的建筑人才、绘画人才和园林人才,从康熙到乾隆年间,前后用了一百五十年的时间,在这里建了一座世界上最豪华的皇家园林。它比彼得

堡、巴黎、维也纳等地的皇宫奢华，当然也比大英帝国的皇宫要奢华。在外国人的眼里，圆明园有另外一个名称——"夏宫"。为什么叫"夏宫"？顾名思义就是皇上夏天来度假的地方。其实皇上不只夏天住在这里，雍正和乾隆两朝皇帝一年中的大部分时间都住在这里。乾隆皇帝在漫长的时间中把圆明园变成了政治中心。

紫禁城是主要的政治中心，圆明园是第二个政治中心，是仅次于皇城紫禁城的一个政治中心。圆明园本来是1709年康熙皇帝赐给他的儿子雍亲王的一个私家花园，也就是说，三百零九年前圆明园成了雍亲王的私家花园，雍亲王登基成为皇帝后，这里成了第二个政治中心。雍正皇帝非常喜欢这个地方，据记载他每年平均在这里住二百零六点八天，雍正皇帝在位的时间一共十几年。第二个喜欢住在这里的是乾隆皇帝，1740年这一年，乾隆皇帝在这个园子里就居住了二百五十一天，可见乾隆皇帝对这个地方的喜欢。这个地方应有尽有，万国的繁华都在这个园子里体现出来了，人间富贵的极致也都在这个园子里体现出来了，所以这个园子被称为"万园之园"。

雍正皇帝活着的时候在这个园林命名了二十八景，有平湖秋月、长春仙馆、武陵春色、杏花春馆、洞天深处、鱼跃鸢飞、西峰秀色等，这些都代表了南方的风景。当然也有代表北方风景的，如蓬岛瑶台。他处理政事的地方，一个叫作"正大光明"，还有一个叫作"勤政亲贤"。等到乾隆皇帝登基，又增加了十二个风景，变成了四十景。新增加的第一个叫曲院风荷。今天你们在这里看见了吗？一个都没有了。这四十景都已化为乌有。

1860年以后，圆明园变成了一片废墟，并且"萎缩"为我们现在看到的这一小片区域。乾隆帝新增加的风景当中除了曲院风荷，还有月地云居、山高水长、别有洞天、方壶胜境等风景，这代表了当时雍正和乾隆两代皇帝的审美趣味。我发现他们基本上还是热爱中国的风景，尤其是南方的那些小桥流水、荷花荷叶，基本上是中国口味。满族人得天下以后仍然是佩服汉人的文化，他们喜欢的是杭州、苏州的风景，喜欢的是桃花源般的风景。满族人是在东北的森林里狩猎的、马背上的民族，虽然他们也有满文，但是满文没有经典作品，没有产生《红楼梦》，没有产生李白、杜甫。康熙帝很喜欢写汉字，乾隆帝也很喜欢写汉字。我们在兰亭看到的一块碑，正面是康熙帝临摹的《兰亭集序》，背面是乾隆帝写的一首兰亭诗。乾隆喜欢住在这里，他专门建立了一个机构叫造办处，不断地扩建园林。一个造办处，相当于建设部的机构，就在圆明园里。

圆明园到底有多美？我们借一位外国画家、传教士王致诚的描述，来看一下：

> 在每条山谷中和流水之畔，都有巧妙布局的多处主体建筑、院落、敞篷或封闭式的走廊、花园、花坛、瀑布等的建筑群，它们形成了一个组合体，看起来令人赏心悦目，赞不绝口。人们不是通过如同在欧洲那样美观而笔直的甬道，而是通过弯弯曲曲的盘旋路，才能走出山谷。路上甚至装饰有小小的亭台楼榭和小山洞。……
>
> 所有的山岭都覆盖着树木，尤其是花卉，它们很普遍。这是一个真正的人间天堂。人工运河如同我们那里一样，两岸由方石砌成笔直的堤岸，但它们都是非常简朴的粗石，并夹杂着岩石块，有的向前凸起，有的向后凹缩。它们是以非常艺术的方式排列起

来的，人们可以说这是大自然那鬼斧神工的杰作。河渠有时很宽敞，有时又狭窄；它于此蜿蜒逶迤，有时又掉头拐大弯，它们就如同是真正被丘陵和山岩推动一般。河岸上种满了鲜花，它们在石堆和假山口绽放，在那里也显得如同大自然的造化。每个季节都有独特的鲜花。……所有的门面都会有廊柱和窗户，被镀金、绘画和涂漆装饰得雕梁画栋，灰砖砌成的墙经过精心磨制非常光滑；屋顶上覆盖着琉璃瓦，分别呈天蓝色、金黄色、翠绿色和淡紫色，它们的混合与搭配形成了一种赏心悦目的风格与千变万化的图案。

这个外国画家是专门为皇帝画圆明园风景的。他看到的圆明园如此之美，光是琉璃瓦就有天蓝色、金黄色、翠绿色和淡紫色的混合搭配，形成了一种千变万化的图案。

今天还能看到什么？只有博物馆里陈列墙上那些琉璃瓦的碎片。

圆明园是皇家禁地，戒备森严，管理严格，一个总管太监掌握着包括圆明园所有工作人员外貌特征在内的档案信息，任何人要进入圆明园都要经过严格的检查，没有经过检查几乎是不可能进入的，每天进来干活的人要在大门口集合点名被带进来，然后被带出去。太监如果犯规要受到严厉惩罚。1744年某一天，有一个叫刘玉的太监，他仅仅是随意地在栏杆上坐了一下，受到的惩罚就是四十大板。同一天，另一个太监因为上班的时候打瞌睡，也受到杖打四十大板的处罚。这个地方管得非常的严，惩罚也非常严厉，因此太监一般不敢偷懒，不敢有任何犯规。

圆明园

　　1793 年，当时冉冉升起的"日不落帝国"——英国派出了一个庞大的使团，由马戛尔尼勋爵带领来到了北京。他们到了圆明园以后留下了一支队伍，另外一支队伍到热河承德的避暑山庄去见乾隆皇帝。外国人在这里住了很久，他们发现在这里一切都被监视着，寸步难行，就连在这个园子里随便走动看风景都不能，因为这是不允许的，每走一步，太监都跟在后面。1793 年跟随马戛尔尼来到中国的人中有一个叫约翰·巴罗，他在圆明园住了许久，但直到离开圆明园之前，他才看到圆明园有多美。他看到了优雅美丽的景色和宏伟壮观的宫殿，看到了比欧洲的同类园林优越或至少是相等的风格和设计，看到这里有大量的宫殿、大量的太监，还有官吏。

　　在这里"工作"的人怎么样呢？ 1770 年的夏天，有一次某一个喷水池的水位比平常低了大概四厘米，负责管理的人就被问责了。1779年，几个管理人员因为池塘的荷花太稀疏，被扣了三到六个月的"工资"。荷花开得少一定是他们的缘故吗？也有可能是气候等原因吧？反正要罚。1787年，两个管理人员由于燃放烟花的时候点亮灯的时间比预定的时间晚了，遭到了严厉的惩罚。有一位传教士说这个地方太可怕了，这是世界上最美的地方，也是最可怕的地方，充满了恐惧，随时都可能没有命了。

从北京城里到北京的西北郊，有一段非常遥远的路。如果没有交通工具，从紫禁城步行走到圆明园至少要走半天，因此想要在早晨到达这里，半夜就得出发。皇帝住在这里意味着什么？大臣们要半夜起来赶到这里上朝。这里是中国当时的一个政治中心。皇帝为了把这个地方建成一个享乐的地方，不仅请了中国的能工巧匠、画家，还请了很多外国人来设计建筑、设计园林，请了很多西洋画家，包括最有名的来自意大利的宫廷画画家郎世宁。郎世宁画了很多的马，最有名的那幅画叫"百骏图"，上面有一百匹马，每匹马画得都很瘦。

1793年英国人怎么看这个园林？英国人看到的是中国人整天把心思放在修这样好看的园林上，不去做正事。园林修得再漂亮能保住大清江山吗？1860年不就证明了吗？英法联军才来了多少人？这座"万园之园"堪称全世界第一，却没能挡住英法联军几千个士兵。

回到1793年，英国人带来的礼物是什么？有地球仪、天文仪、望远镜、气压计之类当时最新的科技产品，还有能连发八颗子弹的火枪，以及英国的火炮。其实还有一辆专门送给皇帝的减震马车，但因驾车人的座位比乘车人的位置高，且背对皇帝的座位，大臣们认为不敬，因此皇帝压根就没见到。

最受欢迎的礼物是丹麦所造、英国人买下来送给中国皇帝的PAKS（霸临斯）。我不知道什么是霸临斯，只知道那是世界上最稀罕的、最大的一面镜子。清朝的官员不喜欢其他礼物，地球仪、天文仪、行星仪他们看不懂，唯有这个大镜子他们很感兴趣。

当时英国使团来中国主要跟谁打交道呢？跟乾隆皇帝的亲信和珅打交道。乾隆驾崩后和珅就倒台了。和珅是当时中国最富有的官员，富可敌国。1793年的和珅正是春风得意时，他有九个职务，既是内阁首席大学士、领班军机大臣，又是九门提督，还主管圆明园事务，又是管财政，又是管人事，什么都管，就连北京城的防御都管，他是皇帝面前最红的红人。六年以后，乾隆皇帝一死，嘉庆皇帝最想杀掉的人就是他。

我们再回过头来讲，马戛尔尼勋爵使团从英国远渡重洋来中国做什么呢？他们要来敲开中国的门，要跟中国建立正常的贸易关系。乾隆皇帝给英女王的回复是：

> 天朝抚有四海，唯励精图治，办理政务，奇珍异宝，并无贵重，尔国王此次赍进各物，念其诚心远献，特谕该管衙门收纳。其实天朝德威远被，万国来王，种种贵重之物，梯航毕集，无所不有。尔之正使等所亲见。然从不贵奇巧，并无更需尔国制办物件。

什么意思？你们送来的东西我们不稀罕。天朝什么都有，你们那些什么地球仪、行星仪等我们看不上。接着又说，天朝物产丰盈，无所不有，根本不稀罕你们外国那些货物，倒是我们天朝所产的茶叶、瓷器、丝绸是你们必需之物。所以我们加恩体恤，让你们在澳门开洋行，你们想要做买卖的话，只能在澳门，到北京来做生意门都没有。

英国不甘心，后来又派了一个使团来，再一次被拒之门外。往后的事，我们知道了，1840 年到 1842 年鸦片战争的结果是签订了《南京条约》，把香港岛割让给了英国，并且开放了广州、福州、厦门、宁波、上海五处通商口岸，这个时候的皇帝是道光皇帝。到了咸丰皇帝期间又发生了第二次鸦片战争，从 1856 年打到 1860 年，英法联军打进了北京，皇帝逃到承德避暑山庄。

圆明园是 1860 年 10 月 18 日被洗劫和烧毁的。英法联军闯入圆明园，他们闯进来以后发现很多礼物是 1793 年马戛尔尼勋爵使团送的，包括地球仪、天文仪、音乐钟，还有火炮。英国人连火炮都送给中国皇帝了，但这火炮摆在这里做什么用？观赏，就只是一个供观赏的东西。

1860 年圆明园被烧掉，园内的东西被抢劫，很多东西被抢到英国、法国去了。一位外国人看不下去了，法国的伟大作家雨果在 1861 年写了一封信给巴特勒上尉：

> 在世界的某个角落，有一个世界奇迹。这个奇迹叫圆明园。艺术有两个来源，一是理想，理想产生欧洲艺术；一是幻想，幻想产生东方艺术。圆明园在幻想艺术中的地位就如同巴特农神庙在理想艺术中的地位。
>
> 一个几乎是超人的民族的想象力所能产生的成就尽在于此。和巴特农神庙不一样，这不是一件稀有的、独一无二的作品；这是幻想的某种规模巨大的典范，如果幻想能有一个典范的话。请您想象有一座言语无法形容的建筑，某种恍若月宫的建筑，这就

是圆明园。

……为了创建圆明园，曾经耗费了两代人的长期劳动。这座大得犹如一座城市的建筑物是世世代代的结晶，为谁而建？为了各国人民。因为，岁月创造的一切都是属于人类的。过去的艺术家、诗人、哲学家都知道圆明园，伏尔泰就谈起过圆明园。

人们常说：希腊有巴特农神庙，埃及有金字塔，罗马有斗兽场，巴黎有圣母院，而东方有圆明园。要是说，大家没有看见过它，但大家梦见过它。这是某种令人惊骇而不知名的杰作，在不可名状的晨曦中依稀可见，宛如在欧洲文明的地平线上瞥见的亚洲文明的剪影。

这个奇迹已经消失了。

有一天，两个来自欧洲的强盗闯进了圆明园。一个强盗洗劫财物，另一个强盗在放火。似乎得胜之后，便可以动手行窃了。他们对圆明园进行了大规模的劫掠，赃物由两个胜利者均分。

我们看到，这整个事件还与额尔金的名字有关，这名字又使人不能不忆起巴特农神庙。从前他们对巴特农神庙怎么干，现在对圆明园也怎么干，不同的只是干得更彻底、更漂亮，以至于荡然无存。

我们把欧洲所有大教堂的财宝加在一起，也许还抵不上东方这座了不起的富丽堂皇的博物馆。那儿不仅仅有艺术珍品，还有大堆的金银制品。丰功伟绩！收获巨大！两个胜利者，一个塞满了腰包，这是看得见的，另一个装满了箱箧。他们手挽手，笑嘻嘻地回到欧洲。这就是这两个强盗的故事。

我们欧洲人是文明人，中国人在我们眼中是野蛮人。这就是文明对野蛮所干的事情。

将受到历史制裁的这两个强盗，一个叫法兰西，另一个叫英吉利。不过，我要抗议，感谢您给了我这样一个抗议的机会。治人者的罪行不是治于人者的过错；政府有时会是强盗，而人民永远也不会是强盗。

法兰西吞下了这次胜利的一半赃物，今天，帝国居然还天真地以为自己就是真正的物主，把圆明园富丽堂皇的破烂拿来展出。我希望有朝一日，解放得干干净净的法兰西会把这份战利品归还给被掠夺的中国，那才是真正的物主。

现在，我证实，发生了一次偷窃，有两名窃贼。

先生，以上就是我对远征中国的全部赞誉。

这封抗议信过了近一百六十年仍然充满了力量，这是一位法国人，一位人道主义作家的声音，中国的作家没有写出这样的信来。雨果没有想到中国人在这场战争中应该承担的责任，但中国人就不应该承担责任吗？首先谁应该承担责任？朝廷保护不了自己的领土，保护不了自己的人民应该怎么样？应该下台，但是他们没有。这也是清朝最后被辛亥革命推翻的原因之一。辛亥革命发生于1911年，距1860年多少年？五十一年。五十一年后他们终于退出了政治舞台。

圆明园确实很美，这座"万园之园"确实名不虚传。皇帝在这个地方有三十个不同的住所，每个地方都有很多的房子可以供来上朝的大臣和节日时出席的贵人、太监、仆役、工匠居住，每个地方都形成了一个不小的村庄，皇帝住的三十个地方都在圆明园的范围里。圆明园的中心是正大光明殿，皇帝的宝座上有"正大光明"四个字，这四个字下面有一个菱形的"福"字，中国人都喜欢在自己家搞一个菱形的"福"字，连皇帝也不例外。皇帝还喜欢使用英国送的 17 世纪生产的一个报时钟，这个钟一直放在圆明园里面。我们与"万园之园"的对话就要告终了，钟声就要敲响，夕阳将要西下，一百五十八年的时光已经远去。

童子习作

废墟里的春天
戴欣然（10 岁）

圆明园变成了一座废墟，但它的繁荣与光华犹在。

这里有着一片片草地，绿色穿插在断壁残垣之间。今年刚长出的新草围绕着经过岁月摩擦只剩下白色的残柱；爬山虎绕着倒塌的装饰物，自由地生长着，一根根茎贴着冰凉的柱子，似乎想把春天的和暖给予它。

这剩下的几根柱子是珍贵的，因为它们被时间洗濯过。但这围绕着废墟的春之景难道不是珍贵的吗？

想当年（1860 年）英法联军放一把野火，墙倒了，屋也塌了，想必草木也被烧得精光吧！可野火烧不尽，春风吹又生。当春风又至，鸟、风等带来的种子开始了新一轮的生长。这种子虽是新的，但土壤却是老的。这土壤经历过一次浩劫，照理说应很贫瘠，但这土的内心是有春天的！

土壤见过春天是什么样的，于是乎，它又创造了一个春天。

现在春天就在眼前，而我们却有意无意地忽略了它。是啊，这些柱子更有历史的底蕴，但这些看似平凡的草木背后，是一片有春之心的土地！这土地甚至比那柱子厉害得多呢！毕竟，这土地见过春天，可以再造春天，而这柱子，见过荣华却不能重塑当年的荣华。

圆明园的话

刘尚钊（11岁）

我就是那座皇家园林：圆明园。

在康熙执政时，我已被建成。那时的我，年纪轻轻，那是我一生最快乐的时光。

讨厌的法兰西与英吉利，是我辉煌一生的毁灭者。他们肆意烧毁我的衣服、帽子，使我痛不欲生，宛如死一般。

可惜我不能移动，我只能忍受着痛楚，看着我的灵魂渐渐远去。

雨果先生的话让我找回了灵魂。虽然他不是中国人，而是法国人，但对于英法军队伤害我这件事，他十分愤恨。我的灵魂渐渐恢复。

不过，中国也许过于落后，无法抵挡敌人，我就成了盾牌。

九、在颐和园与沈从文和一百二十年前的戊戌时代对话

先生说

与沈从文的颐和园对话

沈从文的《春游颐和园》将颐和园分成了五个大单位,其中第三部分是湖中心孤岛上的建筑群,龙王庙是主体。

连接龙王庙和东墙柳阴路全靠那条十七孔白石虹桥,长年卧在万顷碧波中,背景是一片北京特有的蓝得透亮的天空,真不愧叫作人造的虹。这条白石桥无论是远看,近看,或把船摇到下边仰起头来看,或站在桥上向左右四方看,都令人觉得满意。桥东有个大亭子,未油漆前可看出木材特别讲究,可能还是两百年前从南海运来的。岸边有一只铜牛,卧在一个白石座上,从从容容望着湖景,望着远处西山,是两百年前铸铜工人的创作。

我们刚刚从白石虹桥走过,在湖中心的岛上,对面隔湖相望的就是颐和园的主体建筑排云殿、佛香阁、长廊。白石虹桥、铜牛,你们说沈从文

忽略了什么？石狮子，对。今天有一点雾，天没有那么蓝，没有蓝得透亮的天空，但"人造的虹"就在我们眼前。"人造的虹"是什么？十七孔桥！十七孔虹桥就是沈从文笔下"人造的虹"。白石虹桥将龙王庙跟柳阴路连起来了。

颐和园

　　夏六月还是一片绿油油的庄稼直延伸到西山尽头，到秋八月后，就只见无数大牛车满满装载黄澄澄的粮食向合作社转运。村庄前后也到处是粮食堆垛。

　　从北边走可先逛长廊，到长廊尽头，转个弯，就到大石舫边了。大石舫也是乾隆时作的，七十年前才在上面加个假西式楼房，五色玻璃在当时是时髦物品，现在看来不免会感觉俗恶。除大石舫外，这里经常还停泊有百多只油漆鲜明的小游艇出租。欢喜划船的游人，可租船向前湖划去，一直过西蜂腰桥再向南，再划回来。那个高拱细腰小石桥值得一看。

比较合式的是绕湖心龙王庙，就穿十七孔桥回来。那座桥远看只觉得美丽，近看才会明白结构壮丽，工程扎实，让我们加深一层认识了古代造桥工人的聪明和伟大。船向回划可饱看颐和园万寿山正面全部风景，从各个不同角度不同时间看去，才会发现绕前山那道长廊，和长廊外临水那道白石栏杆，不仅发生单纯装饰效果，且像腰带一样把前山建筑群总在一起，从水上托出，设计实在够聪明巧妙。欢喜从空旷湖面转入幽静环境的游人，不妨把船向后湖划去。后湖水面窄而曲折，林木幽深，水中大鱼百十成群，对小船来去既成习惯，因此也不大存戒心。后湖秋天在一个极短时期中，水面常常忽然冒出一种颜色金黄的小花，一朵朵从水面探头出来约两寸来高，花不过一寸大小，可是远远的就可让我们发现。至近身时我们才会发现柔弱花朵上还常常歇有一种细腰窄翅黑蜻蜓，飞飞又停停，彼此之间似相识又似陌生。又像是新认识的好朋友，默默地又亲切地贴近时，还像有些腼腆害羞。一切情形和安徒生童话中的描写差不多，可是还更美丽一些。这些小小金丝莲，一年秋季只开花三四天，小蜻蜓从湖旁丛草间孵化，生命也极短暂。我们缺少安徒生的诗的童心，因此也难更深一层去想象体会它们短暂生命相互依存的悦乐处。

见到这种花朵时，最好莫惊动采摘，让大家看看。……

1956年，沈从文写这篇文章时，颐和园的外面都是庄稼，六十多年过去，周围的一切都变了,也许只有这个园子还没有什么变化。沈从文是春游颐和园,我们是秋天来的,但有两样东西是一样的——昆明湖和建筑,这是颐和园最主要的东西。不一样的是什么?树和花!

在沈从文笔下,还有等一下我们要去的以谐趣园为中心的建筑群:

谐趣园主要部分是一个荷花池子,绕着池子有一组长廊和建筑。谐趣园占地面积不大,房子也因此稍嫌拥挤,但是那个荷花池子,夏天荷花盛开时,真是又香又好看。欢喜雀鸟的,这里四围树林子里经常有极好听的黄鸟歌声。啄木鸟声音也数这个地区最多。夏六七月天雨后放晴时,树林间的鸟雀欢呼飞鸣,更是一种活泼生机。地方背风向阳处,长年有竹子生长。由后湖引来的一股活水,到此下坠五公尺,因此作成小小瀑布,夏天水发时,水声哗哗……读过《红楼梦》的人,如偶然到了这个地方,会联想起当年书中那个女尼妙玉的住处。还有史湘云醉眠芍药裀的故事……由谐趣园宫门直向上山路走,不多远还有个乐农轩,虽只是平房一列,房子前花木却长得极好。杏花以外丁香、海棠、梨花都很好。景福阁位置在半山上,这座重屋曲折"亞"字形的大建筑,四面窗子透亮,绕屋平台廊子都极朗敞。遇到好机会,我们可能会在这里看到一些面孔熟习的著名文艺工作者、电影、歌剧、话剧名演员,……他们也许正在这里和国际友人举行游园联欢会,在那里唱歌跳舞。

谐趣园围绕着荷花池子,有黄鸟的歌声,啄木鸟的歌声。沈从文还想到了《红楼梦》中妙玉住的地方和史湘云醉眠的地方。

　　（读了龙王庙十七孔桥这段和谐趣园的这段，男生普遍喜欢金丝莲这段，我称之为"金丝莲派"；女生普遍喜欢谐趣园荷花池这段，我称之为"谐趣园派"。）

　　我们先看看"谐趣园派"有没有道理？"夏天荷花盛开时"这一段为什么写得好呢？有花开，有鸟叫；鸟是动的，花有开有落，而且还有水的声音，水还构成了瀑布，也是动的。动态的美，静态的美，花开的美，花落的美都有。不仅如此，还从建筑、池子、溪流，进入到文学经典——《红楼梦》中妙玉、史湘云她们的故事。除了这些，还想到了这里不仅有荷花，春天里还有杏花、丁香、海棠、梨花，然后又讲到来这里表演的艺术家，电影、歌剧、话剧名演员，这是人的活动。谐趣园写得丰富、饱满，有动有静。

　　我们再来看"金丝莲派"。到了秋天，水面上会忽然冒出一种颜色金黄的小花，这种花不过一寸大小，虽然很小，但是远远地就可以看到，走近了还可以发现裸露的花朵上有一种黑蜻蜓。这种黑蜻蜓是什么样的？是细腰窄翅。飞飞又停停，彼此之间似相识又似不相识，多精彩啊！蜻蜓之间的关系都写出来了，这里面还包含几种关系——花与蜻蜓的关系、花与水的关系（金黄色的小花都是开在水面上）、花与季节的关系。这里有好多种关系，所有的关系合在一起，就是花与颐和园的关系。沈从文写的是颐和园十七孔桥下昆明湖里的花，这里面除了有花还有什么？有鱼。水中鱼百十成群，对小船来去既成习惯，因此也不大存戒心。这是鱼跟船的关系，鱼跟水的关系，鱼跟人的关系，鱼跟颐和园的关系。我们从这里可以看到许多的"关系"，很多东西之间都要建立关系，很多东西都是在关系当中表现出来的。

花要跟蜻蜓建立关系，跟水建立关系，跟鱼有没有关系呢？花跟鱼什么关系啊？它们都在昆明湖的水中。蜻蜓的这段太美了，沈从文把蜻蜓之间的关系写得如此生动，它们既像是陌生的又好像是相识的，又好像是刚刚认识的朋友，默默地又亲切地贴近时，又像有些腼腆害羞。沈从文联想到了安徒生童话，这是一个童话的世界，这是一个慈禧不认识的世界。慈禧的心中没有童心，慈禧的心中有什么？权力、欲望、贪婪，没有童心。

除了写小花和蜻蜓，沈从文还写了什么？前面他并没有告诉我们金黄色的小花叫什么，后面才说出是金丝莲，这就叫高明。大作家的高明就是并不在一个地方把所有的话都说完，而要留一点最后说。这些小小金丝莲，一年只是秋天开花三四天。还有一种花，它的花期比金丝莲还要短暂，你们知道是什么花吗？昙花。对，昙花开了就谢了，金丝莲有三四天的生命已经很长了。一般的人有多少年的生命？七十年？人生七十古来稀。现在有的人可以活90岁，甚至100岁，70岁是比较寻常的。70岁生命的人看三四天生命的花，是不是觉得它生命特别短？万年、十万年生命的生物看我们这些人的寿命，是不是跟人看花一样？这是一个比例尺问题，不是长短问题。长不算长，短也不是短，关键是你的比例尺、参照系是什么。

金丝莲在秋天只有三四天的花期，现在就是秋天，我们来得恰是时候，我们是在金丝莲开的季节来到昆明湖，来到颐和园，来到沈从文笔下的颐和园。

我们再来看，还有一种东西跟金丝莲一样，它的生命也极为短暂，是什么？就是前面提到的黑蜻蜓。它们在湖旁杂草边孵化，其生命到底有多短暂沈从文没有说，但是跟金丝莲一样很短暂。秋天的生命在秋天里结束。一个是植物，一个是动物；一个是花，一个是蜻蜓，它们的生命都是短暂的。沈从文说:"我们缺少安徒生的诗的童心,因此也难更深一层去想象体会它们短暂生命相互依存的悦乐处。"

人不知道蜻蜓的快乐,以为蜻蜓不快乐;人不知道金丝莲的快乐,以为我们比它快乐。人不是金丝莲,也不是蜻蜓,所以无法知道它们有多少的欢喜,有多少的忧愁,这就是生命与生命的隔绝。但是沈从文作为一位作家,他深深地感到遗憾,自己缺乏安徒生的童心,不能更深入地体会这些短暂的生命相互依存的悦乐处。什么是相互依存?就像蜻蜓与金丝莲生活在一起,构成一个和谐的世界。

接下来他用了一句话——"见到这种花朵时,最好莫惊动采摘,让大家看看"转折,见到了金丝莲开花,你就是一个有幸的人。如果我们今天见到了金丝莲开花,我们就成了幸运的人;如果我们没见到金丝莲开花,我们仍然是有幸的人,因为我们读到了沈从文笔下的金丝莲花。我们从十七孔桥回去的时候,留意一下今天的昆明湖里还有没有金丝莲,还有没有细腰窄翅的黑蜻蜓。无论它在还是不在,它都在。第一种"在"是物理存在,第二种"在"是心灵存在。

你们认为谐趣园这段写得好,还是金丝莲这段写得好?这个选择是个人的决定,没有唯一性。我投给金丝莲。中国有很多作家都能写出像谐趣园这样的文章,但能写出金丝莲这样的文章的恐怕只有沈从文,沈从文的才华在金丝莲和黑蜻蜓这里展现出来了。

在颐和园与一百二十年前的戊戌时代对话

这次北京之行,我们从红楼开始,从红楼与蔡元培、胡适对话开始。北大是哪一年创立的? 1898年。距离今年正好一百二十年,今年是什么年?

戊戌年。六十年一个甲子，今天我们就是与一百二十年前的戊戌时代对话。一百二十年前的中国是谁的中国？大清的中国，慈禧的中国，光绪帝的中国，康有为、梁启超的中国，京师大学堂的中国。

京师大学堂是1898年创立的，1902年12月17日正式开学。12月17日正好是胡适的生日，胡适生于1891年，1898年他已7岁。我们从北大红楼开始，最后在颐和园这里结束，其实就是绕了一个圈。历史就是一个画圆的过程，人生也是一个画圆的过程，这个圆是一百二十年前开始画的，画过去现在又画回来了，从红楼画到了这里，画了一百二十年。北大一百二十岁了，而颐和园是一百二十年前决定中国命运的一个地方。简单地说，一百二十年前慈禧太后镇压了光绪帝支持的康梁他们发起的戊戌变法，或者叫维新运动。当时慈禧太后把其他的一切都废掉了，唯独保留了京师大学堂，这是很多人想不明白的一件事。慈禧废掉了光绪帝所有的新政措施，为什么会保留京师大学堂，就是今天北京大学的前身，这在中国历史上是个一直被追问的谜，一百二十年来，很多人都追问过。那年9月21日慈禧重新垂帘听政，从颐和园回到中南海之后，她决定将京师大学堂留下来。

我在《留将功罪后人论——戊戌变法120周年》的开篇说：

1898年6月11日，本是一个寻常的日子，如果不是大清光绪皇帝下达了这道诏书，也许在编年史上，这个日子会被忽略。相距一百二十年的时光，重读这份只有五百来个象形文字的诏书——

数年以来，中外臣工，讲求时务，多主变法自强。迩者诏书数下，如开特科，裁冗兵，改武科制度，立大小学堂，皆经再三审定，筹之至熟，甫议施行。唯是风气尚未大开，论说莫衷一是，或托于老成忧国，以为旧章必应墨守，新法必当摈除，众喙哓哓，空言无补。……朕唯国是不定，则号令不行……用特明白宣示，嗣后中外大小诸臣，自王公以及士庶，各宜努力向上，发愤为雄，以圣贤义理之学，植其根本，又须博采西学之切于时务者，实力讲求，以救空疏迂谬之弊。……

京师大学堂为各行省之倡，尤应首先举办，着军机大臣、总理各国事务王大臣会同妥速议奏，所有翰林院编检、各部院司员、大门侍卫、候补候选道府州县以下官、大员子弟、八旗世职、各省武职后裔，其愿入学堂者，均准其入学肄业，以期人才辈出，共济时艰，不得敷衍因循，徇私援引，致负朝廷谆谆告诫之至意。

这就是著名的《定国是诏》。这道诏书不过五百来个字，一百二十年前却是"从天而降"，想要开创一个全新的时代。因为它发生在戊戌年，所以叫戊戌变法；因为它一共只实施了一百零三天，所以又叫百日维新。这是中国历史上一件惊天动地的大事，是只有 27 岁的光绪皇帝得到慈禧太后批准后实施的一个重大变革计划，开办京师大学堂是其中的重中之重。这道诏书其中一个重点，就是办一所京师大学堂，要求军机大臣、总理各国事务王大臣会同办理。清代能封王的只有两种人，一是爱新觉罗家族的人，二是蒙古的亲王。汉人可以封王吗？不可以。汉人中功劳最大的曾国藩，打败了存在十四年的太平天国，也只封了个侯爵。清朝刚入关的时候，曾封三个汉人为王，他们在康熙年间举兵造反，从此之后汉人再没有被封过王。

这道诏书宣告：翰林院编检、各部院司员、大门侍卫、候补候选道府州县以下官、大员子弟和八旗世袭的那些职位、各省武将职位的后代，只要他们愿意进学堂，通过考试，都可以到京师大学堂来学习。中国以前没有大学，京师大学堂是中国第一所国立高等学校，当牛津大学、剑桥大学都已经有七百多年、八百多年历史的时候，中国才创立了京师大学堂。就连年轻的美国都有一所有二百五十多年历史的哈佛大学了，中国却连一所大学都没有。年轻的光绪帝想有所作为，第一件事就是创立大学。可以说，办教育是一个民族试图走向新天地的第一步。今天我们重读这道五百来字的诏书，似乎觉得没那么惊心动魄，没那么过瘾，没那么慷慨激昂，换句话说，就是太平常了，除了说京师大学堂应该先办起来，整个诏书的重心落在了四个字上面，就是"博采西学"。

又须博采西学之切于时务者，实力讲求，以救空疏迂谬之弊。

在1898年之前，中国人还是在中学范围内寻求出路，中学就是以四书五经为基础的中国文化，对西学是排斥的，强调的是圣贤义理之学，但是光绪皇帝认为现在需要博采西学，这是一个重大的转变。如果不博采西学，需要办大学吗？我们原来就有国子监、太学，还需要办大学吗？光是讲中学是不够的，因此要办大学，开始学西学，这个决定太重大了。但是这个决定不是光绪皇帝本人的全部意思，光绪皇帝本人的全部意思是办一所以西学为中心的大学。

提及戊戌变法就不能不提及光绪皇帝的老师、户部尚书、协办大学士翁同龢。这翁同龢可是不得了，民间曾流传一副有名的对联："宰相合肥天下瘦,司农常熟世间荒。"上联说的是李鸿章,安徽合肥人;下联说的是翁同龢,江苏常熟人。翁同龢是同治、光绪两代帝师,光绪帝从小跟他念书,很信任他。

光绪帝要发布一道牵涉重大国策的诏书,交代翁同龢起草,翁同龢在执笔的时候把光绪帝的意思稍微变了一下,光绪帝原来的意思只要博采西学就可以了,翁同龢在前面加了一句话:"以圣贤义理之学,植其根本。"也就是在西学的前面加了一个前提,先以中国固有的圣贤义理之学作为根本。这其实不是光绪帝的原意,我怎么知道的呢?翁同龢自己讲的。翁同龢在1898年6月11日,就是诏书发布当天的日记里说,光绪帝的意思是专讲西学,明白宣示,但是他觉得风险太大,可能别人会不同意,慈禧太后更不会同意,所以他就这样写道:

> 以圣贤义理之学,植其根本,又须博采西学之切于时务者,实力讲求,以救空疏迂谬之弊。……

本来叫他去拟一道诏书专讲西学,他却加上一个前提,先讲根本的圣贤义理,然后又给加了一个后缀,叫什么"切于时务者",这等于加上两个限制。他发现皇帝的意思非常坚定,但是他还想再跟皇帝讨价还价,让皇帝不要这么着急。我觉得皇帝的意思和翁同龢的意思是两代人之间的不同观念。皇帝是一个27岁的年轻人,翁同龢是一个68岁的老人,翁同龢思想更趋保守一些,主张变法要循序渐进,以减少变法的阻力。

这个时候,自从秦始皇统治中国以来,中国的皇帝制度已经存在两千多年了,就是从1644年清军入关算起,也已经有二百五十四年了。当时谁掌握着中国的最高权力？慈禧太后，就是皇帝的姨妈。慈禧太后住在哪里？颐和园乐寿堂，就是我们刚才经过的地方。慈禧太后为什么要住到颐和园？差不多九年前，皇帝已经18岁了，名义上说起来，她要把权力交给皇帝，自己找一个地方养老，于是就修建了颐和园。事实上所有的大事还是由她来做决定。慈禧是一位厉害的老太太，掌握权力的时间长达三十七年。但她不太认字，亲手草拟的圣旨里错别字很多，可以叫作白字老太太。她虽然没念过什么书，错别字连篇，但是脑子非常好使，她能驾驭那些王公大臣，成为中国第一号统治者是不简单的。1861年她发动政变，"灭"了她的丈夫咸丰皇帝留下的八位"顾命大臣"，有的被她杀了，有的被流放、监禁。当时跟她合作的是皇帝的弟弟——恭亲王奕䜣，几年以后，她又借故免去奕䜣议政王的头衔，几经折腾，全中国的男人都跪在了慈禧太后的裙摆下面。

一百二十年前，颐

颐和园

和园才是中国的统治中心，故宫不是，中南海也不是，这个地方才是发号施令的最高统治中心。我不知道这棵树一百二十年前在不在，这种柏树长得很慢，我猜想一百二十年前这棵树也许已在这儿，这棵树一定比我们活的时间长，它对慈禧太后的认识也比我们要深，它很可能听过慈禧说话，是见过慈禧的一棵树。树的眼睛在哪里？树的眼睛就是它的心。树的心就是树的记忆。切开这棵树，横截面上有年轮，那就是它的眼睛、它的心、它的记忆。

这个老太太，她一生做的事情都是烂事、坏事吗？不是的，要不然她也不可能掌握政权那么长的时间。慈禧太后在1861年掌权以后做了一件大事，开启了学习西方先进科技以维护清朝统治的自救运动。中国当时有一个特定的词叫"洋务运动"，或者叫自强运动，即引进西方军事装备、机器生产和科学技术，并且办工厂，建立京师同文馆，培养翻译人才。什么叫改革？就是戊戌变法。如果我们拿改革开放来说，洋务运动叫开放，戊戌变法叫改革，她支持了开放，但最后扼杀了改革。事实上，她一开始也支持改革，但是改革的幅度超过了她能接受的限度，所以她就反对了。不少人以为慈禧从头就是反对变法的，这是不对的。正如戊戌变法的参与者王照事后所评论的那样：

> 戊戌之变，外人或误会为慈禧反对变法。其实，慈禧但知权利，绝无政见，纯为家务之争。故以余个人之见，若奉之以主张变法之名，使之公然出头，则皇上之志可由屈而得伸，久而顽固大臣皆无能为也。

光绪皇帝推动变法的时候，每一个大政方针推出之前，都到颐和园来请示慈禧。所有重大事情，包括 6 月 11 日发布的《定国是诏》都是慈禧太后批准的，没有慈禧批准，年轻的光绪皇帝什么事也做不成。戊戌变法最主要的目标本来是"修铁路，铸钞币，造机器，开各矿，创邮政，练陆军，整海军，立学堂"，所有这些事围绕的中心就是要让中国变得富强。在中国要不要变得富强这个问题上慈禧太后和光绪皇帝没有矛盾，他们的看法是相同的。办京师大学堂的目的也是让京师大学堂的人才将来帮助这个民族、帮助这个国家变得更加富强。事实上他们的目标是一致的。光绪皇帝提出办京师大学堂，之所以在戊戌变法失败之后仍然能够实施，是因为慈禧太后同意这个主张。慈禧太后只是认为光绪皇帝性子太急，走得太快，已经脱离了她能容忍的范围，她不想让皇帝脱离她的掌控。说来说去还是为了权力，她需要用"颐和园"来统治"故宫"，用"颐和园"来驾驭"中南海"，"颐和园"要统治整个中国。改变了这一点，无论你做什么都不行，这就是最高统治者的意志。最高统治者有一样东西是不能触犯的，是什么？最高权力！他们决不容许第二个人来觊觎，这就是中国的皇帝制度。最终在 9 月 21 日慈禧太后下达了另外一道诏书，宣布自己要回到紫禁城垂帘听政。这就是历史，一百二十年前的历史。

现在我们要了解一下，为什么一百二十年前会发生一场改革？光绪皇帝为什么要办京师大学堂？一个 27 岁的年轻人到底是带着怎样的知识储备，带着怎样的思想资源来做这些事的？

今天我们不是为了哭光绪帝的失败，也不是为了笑慈禧太后的成功，而是要明白一百二十年前慈禧和光绪之间的这场博弈。中国历史在一百二十年前的这次重大转折，过了一百二十年伤痕还在。别看颐和园这么热闹，仅仅今天就有数万人来到这里，但是能明白慈禧之心的人有几个？恐怕没几个。

能明白光绪皇帝之心的人更少。

我们今天把目光聚焦在一个人身上，谁的身上？光绪皇帝！这是真正想有所作为的一位年轻君王，但是他太着急了。我刚才说了一句话，他是一个什么人？不成熟的政治家。他难道等不起吗？他可以什么都不做，等慈禧太后死，这就是不可改变的物理时间，他只要等得起，韬光养晦，等到慈禧一命呼鸣，第二天他宣布实行变法，可以吗？有一种本事就是等，但他等不起，等不起就是失败。中国历史上像他这样的人太多了，悲剧的皇帝太多了。如果他一直等，也就不是他了，因为这不符合他的性格。历史就像戏剧一样好看，就像莎士比亚笔下的戏剧一样好看，每一个人都是戏中人，有的人饰演主角，有的人饰演配角，更多的人饰演路人甲乙丙丁。还有人不在戏中，他们在做什么呢？他们在看戏，他们是围观者，每个人不是在戏里就是在观戏，谁也逃不走，这就叫命运，刚性的、不可抗拒的命运，每个人都是这个命运当中微不足道的一粒灰尘。

27岁的光绪帝是一位懂英语的皇帝，他为什么要变法？因为他看到了外面的世界。他如果像"白字"老太太一样，就什么都不想了。"白字"老太太只要穿好、吃好，弄两盘苹果闻闻香，然后在颐和园里看看戏，看看昆明湖里的鱼，就很满足。因为她的世界只有那么大，她的想象力就是昆明湖那么大。而光绪帝懂英文，读过西方的著作，他的世界比慈禧大很多。早在1889年，他18岁时就开始读西方的书；1891年，他20岁时开始学习英文。他的老师是同文馆毕业的张德彝和沈铎，他们是同文馆总教习丁韪良教出来的。张德彝后来到过很多西方国家，写了一本西方游记。丁韪良在回忆录中说，很长一段时间，光绪帝上课都很准时，很少缺课。

光绪帝每天从凌晨四点开始念半小时的英文，这是需要决心的。他在英语阅读和写作方面显示出了相当的颖悟，但是他的口语很糟糕。为了提高他的口语水平，老师会预先把对话内容写下来，交给丁韪良审定，然后再让光绪皇帝去抄。由于光绪皇帝很喜欢英文，整个皇宫都有一股学习英语的热潮。1891 年一位很有名的外国传教士李提摩太（后来山西大学堂西学部分的创始人）写了一篇文章《恭记大清大皇帝学习英文事》发表在《万国公报》上，这本杂志记载了各国的事情，也是光绪皇帝的案头读物，他可能看到过这篇文章。他学了三年英文，慈禧太后觉得太危险了，下令不许再学了，而教他中文的老师翁同龢，因为自己不懂英文，对光绪皇帝学英文也深感困扰。不学英文了，是不是就意味着光绪皇帝不学西学了呢？从 1895 年到 1897 年，他沉迷于西学，曾经连续六个星期，派太监去买中译西书，其中包括《圣经》。

　　连续六个星期派太监出去买书，去买已经翻译成中文的西方书。可见他的渴慕之切，这是一位了不起的年轻皇帝，他念过很多书。翰林院有一个学问很大的人恽毓鼎，有一次皇帝召见他，他建议皇帝要多看书，但不要老是看一些我们中国的诗赋。翁同龢日记里面也提道，会把跟国外有关、跟新思想有关的一些书，推荐给光绪皇帝。很显然光绪皇帝可能把这些书都读了。

　　1898 年 6 月 11 日，《定国是诏》下达之后，光绪帝来到了颐和园。他也许见过这棵树，也许没见过，这是次要的，他一定见过颐和园的某一棵树，不管他从哪个门进来，一定有树，一定有树还记得光绪帝的样子。1898 年 6 月，光绪帝带了《泰西新史揽要》《日本变政考》《俄彼得变政记》《列国兴盛记》《校邠庐抗议》给慈禧。这五本书有四本是讲国外变法、改革的：一本是讲欧洲的，一本是讲日本的，一本是讲俄国的，一本是讲西方各国兴盛的；只有一本是中国的思想家冯桂芬写的书。这本书的思想主张跟张之洞的"中体西用"的思想比较一致，也是慈禧太后最欣赏的。她不欣赏那些关于外国的书，关于外国的历史、政治她都没兴趣。由此我们就可以理解，为什么在百日维新期间皇帝印发给全国官员读的是冯桂芬的《校邠庐抗议》，因为这是慈禧太后欣赏的。慈禧太后的知识、思想注定了戊戌变法一定失败，光绪皇帝孤家寡人独木难支。

27岁的光绪皇帝虽然年轻有为，但无实权，驾驭不了朝廷的王公大臣。整个中国那么多的封疆大吏，但只有一个人跟他是一条心的，这个人就是陈寅恪的爷爷陈宝箴，他是湖南巡抚。全中国只有一个湖南省落实、执行了光绪帝在百日维新期间下达的命令，其他地方都不听他的。他们听谁呀？听慈禧太后的。戊戌变法的结局从一开始就已经注定了。

陈寅恪，就是写王国维先生纪念碑铭文的那个人，他的爷爷陈宝箴是湖南巡抚，他的爸爸陈三立是一位诗人，他爸爸年轻时协助他的爷爷陈宝箴在湖南推动变法，贡献卓越。后来他们失败了，陈宝箴被革职，永不叙用。推动变法的主要人物康有为、梁启超流亡海外，留下来的六个人谭嗣同、康广仁、林旭、杨深秀、杨锐、刘光第被杀头，戊戌变法以他们在菜市口流血而告终。

一百二十年前那场轰轰烈烈的百日维新失败了，我们站在颐和园这棵树下，与一百二十年前的光绪皇帝对话，也许他曾一次次从这里走过，我们看见了光绪帝年轻的面容。我们也看见了年老的慈禧太后"丑陋"的面容，她掌握了全部的权力，却拥有一颗"丑陋"的心。历史不是为了让人哭，也不是为了让人笑，而是让人明白。

恽毓鼎是认识皇帝的人，他说皇帝经常不开心，在慈禧太后的高压下，在"颐和园"的高压下，皇帝没有一天是"展容舒气"的。我们知道中国历史常常就是如此的不幸，一直是悲剧，圆明园是悲剧，颐和园是悲剧，故宫是悲剧，歪脖子树是悲剧。颐和园虽然没有一棵歪脖子树，但大清王朝和大明王朝一样都结束了。

童子习作

颐和园"活"了

刘尚钊（11岁）

重大消息！重大消息！颐和园出现奇异景象！

十七孔桥的石狮子从柱子上跳下，现在桥上十分混乱，游客被石狮子猛烈的冲击吓坏了，而几百年没动的石狮子可开心了，自己终于能动了。一只游船因石狮子跳入，船上秩序混乱。

岸上一个游客把手搭在铜牛的背上，正要与铜牛合照，铜牛的头似乎摇了一摇，不是"似乎"，是真的！铜牛发出一声"吼"，把游客吓了一跳。铜牛撞开围栏，转眼间没了影。

警察正追逐着石狮子，在长廊、谐趣园分别发现两只，还有三只在亭子里走投无路了！

又得消息！仁寿殿的铜龙在昆明湖上空飞，铜凤在仁寿堂外奔跑。游客喊着"龙！龙！"一声凤鸣，一对凤旋上天空，游客们又喊起"凤！凤！"

警察纷纷抬起头，也被这龙和凤惊住了，整个颐和园处于一种紧张状态。

这时，一阵风吹来，天上飘出朵朵乌云，乌云露着邪恶的笑容。凤和龙飞回殿前，石狮子从四面八方回来，跳上柱子。当最后一只石狮子跳上柱子时，雨落了下来，淋在还没缓过神的游客脸上。"轰！"一声雷响，一道闪电紧随其后。突然，眼前一白。

啊！原来是一场梦。

秋"虹"
——致颐和园十七孔桥

赵馨悦（11岁）

我化作了天上虹，从天上往下看。呀！怎么还有一道"虹"呢？难道它是我水中的倒影？我落了下来，仔细端详着"虹"。"虹"是由汉白玉制成的，上面的石狮惹人喜爱，我心想这怎么是"虹"呢！我是值得赞美的，而它只是一座被人走的桥吧！

年复一年，四季变迁，转眼又是秋了，我一如往昔地朝下看，看那座老桥有没有变化。我发现来了一群奇怪的人，他们停留在桥上，抚摸着"虹"讲课。我突然想起英法联军火烧圆明园，我哀叹一声，历史是残酷的，"虹"挺过来了，那我呢？罢了，罢了，不提了！"虹"是坚强的，它应该获得我的光，于是我把光照到了"虹"上，让它变成一道真正的虹。它见识过历史的残酷，见识过时代的黑暗，可能几百年前它就在这儿了，它应该有一身风光。

只要有"虹"的地方就一定有天上虹,天上虹和"虹"不声不语过了秋……

与沈从文的颐和园对话　童子刘艺婷作

想法是泡泡,贪婪是利剑
曾子齐(10岁)

颐和园有两心

一是光绪的

一是慈禧的

在光绪皇帝的心中
有一个泡泡
那是一个想法的泡泡

在慈禧太后的心中
有一把利剑
那是一把贪婪的利剑

在想法泡泡中
承载了
光绪发动改革
使国强大的心愿

在贪婪的利剑中
装满了
慈禧喜爱权力
垂帘听政的恶习

泡泡徐徐升起
利剑慢慢逼近……
终于
利剑刺穿了泡泡——
一个让中国变强的希望
在颐和园
破灭了……

心

冯彦臻（11岁）

在北大有蔡元培、傅斯年他们的心；在清华有陈寅恪、朱自清他们的心。在颐和园有三颗心。

第一颗心属于王国维先生。王先生是一个厉害的角色，只可惜生错了年代，无奈投湖身亡。他的尸体虽然已经腐烂，但他的心会一直留在昆明湖的湖底，就像他虽然死了，但他还活在人们心中一样。

第二颗心是树的心。树的心藏在它的年轮里，树"见过"慈禧太后，"见过"皇帝，也"见过"时代的兴衰。它只能暗自悲叹，毕竟它只是一棵树，什么都做不了。

第三颗心充满了诡计，是慈禧太后的心。慈禧太后一心想要权力，用了许多诡计把不忠于她的大臣杀了，掌管了政权，成为最高统治者。她虽然有一颗心，可这颗贪婪的心使她成了一个"烂苹果"，一个不受后人欢迎的人。

心有好有坏，有"大"有"小"，有的心值得人纪念，有的心会被人遗忘。

十、别了，北京

先生说

　　2018年9月底，国语书塾第一次"北京教育文化之旅"，我和童子们到了北京，从故宫到长城，从北大红楼到未名湖燕园，从水木清华到圆明园，一路走来，离开北京前，我们去了中国科学院数学与系统科学研究院，请75岁的数学家李邦河院士给童子们上了一堂怎样学语文和数学的课。李邦河院士20世纪70年代在数学研究上有重大突破，是一位具有国际影响的数学家，曾获得过陈省身数学奖、华罗庚数学奖，2001年入选中国科学院院士。他读小学时就对数学有强烈的兴趣，初中时喜欢上了母语写作，一直都有写旧体诗的爱好。课后，许多童子写下他们的听课感想，这里选了其中四篇，作为《别了，北京》的序幕。当然，他们此行的总结更加全面，从《石头记》到《秋的列车》，美好的记忆已被他们用稚嫩的母语凝固在这些习作中。

童子习作

辩　趣
金恬欣（11岁）

　　小时候以为：

语文是"蛐",
像一只蟋蟀在脑海里蹦来跳去。

语文是"渠",
像水渠中的水取之不尽。

语文是"去",
像云朵一般去了便不再回来。

语文是"趣",
有那么多好玩的事物供你赏、供你挑,是多么有趣。
有趣得……就像是一道道数学题。

又以为:
数学是"辨",
我们在数字之海中辨认一切。

数学是"辩",
只有说出来才成为真实。

数学是"变",
在不断的变化中寻找不变的东西。
变化快得——就像一首首美丽的诗篇。

直到遇见李邦河爷爷我才发觉:

原来语文里也有数学，

数学中也有语文。

就像"趣"是"辩"出来的一样。

数学和语文
——听数学家李邦河爷爷讲数学和语文
郭馨仪（11岁）

文字诞生时，世界上还没有关于语言之美的概念。不知数字诞生时，世界是否已经有了美的概念？数字是有美感的，它的造型是有美感的，它的读音是有美感的，数字是美的星球上的另一种语言。

李邦河爷爷对我们说，数学和语文是有关联的。他说，数学是在变中寻找不变的规律。我想，语文也是在变中寻找不变的美，是在文字中寻找永恒的美的规律，这就是二者的相通之处，二者都是在变中寻找不变的价值，寻找互通之处。

万物都是相通的，数学与语文也是相通的。可惜我虽然对语文之美感悟较深，对数学却是无感，怕是难以体会数学之美了。

1+1为什么等于2难倒了无数人，许多数学家都被这个问题难倒了，这个问题容易回答，问题背后的道理却深不见底，与其抱着一个深奥的问题不放，还不如去抓住事物最简单的本质。但无论怎样，我对数学还是一窍不通，也许我所理解的数学，与真正的数学完全不同吧。在我眼中，数学就像一个怪物，狡猾而恐怖；反倒是语文，像一个可爱的小精灵，欢悦地跳来跳去，将美播种于大地。

　　语文在数学之中，数学在语文之内，相通与不相通，只能看"通"性了。

李邦河院士讲数学和语文

数学和语文
——听李爷爷讲数学和语文
袁诗濛（11岁）

　　知识就像一张大网，任意两点都可以找到关系。

　　数学和语文，这两个学科是毫无关系的吗？

　　不，才不是这样的！数学和语文有非常密切的关系。

　　数学需要语文的结构和美感，也需要语文的基础和语言功底；

语文需要数学的严谨和条理性，也需要数学的逻辑。

数学和语文，表面上毫不相干，但它们的本质几乎是一样的，只是一个用数字的精密计算来表示，另一个则利用汉字和优美的语言来表示。

数学，是在变化中寻找不变的规律；语文，是在变化中寻找不变的美。

数学，是在脑袋里玩的数字与图形游戏；语文，是在脑子里玩的文字和逻辑游戏。

在知识这张大网上，数学和语文是一体的。

语文问数学

刘尚钊（11岁）

语文：你叫什么名字？

数学：我叫数学。

语文：为什么叫数学这个古怪的名字？

数学：这不古怪。数学是由数字、形状所构成的一种游戏。

语文：这个游戏的规则是什么？

数学：在变量中寻找不变的量。

语文：这个游戏用时很长吗？

数学：这是一个无尽的游戏，你可以在游戏里尽享乐趣。

语文：这个游戏难吗？

数学：这就要看你个人的能力了，只要抓住一点，找到其中不抽象的物件，它会给你提示。

语文：我想试试。

石头记

陈来熙（11岁）

八天的北京行，我见到非常多奇形怪状的石头。

在颐和园，有一座汉白玉做的十七孔桥，桥的两旁有128只汉白玉做的狮子，它们全都有着不一样的表情，在桥头向桥看，非常壮观。

在圆明园，也有汉白玉，不过那儿的汉白玉可比一座汉白玉桥大得多。那里的汉白玉是用来做宫殿的，圆明园在大清帝国可是鼎鼎大名。可今天已经看不见圆明园的雄伟，因为圆明园在1860年被英法联军烧毁了，现在只能看见圆明园的一小部分废墟。

还好长城没被毁，这家伙最老的已经2200多岁了，这上面有的砖块还有着2200多年前马的血迹。明长城上的石砖已经被风吹得凹凸不平，有的砖还裂开了一条缝，里头还长出了花朵，给了蜜蜂一个天然的、快乐的舞台。

天安门广场的人民大会堂也有石头，地板是由花岗岩做的，人民大会堂前有十二根大大、大大……的柱子，这十二根柱子都是大理石做的，而周围的三十六根汉白玉柱子就没有那么大了。

最后，来看咱们的重点——故宫，这里的石头非常多。这儿的地板是打磨过的青砖石做成的，足有600多年的历史，明朝、清朝几乎所有的皇帝都走过这条路。台阶和排水系统是汉白玉做的，故宫里面的地板是大理石做的……

乾隆帝在这上面走时，香山脚下黄叶村的曹雪芹正在写《石头记》。

北京的风

戴欣然（10岁）

北京的风，寂寥而欢乐。

它吹进了故宫，把枯黄的叶子撒在汉白玉的台阶上。那黄色的、沾染了琉璃瓦颜色的风，像刀一样削着那斑驳的古墙。昔日这最高贵的皇城，已经变成了游客的群聚地，满地垃圾，喧嚣声不绝于耳。风呼呼地吹了起来，让黄叶飞到空中，叹了一口气，离开了故宫。那散发着秋的味道的黄叶，与风一起飞走了。

它飞到了未名湖，把枯叶扔在岸边，自己跳进水中，湖水漾起一层层涟漪。它像一块透明的布，把未名湖这块玉擦得洁净美丽。在湖旁，它不敢使劲地吹，怕将树叶吹落到湖中，玷污了这美丽的湖。它爱上了这湖平静的样子。但是它有时又淘气起来，把未名湖吹得波光粼粼，没有一处是没有浪纹的。接着，它又静下来，看湖水自己恢复平静，就像一块玉珏。

它带走了几滴水，飞往圆明园。它将这水洒在园中斑驳的柱子上，将历史留下的肮脏的灰尘洗去，可是那令它厌恶的荣华富贵却再也洗不去了。它转而欣赏园中的阔叶树，叶子红红绿绿，五彩缤纷，颜色虽然华丽，但比那充满了皇帝自大痕迹的圆明园自然多了。它愤怒了，将剩下的灰尘扫得一干二净，接着，它摘了几片美丽的叶子，飞往它的下一站。

它飞到了红楼，趁势钻了进去。一进去，它就闻到了浓浓的书香，立即装成一个好学生，不再大吵大闹了。它回想起蔡元培那"兼容并包，思想自由"的北大，淘气的脑子里装满了遐思。

红色的墙温暖着它的心，不像故宫冷酷的红墙，阻挡它进出。这堵墙，欢迎每一个人、各种思想，这是一个自由的学校！它也自由了起来，一会儿漫步，一会儿奔跑，发出"呼呼"的声音，把窗台上的蟋蟀吓得"唧唧"地叫。

它带走了这里一小部分的自由，飞到了"水木清华"，它惊讶了。许多年前来到这里时，这里是清华学堂，王国维先生还健在。而现在，王国维先生已经不在了，这里只有一块先生的纪念碑。它不敢在这里大声喧哗，只是用自己冰凉的手抚摸着冰凉的石碑。它来到了清华的荷花池，摘走了最后一朵朱自清的荷花，那粉雾一般的荷花，把它染成了温暖的粉红色。

到了长城，它身上的粉色全被吓掉了，荷花也不知被丢到了哪里。这是威严的城墙，一点空隙也不给它留，硬生生地赶走了它，它什么也没得到，很失望。

北京的风去了很多地方，它时而潇洒，时而拘谨，让别人都不认识它。

寻找——在北京

郭馨仪（11岁）

我在飞翔，飞在长城上的天空中，寻找云朵自由的身影。千百年来的帝王将相又如何？还不是只剩下了空荡荡的长城和寂寥的天空。秦始皇的长城，最终只困住了他自己的视野。长城表面虽雄伟，可它的内心却是悲凉的。有时候，人的眼睛所看到的并不是真实的。我不如做一朵长城上的云，用冷眼去窥探长城的过去与将来。

我在奔跑，在燕园的幽径上，寻找着翠竹环绕的临湖轩。未名湖——那司徒雷登的眼睛，将他那带有穿透力的碧绿的目光转向我。听不见风声，植物们不负阳光肆意生长，燕园是一大片倔强的绿色。岸边那一笔勾画出来的帆布书包，是燕大哪一位学子落下的呢？或者，那是司徒雷登故意放置于他所深爱的这所学校的。如今，燕大已成北大，红楼与未名湖，蔡元培与司徒雷登交织在一起，这是一个美丽而奇妙的错误。

我在欣赏，欣赏清华的柳曼妙的舞姿，顺着柳荫环绕的道路去找王国维先生的纪念碑，追寻王国维先生的足迹。柳树很茂密，单棵就可以成荫。在清华，不是柳随风动，而是风随柳动。在柳树那飘逸而潇洒的枝叶间，什么东西在闪闪发光？是思想，是精神。王国维先生的独立之精神与自由之思想，在柳树的枝叶间摇曳生辉。

我在沉思，在梁启超先生的墓前沉思。墓园安静极了，黄叶在地面铺开成一层毯，凹凸不平的黄叶在地上发出沙沙的呻吟。我的目光在落叶间寻觅，我伸手捡起了一片泛黄的银杏叶，这片黄叶虽已枯萎，却完好无损。每个人的生命犹如银杏叶，都有落下的时候，但落下来时，每个人都不一样，梁启超的生命是一片完好无损的银杏叶，他的思想是完整无缺的、灿烂的，正如我手中这片黄叶。我把这片银杏叶轻轻地放在梁先生的墓前，以此微小的举动来纪念这位伟大的思想家——梁启超先生。

我在想象，在谐趣园的荷花池边想象颐和园的过去。放眼望去，现在的荷花池一片狼藉，恰似慈禧太后的思想，残败而凋零，狭小至极。风吹来，激起了残荷的波浪，一片又一片，一折又一折，颐和园曾繁华而腐败，散发着权力的恶臭。我在这里发现一株娇弱而美丽的金丝莲，不禁联想到了光绪皇帝的变法计划，充满了新鲜的生命力，却被慈禧那如狂风巨浪的贪念给吞没了。我的思绪越飘越远……

我在抚摸，抚摸两堵不同的红墙，那北大的、属于蔡元培的红墙，粗糙而陈旧，刻着时间的沧桑；北大红楼里曾住着蔡元培，住着陈独秀，住着胡适，红墙掩藏着他们的知识和智慧，红墙透露着这三只"兔子"对后人的启迪和影响。而故宫的红墙宏大、明亮且鲜艳，炫耀着皇家的威严和财富，以及帝王无谓的挣扎与可笑的狂妄自大。老大中国的愚昧与懦弱，以及昏庸无能的君王，最终被"辛亥革命"这四个字踩在脚下，故宫仅仅成了一座历史的遗迹。

这就是北京，北京之大，不在于建筑之高之多，而在于文化之灿烂；北京之广，不在于长城之广阔，而在于思想者之多。这个秋天，在北京，在寻找思想与文化的路上——我，幸遇先生傅！

追风筝的人

赵馨悦（11岁）

一

风筝线断了

北平的风，吹走了风筝

风筝落到了红楼的屋檐

倾听百年前的北大校歌

听见蔡先生的美育思想

红楼，一座有思想的建筑

二

风筝，飞过了故宫
故宫的红墙，反衬出琉璃瓦的宁静
风筝，挂在了歪脖子树的树梢上
这棵树承载着千古的罪名
世界是不公平的
这棵树也得到了不公平的待遇

三

风筝，匆匆地来到了长城
感受古老又残酷的历史
倾听着风中的《过秦论》
听着妇女和劳工的哭泣

四

风筝落入了未名湖的水中
未名湖的水还在流淌
水，就像历史一般
缓慢流过
那湖光塔影，那日月星辰
都与水和历史
有着联系

五

微风把风筝送到了清华
清华，一棵大树
硕果累累
清华还是一粒发芽不久的种子时
先生们就引领学生
去感
去听
去闻
去看

六

黄叶，飘落在风筝上
飘落在石头上
飘落在雕塑上
黄叶，飘落在黄叶村

七

墓
总是孤零零的
不管是谁
不论地位多高
但，总有枯叶伴着他

何况是一只小小的风筝

"少年智则国智，少年强则国强"

声音震落了许多叶

八

颐和园，有人造"虹"

有风必有风筝

"虹"和虹

无法分开

就如同兄弟

"虹"和虹是不是兄弟

只有它们自己才知道

九

北大和北师大

只差一个字

"师"

固然重要

老师可以传授学生知识

可以向学生传递思想

风筝和风筝线

也只差一个字

风筝线可以带风筝飞

但风筝不行

十

风筝最后来到了中科院

听李爷爷讲语文和数学的故事

语文和数学

划去"语数"

剩下就是文学

我想学好文学就可以学好语数

风筝

结束了旅程

但依然是一个风筝

平平常常

普普通通

但它想找到不平常的人

它找到了我们

我们,就是追风筝的人……

杀死刘和珍的流弹

曾子齐(10岁)

我是一颗小小的流弹。1926 年 3 月 18 日,我被装进一支枪中,我知道,我很快就可以飞上天空了。透过枪口看了看"窗"外的风景,我看见许多人,我不想打伤人,我只想飞到空中去呀!我死死地用身子撑住,但我的力量太小了。"嗖"的一声,我飞出去了，不久，刘和珍被我杀害了。我恨我自己，我为什么要杀人呢？我又恨那些持枪者，他们为何要杀人呢？

——一颗悲伤的流弹

北京之秋

袁诗濛（11岁）

北京有一个青涩的秋天。秋天像个没长大的孩子，到处乱跑。

秋天走进红楼，让蔡元培捡起它的落叶。随着蔡元培的一声叹息，北大迎来了一个新的时代——属于蔡元培、胡适的北大。这个北大不存在了，它最后的痕迹还在红楼——在蔡元培捡起的那片落叶上。

秋风把剩下的秋天吹进紫禁城。齐白石微笑着用画笔记下这个秋天——蟋蟀、秋虫和芦苇；王时敏皱起了眉头，因为秋风吹起了他的画纸，那是一幅不错的山水画，可惜被弄脏了一点，他想了想，笑了，又在画纸的右下角添了一棵树，树上是璀璨的红叶，秋天的象征。

两只石狮子没有一点表情，任秋风怎么捉弄它。琉璃瓦正要呵斥一片落叶，让它飞得远一点，别站在这儿，秋风一看见它的表情就害怕了，赶忙把落叶吹远了。落叶倒很委屈：我做错了什么？

幸好老舍和梁实秋发现了它，他们似乎很喜欢它，把它写在了北京城的记忆里；而张友鸾则期待它能传一点口信给他的情人，张友鸾把写好的文章记在落叶上，但可惜的是，落叶承受不住他有力的笔触，碎成了好多片；它现在正躺在郁达夫家门口的落叶堆里，休息着，总算喘了口气。

用不着别人，长城自己也会迎接秋天——真冷！好吧，虽然迎接的方式粗暴了些，但你能指望它什么呢？它连最基本的抵御外敌都做不到，更不可能为秋天准备一个贺礼了。瞧！它不可一世地站在那里，接受人们的敬仰。

　　鼎石的学生们已经忙得顾不上迎接秋天了，但校园里还是有秋的影子。你永远赶不走秋天的，未名湖想。秋天依偎在未名湖的怀抱里，感到十分惬意，并决定不走了。于是，未名湖就更美了。未名湖要求秋天给它的湖水染上秋色，秋天爽快地答应了。燕京大学里充满了秋意。

　　圆明园终于打算休息一下了，伸了个懒腰，伸展一下千疮百孔的身体。没有了园林，它还是那么美。秋也不打算抛弃圆明园，它的画笔让这座破碎的园林生动了许多。

　　清华校园里，王国维先生纪念碑前一片落叶也没有，灰尘也不敢玷污这块石碑。陈寅恪先生写这段碑铭时一定很用心，秋天想，它不敢碰这冰冷的石头，一转身，又奔向"水木清华"。

　　香山没有红叶——秋天很晚才来到香山。秋天收起翅膀，停在梁启超的墓前。秋风吹过，那是秋天一如既往地为梁启超唱起的赞歌。当然，这赞歌也有曹雪芹的一份在里面。没有办法！人家是文学巨匠，当然不能不提一下了。

　　秋天是不愿意来颐和园的——颐和园是政治的产物，它实在不愿意再见到慈禧太后了，往年它都不来的，今年则必须过去一趟了。今儿它过去一看，哟，还不错，不再政治化了。于是它就在颐和园落了脚，并打定主意不再乱跑了。

落叶·北京城

项浩钧（11岁）

  我曾想，让历史的屈辱随波逐流，可历史的兴亡荣辱，都似永恒的文字，在不起眼的地方若隐若现，在残缺的甲骨上、仅剩的柱子上、曹雪芹的文字中。

  秋风萧瑟，随风飘动，我只是一片不起眼的落叶，却看遍世间百态。我落入老北大，抚过被历史侵蚀的红墙，抚过蔡元培摸过的红墙，那里有蔡先生留下的足迹，有老北大的记忆。此时一阵清风托起了我。我飘到了圆明园，看到两个强盗将那些稀世珍宝化成缕缕青烟，凄凉飘散，无情的大火吞噬了圆明园，此时我真想让一场大雨来扑灭这无情大火。飘过绵延的万里长城，飘过庞大的故宫、颐和园，琉璃之光倾吐着月光浴后的闪光。来到曹雪芹的故居，我唯一看到的只有曹雪芹先生和他的绝世之书——《红楼梦》，别无其他。

  最后我飘到未名湖，她是那么的美，周身散发着迷人的气息，晶莹的粼光镌刻她清秀的面庞，翠绿的耳环挂在柳梢间，化作缕缕枝条。博雅塔是她的伴娘，夕阳织出一抹红纱，那是她出嫁的红盖头。仙露打湿了飘动的长裙，折射出粼粼波光。我要化作一缕淡淡的青烟，缭绕着你，然后融入这一碧如洗的天空。我飘游在绿柳荫下，飘到湖前，清风带着无瑕的柳絮，无瑕的我，像雪花一样飘然而飞，最后飘然而落。我见你又拿起了那个破旧的帆布包，在这里静静地等待着他们的到来……

  北京之旅就此结束，合上本子，我和伙伴们一起踏上回家的路，期待与傅老师的下一次同行。

心

冯彦臻（11岁）

世界上有

千万颗心

它是未名湖畔

芦苇的心

是提出思想自由的

蔡元培的心

是王国维的

专心学问的心……

它同样也是

慈禧太后

贪婪的心

是英法联军

残忍的心

心

有好

有坏

有美

有丑

有的高尚

有的平常

这千万颗心

构成了

北京这颗心

芦苇的心
冯彦臻（11岁）

我是芦苇

长得普普通通毫不起眼

当风吹过

我不停地向人们挥手

可是

从来没有人理会我

因为我太不起眼了

我生长在红楼的墙角

我看见傅斯年在为理想而奔走

看见蔡元培匆匆走来

去宣扬他

兼容并包的新思想

我挥挥手

为他鼓劲

我生长在未名湖畔

与司徒雷登做伴

如果说未名湖是司徒雷登的眼睛

那我就是他的睫毛

我看着莘莘学子

努力学习的身影

我挥挥手

为他们高兴

我生长在黄叶村

曹雪芹的屋前

看着曹雪芹

写着他的

《红楼梦》

也看着他

悲惨的命运

我挥挥手又摇摇头

表示对他的敬佩和同情

我生长在颐和园

鱼藻轩

现在这里已经变成了热闹的游船码头

我看见

一群小朋友

在这里齐声背诵

《王观堂先生纪念碑铭》

我和王国维先生微笑着看着他们

我挥挥手

好棒的中国少年

我是芦苇

鸟儿啄走了我的芦花

游人摘走了我的身体

鱼儿弄松了我根上的淤泥

我都没有怨言

为他们得到了需要的东西高兴

我剩下的只有一颗心

但我的心里

住着王国维、梁启超

住着蔡元培、傅斯年

也住着司徒雷登、曹雪芹

……

意 义

金恬欣（11岁）

　　从路边的一个小石块，到身旁的一棵大树，都是有意义的。每一样东西，每一个人，都是有意义的。北京的意义是什么？换言之，北京的一草一木、一花一树都有什么意义？这个问题似乎很深奥，其实，很简单。

且问故宫的意义是什么？只是给皇帝、妃子住吗？这只是其中的一部分，更多的是一种文化的传承。一砖一瓦、一屋一院，都是古迹，都是弥足珍贵的宝物。千百年来，它们起着承载历史的作用，这些文物都是活的，而不是死的。

长城呢？长城是中国文化中的巨人，历史中的巨人，连接古今，贯通八方。嘉峪关、居庸关，一个个的关口，都是巨人手中剑的一节。一块块的砖，仿佛是不同的文学作品叠加而成的，有毛姆的砖、鲁迅的砖……长城的砖特别就特别在这里，它有灵魂，有意义。

也许世间的一些东西不该存在，但它存在着，就自有它存在的道理。曹雪芹纪念馆前的一棵老槐树，颐和园里的一枝桂花，好像都没有存在的意义。但也许，它是一棵与曹雪芹朝夕相处、给过他灵感的老槐树；也许，它是一枝见证了清朝覆灭的桂花。早在很久很久以前，连它自己都记不清的时候，它就开花了，芬芳十里，绕过禁锢它的宫廷园林，绕过慈禧太后苍白的面孔，到自由的天空，去寻找生命的意义。

北京也有属于自己的意义，北京的春夏秋冬、草木虫鱼、三宫六院、酸甜苦辣，都自有意义，不管是什么。我想每个人穷极一生都在寻找自己的意义。"我是谁？我从哪里来？要到哪里去？"哲学上的三大追问，或许是每一个人都会寻觅的意义。

也许这就是一切的一切的意义，那就是去寻找自己存在的意义。

忆北京行

王旖旎（9岁）

北京之行结束了。等等，这就结束了？

我仿佛昨天还在红楼踩着蔡元培、陈独秀、胡适踩过的土地，抚摸着他们摸过的红墙，追寻着红楼里的文章气节少年人。转瞬即到了一个新"红楼"，那位与傅老师"比邻"的司徒雷登多么"遥远"。如今垂柳缠绵，翠竹绕湖，未名湖的水面上缀着点点波光，好似司徒雷登的眼睛。岸上失了又鼓又旧的帆布书包，燕园不再如前人所留的有缠缠绵绵、点点滴滴的美丽，但也并非仅剩空壳，它还在调皮地绿着，倔强地美着。又是转瞬，王国维先生与司徒雷登是那么相像，可又是那么不同。清华的树，满堂翠绿，绿着，绿着，使人忘记了过去，没有了将来，只有现在。我凝视着那一棵棵的树，可我已分不清是我在看树，还是树在看我了。蔡元培、司徒雷登、王国维，他们是英雄，是美的代表，他们的思想仍然在树枝间闪闪发光！

在北京的古迹里，最有名的就是长城和故宫。长城上如今只有游人，长城的好些砖上都有人乱刻，但这不就是对毫无想象力的、"雄心壮志"的、愚笨的秦始皇的惩罚吗？自古以来文人几乎没有一个称赞长城，全是各种批评与谩骂，如果把所有的谩骂加在一起，光唾沫星子就可以淹没一部分长城了。从秦始皇到明代的皇帝，在别人想着跨越大洋的时候他们在筑长城、修陵墓，堂堂中华，以前竟如此败坏，何尝不是笑话！故宫呢？虽然比修长城的时间要晚了一千多年，但堕落的清朝，即便百姓苦不堪言，皇家还在大修宫殿,吃喝玩乐。中国人这种"优良传统"真是"满汉全席"啊!

提起清朝,不得不说圆明园和颐和园了。圆明园是腐败、懦弱的象征,虽然已经被火烧毁了,但是残垣断瓦仍然掩不住满院秋色。颐和园保留得相对完好,但是看着这园子,总抹不去慈禧的恶臭,狐狸一般的头脑,狼一般的血腥。我早把对慈禧故作高深、满脸写着"可耻"的想象抛到脑后了。

下一瞬间,我从荣华富贵的清朝进入一贫如洗的清朝。曹雪芹常常在贫穷中挣扎,他的笔尖移动,笔墨间时光流逝,成就了巨作《石头记》。

飘啊飘啊,一片银杏叶飘落在梁启超先生墓前。先生已逝,但他的思想还在世间,在银杏树下,在风中跌跌撞撞地飘着。不就是这样的思想,构成了一个美的世界吗?我捡起一片银杏叶,金黄的银杏叶在阳光下如琥珀一般闪着金光。我把这饱含了梁先生思想的银杏叶送给了傅老师,拉拉也送了一片给傅老师,傅老师随口吟诗:"两片银杏叶,一个大世界!"

最后,我要留出一段篇幅给我期待的老北京美食。糖葫芦是我最想吃的,梁实秋先生把它描绘得晶莹剔透,好吃极了,仿佛一口咬下去,整个北京就被你吃了似的。还有老舍先生在《想北平》里说的糖炒栗子、酸梅汤、杂拌儿、八宝荷叶粥、冰碗、梨、枣、葡萄、苹果、蜜桃等,诸如此类,光读着就让人嘴馋了。遗憾的是我大都没吃到,但是有梦寐以求的、好吃又好看的故宫棒棒糖,以及一口咬下就油滋滋的烤鸭,也蛮不错的。

这就是我随傅老师去过的北京!

飞越北京城

付润石（11岁）

2018年的秋天，在北京，我张开翅膀，在清爽秋风的催促下缓缓起飞，循着雁群北飞的线路，开启了我的北京教育文化之旅。

一幢幢的高楼大厦站在天空下，玻璃外墙在阳光中闪耀着光芒。北京城的中间却是不同的，房子变得矮小，汉白玉的栏杆映着灰色的地砖，朱红的宫墙装饰着琉璃的黄金瓦，那是故宫啊！那里的每一根柱子、每一棵树，自诞生以来，每时每刻都注视着帝王，静静站立好几百年了吧！也许，它们都是皇帝的知己，比游人们更明白故宫的年轮。

红楼映入我的眼帘，那里住着蔡元培、陈独秀、胡适——这三位改变现代中国命运的"兔子"，那里留下了《新青年》《新潮》——两册更新过无数青年精神的杂志。粗糙的红楼墙壁上布满了日月沧桑、思想革命的痕迹……

我放目远眺，发现一大片翠绿：没有想到从前的圆明园，变成了今日众人踩踏的草地；从前皇帝独享的仙境，变成了今日面目全非的废墟。空气中，帝王们对国际贸易的排斥和暴力的集权慢慢消散。颐和园紧挨着圆明园，但它可小太多了，昆明湖上一阵凉风吹来，吹得柳树散开它的细丝。光绪皇帝与慈禧太后的争执，以及只延续了一百多天的戊戌变法，在这一刻成为永恒……

长城横在我的面前，它像一条无边无际的巨龙，蜿蜒地飞翔在崇山峻岭之中。它安然地沉睡，而四百毫米等降水量线与它重合。农耕民族仰仗它表面的坚硬而骄傲自大,当长城的伟大碎成泡影,亡国的钟就已经敲响……

我又飞回北京的"核心","一塔湖图"呈现在眼前,幽幽的竹林间,一座临湖轩和谐地"生长"在其中。秋风乍起,芦苇丛发出一阵阵的响声,连野鸭都惊得飞起。那未名湖、未名塔、未名柳、未名石,思念着那位更像中国人的外国人——司徒雷登。

黄叶将我带到了香山脚下,一块墓地将我吸引,火炬树和油松默默地站立着,石阶边不修边幅的杂草也站立着。虽然梁启超先生在这方土地上沉睡了许久,但在这静谧的林里,谁都没有轻视这一方土地,谁都没有轻视这位在近代史上有重大贡献的思想家。

对于北京,我不会错过任何一处文化景致,于是我降低了高度,只见昆明湖的鱼藻轩静静伫立,王国维在此求死,今日它却很平静,它一定读懂了王国维。

秋风中几片黄叶飘落下来,飘进朱由检的心里。是的,我来到了景山,明朝是衰亡了,但清帝国崛起了。正如那黄叶,衰老了、毁灭了,春天一来,又是一片崭新的生命,飘啊飘啊……

去了北大,怎能落下清华。我像箭一样射向了清华,射向了工字厅,射向了朱自清的荷塘。一圈圈涟漪缓缓荡开,荷叶不禁摇了摇身子。此时已是秋天,荷花无影无踪,可残荷依然有风趣,是荷的余韵。这片塘子映衬着那副古色古香的对联:
槛外山光历春夏秋冬万千变幻都非凡境
窗中云影任东西南北去来澹荡洵是仙居

我在清华园飞翔,发现了"镇园之宝"——王国维纪念碑。青色的颜料嵌入一块方方正正的石头中,重塑了这座园林、这所大学。石碑静静地立在槐树荫下，站在其中的有陈寅恪、朱自清，还有梁实秋。

我还能再降低吗？我看见了慈禧太后和光绪皇帝，年轻的皇帝慷慨地陈述着他的变法计划；年过花甲的太后却频繁摇头，冷嘲热讽，把光绪关进了玉澜堂。

三位穿着长袍的教授走来，他们互相交流着，一位戴眼镜的老者说到二十多位被捕的同学，激动中夹杂着对国家的忧虑……

我又看见司徒雷登站在临湖轩前，注视着未名湖、博雅塔。想不到这个如诗如画的燕京大学也将被卷入政治风暴，这是他昔日梦中都向往的地方，如今岌岌可危，司徒雷登不由发出一声落叶般的叹息。

曹雪芹手持毛笔，写下《红楼梦》一个又一个篇章，独自在风中摇曳，君子般地站立着。看着窗外黄叶村丰富的景色，他的灵感不断涌现。一阵萧瑟的秋风扫着门前的落叶，曹雪芹悲叹一声，写下结局——白茫茫大地一片真干净。

我继续飞了许久，看见崇祯、李自成、梁启超、蔡元培、王国维、鲁迅、陈寅恪、老舍、梁实秋、张恨水、张友鸾、朱自清、沈从文、陈独秀、傅斯年、罗家伦、刘和珍……是什么使他们到今天仍是北京的灵魂？我想到思想。诗人臧克家说，有的人死了，他还活着。说的不正是这不朽的思想吗？梁启超、蔡元培、陈独秀那个时代，是用思想沟通今日的，思想是梁启超，也是《少年中国说》；思想是蔡元培，也是北大；思想是陈独秀，也是《新青年》；思想是司徒雷登，也是《在华五十年》……思想是美的，也是永恒的，是他们把北京城变成了北京城。

秋的列车

李益帆（9岁）

秋的列车，把我们送到了蔡元培的红楼，那里一群蟋蟀在唱着北大老校歌，我们演绎《幸遇先生蔡》，此时我觉得别有一番老红楼的气息呢！

秋的列车又把我们带到了老北平的食物里。那时的果子有不少是由西山运来的，它们进城时还带着一层白霜，吃的人肯定能吃出北平的味道。

老北京的小吃使人馋，一闻到那"油炸花生仁"的气味就已经让人馋涎欲滴，再加上灌肠，北平的文化就这么被吃出来了。

秋的列车把我们送到了长城上。一上长城，我的内心就涌出了两种心情：一是伤心，二是兴奋。伤心，是因为当年成千上万的修造者徒然役死；兴奋，是因为听说能在太空看到长城。但我伤心的感受远远超过了兴奋。

法国思想家伏尔泰说长城是"恐惧的纪念碑"，我想的确如此，而且砖上还有囚犯和流放者的眼泪，筑长城的人其实就是与死亡深渊凝视的人。

一下子，秋的列车又把我们送到了未名湖。湖中的鸳鸯伴着金柳，伴着司徒雷登创办了燕京大学。我觉得一个美国人在这儿办一所大学，一所让后人敬仰的大学，这是一件伟大的事。那么中国人为什么不尝试呢？是想象力和格局吗？或许不是关键，关键在于某些人根本就不想做。

最后秋的列车把我们送回"桂花城"，做桂花的孩子。

南京寻梦之旅

一、与南京对话

童子诵

乌衣巷
唐　刘禹锡

朱雀桥边野草花，乌衣巷口夕阳斜。
旧时王谢堂前燕，飞入寻常百姓家。

金陵酒肆留别
唐　李白

风吹柳花满店香，吴姬压酒劝客尝。
金陵子弟来相送，欲行不行各尽觞。
请君试问东流水，别意与之谁短长？

先生说

与金陵对话

今天我们在玄武湖畔"与金陵对话"，就从这两首诗着手。这两首诗是唐代诗人的作品，王谢堂前"燕"在唐代已飞入寻常百姓家。要找朱雀桥还能找到吗？朱雀桥的遗址已经找不到了，但是乌衣巷的名字还有。乌衣巷，到底是因为东吴的时候有一个军队的住处叫乌衣营，还是因为东晋的时候王谢的旧居在这里，而王谢的子弟都是穿乌衣的呢？

虽然今天就连为什么叫乌衣巷我们也不知道，但我们知道乌衣巷里已找不到王谢当年的风光了。

我们再看萨都剌《满江红·金陵怀古》里面的两句："王谢堂前双燕子，乌衣巷口曾相识"，是不是跟刘禹锡的有异曲同工之妙？"旧时王谢堂前燕"变成了"王谢堂前双燕子"，"飞入寻常百姓家"变成了"乌衣巷口曾相识"。萨都剌是元朝的诗人，他可能读过刘禹锡的诗，受其影响，写出了他自己的意思。

刘禹锡还有一首《西塞山怀古》，其中"一片降幡出石头"一句，与萨都剌的《百字令·登石头城》开头的"石头城上，望天低吴楚，眼空无物"，说的都是南京这座石头城。李商隐有诗："三百年间同晓梦，钟山何处有龙盘。"山有钟山，城是石头城，自古以来南京就以钟山龙盘、石城虎踞著称。

除了东吴、东晋和宋齐梁陈六朝以外，南唐、明朝也都曾在南京建都，还包括太平天国和中华民国，所以这个地方真的是十朝古都。天上的白云在石头城上已飘浮了一两千年，有一天被一个叫宗白华的少年看到了。宗白华像你们这样年少的时候就住在这座城里，他来过玄武湖，也逛过台城，见过台城柳。我们来读宗白华的《我与诗》第三段：

我小时候虽然好玩耍，不念书，但对于山水风景的酷爱是发乎自然的。天空的白云和覆成桥畔的垂柳，是我孩心最亲密的伴侣。我喜欢一个人坐在水边石上看天上白云的变幻，心里浮着幼稚的幻想。云的许多不同的形象动态，早晚风色中各式各样的风格，是我孩心里独自把玩的对象。都市里没有好风景，天上的流云，常时幻出海岛沙洲，峰峦湖沼。我有一天私自就云的各样境界，分别汉代的云、唐代的云、抒情的云、戏剧的云，等等，很想做一个"云谱"。

台　城

一个想做"云谱"的少年，后来成了出色的美学家。这条路简直就是直通车，少年时就想做"云谱"，长大后成为诗人、美学家，难道不顺理成章吗？你小时候想做什么，你长大以后就可能成为什么人，如果连想都没想过，你可能就什么也做不了。宗白华少年时代在南京,清凉山、扫叶楼、雨花台、莫愁湖,都曾是他和小伙伴周末游玩的地方。他那个时候写的作文中就有"拾石雨花,寻诗扫叶"这样的句子。这些句子中隐约有后来《流云》小诗的影子。宗白华年轻时写的诗集叫《流云》,这个题目里就有云,他说:"白云流空,便是思想片片。"不正是他在这里看云,看出了"云谱"吗?他看出了汉代的云、唐代的云、抒情的云、戏剧的云,他要区分不同云不同的样子。后来他说:

> 十三四岁的时候,小小的心里已经筑起一个自己的世界;家里人说我少年老成,其实我并没念过什么书,也不爱念书,诗是更没有听过读过;只是好幻想,有自己的奇异的梦与情感。

宗白华所说的"幻想",我们可以理解为一个少年人的想象。他有一个想象的世界,他对美特别敏感。宗白华,生于1897年,他在南京度过的少年时光为他后来写出《美学散步》这样的传世之作奠定了基础。

再看作家汪曾祺写的文章,题目好大,叫《金陵王气》。汪曾祺是江苏高邮人,《金陵王气》是他回忆自己1936年的经历所写,那个时候他16岁,在江阴市南菁中学念高一。中国当时最高军事长官蒋介石要在中山陵检阅童子军,汪曾祺坐铁闷子车来到南京,看到了南京高大华美的建筑,看到了很多树木。南京的绿化很好,那些高大的法国梧桐都是南京国民政府的时候栽的。到了中山陵,汪曾祺看到了蓝琉璃的瓦顶、白墙、白柱,他认为中山陵的设计"甚至可以说是完美"。后来一位哥伦比亚的诗人对他说,林肯墓不能与中山陵比,不如中山陵有气魄。他说了一句,林肯的墓叫墓,中山陵又不叫中山墓，而叫中山陵，当然不一样。从平地到上面的平台，蒋介石是怎样上去的？走上去的，不是抬上去的。当时的检阅总指挥就是后来的海军司令桂永清，那是蒋介石的嫡系。从平地到蒋介石站着的平台，桂永清是踢正步上去的。在少年汪曾祺的记忆里，蒋介石的训话实在不精彩，只是把中国国民党的党歌从头到尾讲了一遍，讲一段就用一个很大的玻璃杯喝一大杯水。有人猜想杯里面是参汤。

这里汪曾祺先生有一处记忆有误，他误以为蒋介石讲的是中国国民党的党歌，其实是当时的中华民国国歌——"三民主义，吾党所宗，以建民国，以进大同。咨尔多士，为民前锋；夙夜匪懈，主义是从。矢勤矢勇，必信必忠；一心一德，贯彻始终"。为什么汪曾祺会以为是党歌？可能是因为第二句"吾党所宗"。

那一天少年汪曾祺吃了什么？一块榨菜、一块牛肉、两个小圆面包。以后他一到南京就会想起当年的榨菜、牛肉、圆面包。他记下的这些细节，是一个少年对南京的记忆。你们将来想起南京，又会想起什么？

汪曾祺出生于1920年，少年时代唯一的一次南京之行所见有限，不到十三年，政权更迭，南京不再是政治中心。汪曾祺的这篇文章题为《金陵王气》，"金陵王气黯然收"，这是刘禹锡的诗句。汪曾祺回忆往事的时候非常平静，看不出褒贬，他只是平静地叙述了自己少年时代来南京中山陵，接受蒋介石检阅，看到桂永清踢正步，从山脚踢到山上，蒋介石是缓步走上去的，露出裤口外的马刺是金色的，穿的是草绿色的毛料军装，裁剪得很合身，看见的就是衣服和步伐。少年汪曾祺到南京看到的是人，多年后他成为小说家。

20世纪80年代末，一位诗人从四川来到南京，这位诗人叫柏桦。他来到鸡鸣寺的一间茶室,看见了烟波浩渺的玄武湖,就是我们眼前的这个湖。他看见了一个小岛,是昭明太子萧统编《昭明文选》的地方,他在这里感受到了"千里江山寒色远"。到了晚上,他又去了繁花如织、灯火通明的夫子庙,我们今天吃晚饭的地方就在夫子庙。他看见了车如流水马如龙的石桥,"车如流水马如龙"是南唐后主李煜的词,李煜留下了许多名句。

柏桦写着写着,想起了两句诗:"王谢堂前双燕子,飞入寻常百姓家。"他又加了一个括号,说第一句有误,原文是"旧时王谢堂前燕",其实是他混搭了刚才我们念过的萨都剌的"王谢堂前双燕子,乌衣巷口曾相识"和刘禹锡的"旧时王谢堂前燕,飞入寻常百姓家",把"王谢堂前双燕子"跟"飞入寻常百姓家"窜在了一起。他一定读过这两首诗词,然后混在一起了。柏桦也想到了杜牧的"夜泊秦淮近酒家",今天晚饭前我们去看秦淮河,晚上"与秦淮河对话"。柏桦接着写道:

> 仿佛有某种命运的契合吧,身世飘零的江南游子在良辰美景的南京同沧桑言归于好了。南京这个蕴含了中年之美、充满往事的城市在一杯沉郁浓稠的山楂中消融了我青春的烦躁。夏日已逝,但恍若昨天……我暂且安顿下来,寂寞高大的梧桐、夏日午后的蝉鸣、干枯的落叶和葱茏的草地陪伴我消磨一个又一个白日。

柏桦曾在南京农业大学教书,几乎玩遍了整个南京,《往事》是他回忆录的一部分。在这位年轻诗人的心中,南京是"蕴含了中年之美、充满往事的城市"。

我们穿过唐宋元明清,到民国,再到今天。少年宗白华在南京时是民国初年,少年汪曾祺来南京是全面抗战前一年,青年柏桦来的时候已是1989年,如今时光又切换到了2018年,我们来到了南京。我们看见了玄武湖,看见了台城柳,看见了鸡鸣寺,我们看见的与过去的人看见的有什么不同?你们最后会记住些什么?会像少年宗白华和少年汪曾祺记住的南京吗?

在南京总统府与孙中山对话

童子诵

临时大总统誓词
（1912年1月1日）

倾覆满洲专制政府,巩固中华民国,图谋民生幸福,此国民之公意,文实遵之,以忠于国,为众服务。至专制政府既倒,国内无变乱,民国卓立于世界,为列邦公认,斯时文当解临时大总统之职。谨以此誓于国民。

中华民国元年元旦　孙文

1912年元旦,中华民国南京临时政府成立的那天,孙中山先生上午从上海出发,火车在路上走了八个多小时,到南京已近黄昏。晚上举行临时大总统就职仪式,灯光暗淡,也没有准备照相,整个仪式很简单,所以没有留下照片。这样的历史大事竟然没有留下一张照片,真是遗憾,当时的场景已很难复原。

孙中山是谁选出来的总统？是由十七省的代表选出来的，一省一票，他以十六票当选为总统，只有浙江省的代表把票投给了黄兴。他为什么能得到这十六票？其中一个重要原因是孙中山作为同盟会的领袖，在革命阵营中有着巨大的威望。还有一个原因，据说当时这些代表普遍认为孙中山从美国回来，一定是带了巨款，哪怕孙中山一到上海就明明白白地告诉所有人自己没有巨款。孙中山原名孙文，当记者迫不及待地问他带回多少钱时，他的回答是："予不名一文也，所带者革命之精神耳！"但是人家并不相信，包括选举他做总统的各省代表，心里都认为他有办法解决经费问题。

南京总统府

其实，他真的没有借到钱。中华民国南京临时政府为什么只能维持短短的一段时间？缺钱是主要原因。孙中山于 1 月 1 日宣誓就职，到了 2 月 12 日就宣布要辞职，因为清王朝宣布退位，南北统一，将由袁世凯担任临时大总统。袁世凯用和平的方式把清王朝逼下台，这是孙中山他们做不到的，他们当时只能用一种方式把清廷赶下来，那就是武力——从南京打到北京去。他们有能力打过去吗？完全没有。他们没有钱，士兵的冬衣都解决不了，所有士兵身上都背着一捆稻草，下雨了可以挡雨，天冷了可以取暖。靠这样的军队，怎么可能北伐？更不要说购买武器弹药需要大量的钱，除了向外国人借，没有其他办法，但是外国人不借。

那么，清政府有没有能力把孙中山等革命力量打败呢？也不能。清政府的国库里也没钱了，到 1911 年 12 月 28 日，袁世凯对隆裕太后说："现在库中只有廿余万两。"他们也没钱，跟孙中山一样只能到处借钱，向外国人借。外国人也不愿借巨款给他们。南北双方都没钱，还打得起来吗？打不起来。打不起来，那就坐下来谈判。谈判的结果是清廷退位，孙中山辞职，由袁世凯来做中华民国临时大总统。

孙中山一共做了一个月零十二天的临时大总统。他在这儿住到了 3 月，那只是办理善后事宜。他在这里宣告了中华民国的诞生。可以说，这个地方既是他一生的荣耀之地，也是他一生的伤心之地。

"文奔走国事三十余年"，这句话一直鼓舞着我，第一次来到这儿就流连忘返。孙文一生事业的荣耀和挫败都在这里。他被逼无奈辞去大总统，于 1925 年去世。从辞去大总统到去世，这 13 年间有无数的曲折、失败，也许他梦想着再回到这里来，但他没有回来，最后蒋中正来了，到了这个院子里。1927 年春天，在孙中山去世后两年，国民革命军打到了长江流域，这一次真正是席卷长江流域，是用武力杀上来的。从珠江流域杀到了长江流域，占领了南京，在这里成立南京国民政府，五色旗被青天白日满地红旗替代。孙中山不喜欢五色旗，但在 1912 年，孙中山身为临时大总统却没有办法否决参议会通过的以五色旗作为国旗的方案，他被迫接受了五色旗，但心里并不情愿。这青天白日满地红旗是以孙中山早年的亲密战友陆皓东烈士亲手设计的青天白日旗为基础的，最初没有那大块的红色，黄兴他们不赞同青天白日旗，孙中山让一步，加上满地红，大家还是不同意。辛亥革命，各省独立时用的都是不同的旗，湖北是十八星旗，浙江用的是什么旗？白旗！当时中国大多数地方挂出的都是白旗，只有几个地方挂的是青天白日旗。江苏和上海的代表主张用五色旗，这个旗成了全国的国旗，一共用了十五年，即从 1912 年飘到 1927 年（1927 年以后，北方的张作霖还是用五色旗）。到 1928 年，青天白日满地红旗挂到了东北，孙中山生前没有实现的理想终于实现了。

孙中山年轻的时候就决心从事革命，推翻清政府，最终还是带着"革命尚未成功"的遗憾离开了这个世界。他生于 1866 年，死于 1925 年，死时 59 岁。他一生最大的贡献当然是参与缔造了中华民国。如果从秦始皇算起，帝国在中国有两千多年，秦汉、三国、两晋、南北朝、隋唐、五代十国、宋、元、明、清，经历了多次的朝代更迭。辛亥革命结束了两千多年的帝制，这是开天辟地的大事。在这个意义上说，他做一个月零十二天的大总统，也胜过有些人做了五十年的皇帝。

孙中山在中国的地位高，是因为他开创了全新的制度，在古老的中国建立起前所未有的制度，这是亚洲第一个共和国。

孙中山从小就在美国檀香山念书，所以他是先念英文，后念中文，有人说他的英文比中文好。他最初念的不是中文的"四书""五经",而是英译的"四书""五经",那时西方的传教士把"四书""五经"翻译成了英文,孙中山读英文比读中文要顺畅。孙中山小学是在美国念的,中学是在中国香港念的,他在香港大学的前身西医书院念的医科。他爱读书,自称一生"读书不忘革命,革命不忘读书"。

童子诵

文奔走国事三十余年,毕生学力尽萃于斯,精诚无间,百折不回,满清之威力所不能屈,穷途之困苦所不能挠。吾志所向,一往无前,愈挫愈奋,再接再厉,用能鼓动风潮,造成时势。卒赖全国人心之倾向,仁人志士之赞襄,乃得推覆专制,创建共和。

这段话是孙中山一百年前写下来的。孙中山经历了无数次的失败之后,被迫在上海住了两年。这两年是他一生中最闲的时光,他安静地写下了他一生最重要的著作——《建国方略》,一共四本书,其中有一本没写完。《建国方略》阐述了孙中山建设中国的宏大理想,现在书店里在卖的一个版本《建国方略》,封底有我写的推荐词,大致意思是:《建国方略》虽然有缺陷,不够完美,但是代表了孙中山那一代中国人对于中国建设的理想,对于中国现代化的理想。今天中国走的道路基本上是以孙中山的蓝图为基本底色的,是以它为草稿的。

孙中山对近代中国社会转型的意义是不容置疑的,针对内忧外患、百病丛生、满目疮痍的现实,他提出了民族、民权、民生三个极富概括力的说法,如此准确，如此简明，这三个词几乎抓住了中国问题的内核，这是他外察世界潮流，内顾中国实情，深思熟虑的结晶。他亲手制定的《实业计划》《建国大纲》等也都代表了那个时代对于中国深具前瞻性的认识，那不仅是通向现代化的具体方案，也是鼓舞人心的理想。仅仅这些，就使他站得比同时代的人高，看得比同时代的人远。难怪在他活着的时代，他不靠权势，不仗一兵一卒，就在公众的问卷调查中一览众山小。这一点，他本人大概也会感到欣慰。

1922年10月，上海的英文报纸《密勒氏评论报》举行了一次问卷调查，评出中国当时的十二位大人物，有一千九百多人参与调查，孙中山以一千三百一十五票当选，位列第一。手无一兵一卒，也没有任何公职的孙中山，在当时中国人的心目中，威望却如此之高。当时他正在上海，处于逆境当中，中国从北到南都是军阀当道，是张作霖、曹锟、吴佩孚他们的时代，整个中国没有孙中山的立足之地，他只好住在上海租界的一个房子里。但在公众心目中，他仍然是中国第一大人物，而那些总统、将军都不是，这就是孙中山的影响力。

中华民国成立之初，与孙中山一起走进这个大门的，还有另外一个人——黄兴，在革命阵营中，孙黄并称，有"孙氏理想，黄氏实行"的说法。黄兴被看作一位能征善战的领军人物，被看作一个实力派，其实黄兴只是一个书生，虽然他打的大仗、小仗无数，且大都以失败告终，但是黄兴一直受人敬重。正是这一系列的败仗给腐朽的清政府以沉重的打击，使他在一次次的战斗中树立起了威望。

中华民国在亚洲的地平线上破土而出，1912年元旦那天，在夜晚举行的总统就职仪式上，孙中山誓词的最后一句话埋下了他辞职的伏笔："……至专制政府既倒，国内无变乱，民国卓立于世界，为列邦公认，斯时文当解临时大总统之职。"也就是说，只要清廷倒了，他就辞职，这个总统是暂时的。他在那个时候就已经说清楚了，一个"临时"的大总统，果然真的是"临时"，仅一个月零十二天。

在孙中山先生就任临时大总统的走廊前

在那个时代，一百多年前的中国，他已当上了临时大总统，竟然能辞去，这在中国历史上有先例吗？

我们永远不能忘记，孙中山在中华民国临时大总统的任上，毅然决然放弃权位，兑现承诺，辞去这一最高职务，这一壮举，放在中国历史上乃是前无古人的，这是近代政治文明的一束曙光，给予怎么样高的评价都不会过分，尤其考虑到这一幕发生在"官本位"根深蒂固的土地上，就更加值得敬佩。

有了这一幕，他就足以傲然屹立在历史的天空下。

作为一位深刻影响了历史进程的政治领袖，他一生的道路选择极为复杂，他的性格、处世也有可议之处，不能作简单化的评判，但没有人能否认他的重要性，他给近代以来的中国历史打上的个人印记。

孙中山是一位有缺点、有脾气、有失误的领袖，不是一位完美的领袖，世上也不可能有一位完美的领袖，他绝不例外。创立中华民国，也绝不是他一个人的功劳。

我们已经讲过黄兴，还有蔡元培、章太炎，这些人对中华民国的创立都有重大贡献。第一任教育总长就是蔡元培先生。当然还要提到一个人，就是宋教仁先生。当时宋教仁只有30岁，是中华民国创立时最有才干的政治领袖之一。由于当时他年龄太小，锋芒太露，遭到很多人忌妒。本来要他担任总理，因临时改内阁制为总统制，他只担任了法制局局长。

中华民国南京临时政府，孙中山和总统府的秘书长胡汉民是广东人，宋教仁和参谋总长兼陆军总长黄兴是湖南人，蔡元培和交通总长汤寿潜是浙江人。中国近代以来的历史让我们看到，来自浙江、湖南、广东三省的精英对中国有举足轻重的影响。他们在历史中浮出水面不是无缘无故的，我更关心的是他们读的书。

孙中山一生不忘读书，尤其在逆境中总在读书。我曾写过一篇文章《革命不忘读书》，这也可以说是孙中山的座右铭。一些读书人曾误以为孙中山目不识丁，对此孙中山曾骄傲地说，"我也是读破万卷的人"。他读过大部头的二十四史，也接触过大量西方的社会科学著作。

1913年8月到1916年4月，"二次革命"失败以后，孙中山第二次踏上流亡的道路。在日本流亡的三年，日本的秘密警察天天都跟踪他，就看他在做什么。他们给上司的报告中说，孙中山带来的六只大皮箱里面装着的都是书。孙中山到东京的第一天，放下行李，就去读书，后来每天也是以读书为主。"终日阅读书籍，无其他异常情况"成了日本警察汇报的主要内容。有一家外文书店是孙中山经常买书的地方，1914年这一年他就买了七十多种书，其中有一天就买了七种书。这七种书都是关于德国和欧洲政治的。那段时间正是第一次世界大战时，他关心德国，关心欧洲。他买的书当中也有很多哲学书，尼采的、叔本华的、柏克森的、维特根斯坦的，还有罗素的，这些书他都读过。他去世之后留下来的唯一财产就是书，别的都没有留下。他一生读过很多的人物传记，读过培根传、达尔文传、富兰克林传、穆罕默德传，读过拿破仑传、克伦威尔传、华盛顿传、罗斯福传、林肯传、威尔逊传，其中拿破仑传他至少读过五个版本，很多是外文版。他在生命最后十年留下的书涉及哲学、政治、军事、法律、经济、历史、科技、医学、体育、天文、地理、人物传记，还有百科全书、年鉴等。他的《家事遗嘱》中说：

　　余因尽瘁国事，不治家产，其所遗之书籍、衣物、住宅等，一切均付吾妻宋庆龄，以为纪念。

刚才我们看过孙中山1912年住过的那个房间和那张小床。这里的木地板也许是他当年走过的，这里的砖头也许是他摸过的，这里的红叶也许是他见过的，这里每一棵活过一百二十岁的树，也许都是他当年见过的，我们在这里能呼吸到他曾经呼吸过的气息。他所期待的现代化的中国，也许是一个多了雾霾的中国。现代化未必都是好的，任何东西都有双面性，这个世界需要的是平衡，平衡就不会在钢丝上掉下来。人生也像一个走钢丝的过程，每一个人都需要有一根平衡杆。你的平衡杆是什么？孙中山的平衡杆就是读书。孙中山一生无论在怎样的环境里，总是坚持读书，"读书不忘革命，革命不忘读书"。他将一生的主要时光都用来读书，革命的时候也带着皮箱，皮箱里装的不是银子，而是书，即便是流亡的时候装的也是书。原来孙文也是读书郎，读英文出身的读书郎。

与曾国藩对话

刚才我们讲孙中山主要讲的是什么？讲的是读书。那讲曾国藩讲什么？也讲读书。我们现在所在的"总统府"，之前就是两江总督衙门，曾国藩曾两度出任两江总督。1860 年他受任两江总督时，这里还是洪秀全的天王府。1864 年湘军攻破天京，曾国藩的弟弟曾国荃的部下一把火烧毁了金碧辉煌的天王府。1870 年，曾国藩再任两江总督，在废墟上重建了两江总督衙门。我身后的这个书房是仿昔日太平天国天王洪秀全的书房建造的，书房挂的匾上"博学知明"四个字用在曾国藩身上倒是贴切的。

可以说曾国藩是一个标准的读书人，从小熟读"四书""五经"，从 15 岁到 27 岁，一路从秀才、举人到进士，被道光帝点了翰林。他熟悉儒家典籍和孔夫子的教导，也是以耕读传家的农家走出来的典型读书人。我们读一读他 1844 年写的一封《与诸弟书》：

……是以往年常示诸弟以课程，近来则只教以有恒二字。

所望于诸弟者，但将诸弟每月功课，写明告我，则我心大慰矣！

……以后合信，但将每月作诗几首，作文几首，看书几卷，详细告我，则我欢喜无量。诸弟或能为科名中人，或能为学问中人，其为父母之令子一也，我之欢喜一也。……

学问之道无穷，而总以有恒为主，兄往年极无恒，近来略好，而犹未纯熟。自七月初一起，至今则无一日间断，每日临帖百字，抄书百字，看书少亦须满二十页，多则不论。自七月起，至今已看过《王荆公全集》百卷，《归震川文集》四十卷，《诗经大全》二十卷，《后汉书》百卷，皆朱笔加圈批。虽极忙，亦须了本日功课，不以昨日耽搁，而今日补做，不以明日有事，而今日预做。诸弟若能有恒如此，则虽四弟中等之资，亦当有所成就，况六弟九弟上等之资乎？

…………

兄日夜悬望，独此有恒二字告诸弟，伏愿诸弟刻刻留心。幸甚幸甚。

这是曾国藩家书中平平常常的一封，那时候他不过33岁，还在京中任翰林院侍读。他一生写了大量家书给弟弟和子女，留下了厚厚的《曾国藩家书》。从晚清到民国，有不少人都熟读《曾国藩家书》，曾国藩的文章明白如话。他的子女几乎个个成器，到现在曾家第五代也多学者。所谓"君子之泽，五世而斩"，要传五代确乎太难了，但曾家已传了五代，这在中国历史上是极为罕见的。

很多中国人特别佩服曾国藩。曾国藩的书是蒋介石一生的枕边书之一，毛泽东年轻时也读过曾国藩的书，一度视曾国藩为楷模。在曾国藩身上，我们可以看见自孔夫子经过朱熹、王阳明到他身上的那个中国学统，这条脉络非常清晰，他始终要捍卫的就是这些，这在他的家书、折子中都可以看出来。

曾国藩教导自己的子弟读书、作文，要每天坚持，他送给他们两个字：有恒。我送给你们的也是这两个字：有恒。看上去很不起眼，但如果你坚持每天读一点书，积累起来就不是一点，一天一滴水，一年就是三百六十五滴水，你一个星期背一首诗，十天背一篇古文，一年多少首、多少篇？"有恒"太重要了，没有"恒"的人，在曾国藩看来就是不成器的子弟。

他自己就是一个有恒的人，他说："学问之道无穷，总以有恒为主。"他在这封信里提及，从7月开始，大概也就几个月时间，他读了《王荆公全集》百卷、《归震川文集》四十卷、《诗经大全》二十卷，还有《后汉书》百卷，且都用朱笔加了圈、批。

曾国藩生于一个耕读传家的人家，要读书，要种地，讲究早晨起来洒扫庭院，然后读书、背书、写字、写文章，这是日常的功课，是一个人对自己最基本的要求，这正是中国的耕读传统。他所持守的是中国农耕文明的耕读传统，这个传统至少已存在了上千年。

曾国藩曾说，家中如果想要一直兴旺，就需要出"贤子弟"。什么叫"贤子弟"？贤，就是才德兼备。中国人所谓的圣贤，"贤"讲究才能和德行要匹配，德要配得上才；圣则是最高的境界。这也是中国农耕传统当中所强调的根本。

曾国藩这样的家族是从中国的耕读传统中生长出来的，他认为，要产生"贤子弟"六分靠天生，四分靠家教。家教是什么？他又总结为四个字：勤、诚、朴、忠。

勤，是勤快的勤，不仅是勤于读书，还要勤于做事。中国人把"勤"字看得特别重要，勤常常是放在第一位的。

诚，是诚恳的诚，诚意的诚，就是"正心诚意"的诚。

朴，是朴素的朴。比如，在少年时代穿衣服，穿你们身上的校服就够了，不要追求名牌。

忠，是忠心耿耿的忠。这个"忠"会有不一样的理解，曾国藩忠于什么？他忠于两样东西：忠于皇室，忠于大清皇室；也忠于中国文化，以儒家学说为核心的中国传统文化。今天我说的"忠"是忠于什么？也有两样：第一，忠于我们所在的这块土地、人民、文化的总和，就是中华民族、中华文明，超越时间，但不超越空间。第二，忠于人类，忠于人类文明，因为你是人类之子。如果你有了这两个"忠"，你就高于曾国藩。

1811年出生的曾国藩与1866年出生的孙中山，不仅年龄上是一个梯级状态，对待西方文明方面也是一个梯级状态，是百余年来中国从农耕文明向工商业文明转型过程中我们看到的一种梯级状态。

孙中山在这个地方做中华民国南京临时政府的大总统，不过一个月零十二天。他身上有人类文明的因子，那是他在美国、在日本、在中国香港、在欧洲漫长的岁月里接触的人类文明基本著作给他的精神铺垫。那一刻的孙中山，是可圈可点的。

童子习作

桃花扇·余韵

赵馨悦（11岁）

第一瓣血桃花

白茫茫大地一片真干净，就在这时一滴血滴了下来，落在了大地上，化为桃花瓣。织女看见了，摇摇头走了，她想又有一个女人死于爱情了；蝴蝶看见了，拍拍翅膀飞走了，它想没有花粉，这花有什么用；孔尚任看见了，欢喜地跑过去拾起，展开他的纸扇子，心想终于可以给他这把白纸扇子添些颜色了！说来也奇怪，这桃花瓣带着扇子飞走了。孔尚任去追，追到了五个地方，他明白了，于是写下了《桃花扇·余韵》。

第二瓣血桃花

这瓣桃花飘落在了六朝。六朝却是冬天，桃花瓣隐约听到"未若柳絮因风起"。是啊，白雪不就是春天的柳絮吗？这是想象的力量，它给予人们的是无穷无尽！冬的心灵不就是白雪吗？千年前的《哀江南赋序》，它的心灵不就是庾信的心灵吗？心灵与心灵是相通的，可以跨越时间，穿透空间。

第三瓣血桃花

这瓣桃花无所不知、无所不能，它带有草木虫鱼的芳香，带有日月星辰之历练。"无情最是台城柳，依旧烟笼十里堤。"台城的柳最无情，桃花扇中的桃花也最无情，鸟儿飞来了，衔着花瓣；鱼儿游走了，漾起了水波……

第三瓣血桃花神秘而美丽！

第四瓣血桃花

飘呀！飘呀！飘到了秦淮河的河水中。河水美在哪儿？当然是在顺流而下的水中。飘呀飘！桃花瓣飘到了"总统府"，去感受孙中山思想的力量。

飘呀飘！桃花瓣来到了金陵大学，去感受文化的魅力。好的老师组成好的大学，好的大学又孕育好的人才，这就是学术的价值吧！

南京总统府　童子刘艺婷作

第五瓣血桃花

第五瓣桃花落入了我们手中
我们看、听、闻
却没有南京的气息
但是五个花瓣组成一朵桃花
这朵桃花
就是南京的心灵和无价之宝!

金陵一笑,千古江山愁
——与南京的对话
李点乐(10岁)

柔美一笑

金陵有柔美的一面,而那必定是秦淮河的笑。

秦淮河水波荡漾,便是她的微笑。那蜿蜒曲折、颜色灰蓝的流水,是李煜的泪,还是孙中山的壮志?大概是因为积淀了太多历史的缘故吧,她没有翡翠的外衣,常常披着面纱般的白雾。

也许她最喜欢的人已经死了,她最爱的时代也已经过去了,对她来说可能只是一瞬间,她的知己孔尚任已不复存在,明末清初已经过去。随之而来的是日复一日,年复一年,无数的七板子从她身上飘过,无数麻木的歌伎望着她,无数机械的歌声充斥她的耳际,千千万万的人从她身边经过,却没有一个人能懂她的心,没有一个人能与她谈心。红颜易老，知己难求。那些歌伎总有一天会老去，可对她来说，又有什么不一样？没有了知己，又何必在乎那千千万万易老的红颜呢？也许，她会一直等下去，直到她的知己再出现。

这一笑，笑得柔美而幽怨。

秀美一笑

金陵大学的笑，并不是华美，也不是壮美，而是秀美。

一进校门，秋意正浓，满地金黄的银杏叶是秋天的信，揭开了金陵大学神秘的一角。枯黄的爬山虎了无生机地摇曳着，映得那历经沧桑的建筑愈加古老，那古老的砖瓦，似乎在诉说着它们的过去。

回到一百多年前，琅琅的读书声从窗口传出，年轻的陶行知怀着一颗热忱的心在这里读书。殊不知，金陵大学成了影响他一生的地方。正是这里赋予他东方心灵，他留学美国，却一刻也未曾忘记他的故国。从金陵到哥伦比亚大学，赋予了他教育家的气质。他将在中国和美国学到的全部投入到自己最钟爱的教育事业中。

这一笑，笑得秀美而灿烂。

绝美一笑

踏上回家的列车，一切转瞬间消失了。回眸一望，金陵在笑，笑得千古江山愁，这时候，整个世界都在跟着笑。

南京魂

郭恩祺（11岁）

南京的魂，
是孙中山的魂。
黑夜里庄严的宣誓，
是那颗赤诚的碧血丹心。

南京的魂，
是石头城的魂。
那凹凸不平的石墙，
那毛骨悚然的鬼脸，
都记载了当年的血雨腥风。

南京的魂，
是秦淮河的魂。
叹李香君犹在，
侯方域已去。

南京的魂，
是六朝的魂。
旧影金陵，
荣辱兴衰，
都已流入岁月的长河。

时间的守望者

郭恩祺（11岁）

南京的街边，
栽着许许多多的银杏树。
黄叶飘飘，
这是秋天这本书的书签，
也是秋风用水彩
画出来的书签。

南京的街边，
栽着几棵枫树。
火红的枫叶，
是秋天流下的血，
沾满了远古洪荒的风霜。

南京的街边，
栽着法国梧桐。
它矗立在夕阳下，
享受着这片刻的宁静，
回想着往事的点点滴滴。

南京的街边，
有银杏树，

枫树，

法国梧桐。

它们用一种近乎遥远的目光，

看流云漫卷，

流年似水，

它们成了时间的守望者。

南京之美

黄若瑜（10岁）

南京的美，是金色落叶萧条的色泽。

对于一个身处杭州水乡的孩子，四季皆美的西湖滋养着我的身心。那里，春天莺歌燕舞，夏季光彩照人，秋天五彩缤纷，偶尔冬日白雪皑皑，都无疑是最美的。

之前也曾去过北京，北京之美在于热闹街市上穿行而过的人，单调的色泽中显示出一种古城的情调。

南京之美，大概存在于黄昏小巷里缓缓驶过的车辆，或是隐含在糖葫芦甜中带酸、酸中带甜的滋味中吧。银杏叶从树上飘落，全然是一种慢节奏的美。

南京的美，无论远观，或细细地品味，你永远不会感到厌倦。这是一种安静的美，没有美国秋林的狂放，也绝非日本那种清雅。美，隐藏在石头城厚重的石头中；美，蕴含在低头可拾起的银杏叶里，或是轻如鸿毛，或是硬如钢铁。每当你去触碰那些石头瓦砾，你总会被南京艰涩的历史所震撼；每当你拾起一片金色的银杏叶，仔细端详，你会发现，你正将南京之美掌握在手中。

南京的美，随处可见，终于能让大众享用，终于能让普通人静静地欣赏。赛珍珠决然不会想到，南京城的街道上，再没有病病歪歪的乞丐，再无土匪，再无强盗。美，从北京城一路蜿蜒南下，在中国的街市上，一种文明古国的美丽在金色的黄叶里融化……

这是一种天然的生活，没有过于快的调子，似乎放着缓慢的古典音乐……

前几天，我也曾见到这样的一幕：卖糖的人穿过台城，吆喝着，与沉默着的杨柳擦肩而过。阳光将他的背影拖得很长……

若赛珍珠还在世的话，想来也会与美国的好友一起谈论中国之美了。也许那位友人会说："……嘿！其实中国也跟日本一般，都是很美的。"

梧　　桐

黄若瑜（10岁）

秋，坐落在梧桐叶的叶柄上。

南京城里满是梧桐树，不过多是法国梧桐。

一到秋天，梧桐叶就黄了，枯黄的落叶铺满大地。

秋天，游客更多了，鞋子像雨点一般落下，比雨更伤人。晚秋的雨总是隔三岔五地来，雨水浸湿了梧桐的叶脉。很少有人注意到梧桐叶。

梧桐，看倦了家国兴亡。南京，从一座繁华的都城到冷清的空城，又到现在这样的光景——游人多、诗意少，连那台城的柳也无人过问了！梧桐想，它还是要坚守。南京，是它的开始和归属。

梧桐漫步在南京城中，任由风将落叶吹向远方，从拥挤的人群中飘然而过。梧桐叶从没这么闲过。在战争的硝烟中，在民国时期，它忙于欣赏匆匆走过的人。孙中山、蒋介石、少年宗白华和汪曾祺……尽管在梧桐的记忆中，他们的时间太短，但已经牢牢刻在梧桐的叶脉中了。

梧桐叶也曾到过秦淮河，于是它又认识了几个歌女，和她们念叨着朱自清、俞平伯、张恨水……

它没有再去其他地方。也许，它想："我可以养老了。"

南京的梦

袁子煊（9岁）

南京的梦，
跨过时间和思想，
跨过文章和古诗。

它到了李煜的楼前，
听见了《相见欢·林花谢了春红》，
听见了《浪淘沙·帘外雨潺潺》。

它到了1912年1月1日的晚上，
听见了孙文的《临时大总统誓词》。

它到了金陵大学，
看见了赛珍珠在写《中国之美》。

它到了 2018 年 12 月 1 日的晚上，
看见了孩子们在演绎《桃花扇》。
这个梦，
到达了每个在南京游学的孩子心中！

血　桃

陈涵（11 岁）

南京是六朝古都，是一座繁华并且热闹的城市，但有些人和我一样，想知道南京的心灵是什么。

南京的心灵是纯净的，没有任何杂质的？不，不完全是。南京的心灵是邪恶的，肮脏的？不，也不完全是。

南京的心灵，在我看来，不是银杏树，不是红叶，也不是法国梧桐，而是《桃花扇》里那株见证了南京的桃花。

那株桃花现在正在盛开，而且还吸引了国内外的旅客来欣赏。

但是，那株桃花并没有一直盛开，它在南京陷落的时候，悄然地枯萎，美丽的花瓣枯蔫焦黄，暗暗地掉进了无尽的深渊。

但是，待到第一缕春风吹过金陵城，桃花又盛开了，满城尽披素粉衣，在众目睽睽之下重放光彩。

一次又一次的轮回，一季又一季的春天，一株又一株的桃花，在金陵城中交替着。

为什么路上不见桃花？因为它藏在《桃花扇》里，扇子一合，还能看见里面血一样红的桃花吗？

南京如梦

刘尚钊（11岁）

南京，该从何谈起呢？无论是台城柳上的一个新芽，还是秦淮河里的一滴流水，都有它们独特的故事。

而我要谈的这个故事包含了我对南京所有的感受。

在茫茫的宇宙之中，太阳系的一颗星球——地球，在这个星球上有一片土地，名叫金陵。

这里有孙权在修筑石头城，大自然用它的双手在石头城上捏了一个鬼脸，在台城滴落了一滴眼泪。在远方，思念台城的韦庄，感叹六朝如梦，写下了一首诗：

"江雨霏霏江草齐，六朝如梦鸟空啼。无情最是台城柳，依旧烟笼十里堤。"

刘禹锡至石头城，作诗《西塞山怀古》。

石头城、台城成了诗人抒情之地。

在台城修筑以前，秦淮河河水就一直流淌着。杜牧有"夜泊秦淮近酒家"，足以显出秦淮在古人眼里的风貌。朱自清、俞平伯两位先生的同题散文《桨声灯影里的秦淮河》更是让秦淮河流向了世界。

1912年，南京城飘起五色旗，孙中山担任临时大总统，中华民国诞生在这里。

南京，这座充满灵气的城市，这里是六朝古都，是民国首府，是蕴藏着千年文化的地方。它在历史长河里不断流淌着，它不会停止流淌，因为它永远都是那滴最甘甜、最饱满的水。

南京·云锦

罗程梦婕（11岁）

南京，就像云锦，它是历史的华美织物。

第一段云锦

云锦的第一段是"总统府"。那里是孙中山上任的地方，门前，立着一个铜像。孙中山便在那儿伫立着，手拿一本书，仿佛在思考着什么，也许他在想：如何不仗一兵一卒，却一览众山小吧？

第二段云锦

云锦的第二段是最美丽的一段，也是最长的一段。那里有台城，紧邻着玄武湖，传说那儿有"十里柳"，而现在却是红的枫树、黄的梧桐和绿的柳树。站在如此美丽的秋景中，何不吟诵一首韦庄的《台城》？在兴盛与衰亡之间，便是"无情最是台城柳，依旧烟笼十里堤"，这是时间的无情。向前走去，便来到了玄武湖，她好像一位姑娘，在秋日的阳光映衬下，她的裙子闪闪发光，她的上衣是用落叶做的，绿的、黄的、橙的、红的，颇有秋天独特的味道。她正向我们频频招手，欢迎我们的到来。

第三段云锦

热闹的秦淮河是第三段云锦。那里灯火辉煌，美食让人赞不绝口。那红红火火的店、川流不息的人群，是秦淮河独特的风情。

南京的云锦是一道独特的风景线，也是南京的一张金名片。你，看见过吗？

台　城

一片银杏叶

付润石（11岁）

玲珑的小桥跨过流水，翠色流水上漂浮着片片银杏叶，它们和柳树的背影一起在秋波中漂荡，环顾周围一派江南的烟色。真不敢相信，这就是太平天国和中华民国的中枢。

一片银杏叶在波纹上漂浮,从洪秀全到孙中山,龙的帝国在一次又一次的变革后,成了人民的国……银杏叶从正面翻覆到反面,从粗糙打磨到光滑,到底经历了多少磨难?经历了多少反复?

空空的鸟啼中,银杏叶正在漂荡。这片叶子被洪秀全看到过,被孙中山观察过,被千千万万的人发现过。它是一片永恒的银杏叶,是一片读破万卷的银杏叶,是一片屡战屡败但仍充满理想的银杏叶。它是一片见证伟人走钢丝的银杏叶:有的人自私腐败,心中只有荒谬的迷信,于是,他的平衡杆失衡了,掉进了欲望的深渊;有的人有热忱、有蓝图、有主张,不断为民族寻找出路,虽然屡次失败,却越战越勇。

银杏叶在漂荡,在逆流中回旋,它漂向了一个"老大中国"的启蒙时代。

那片银杏叶

刘尚钊(11岁)

待到秋日之时,银杏叶黄了,它是那么迷人、夺目。

眼前被银杏王国占领了,弥漫着秋天的幽香。

它,悄悄地躲在风中,风来了,它飘上天空,在天空中摇摆着身子,好不快活。

那阵风渐渐弱了,叶也向下飘落,飘啊飘,离地面越来越近,它似乎十分舍不得落下,慌忙放慢速度。它和地面只有一厘米高了,突然听见"呼"的一声,又一阵风吹来了,叶子又乘着风儿飞上了天。它飞得那么高,那么快。它又一次跳起了舞。

风儿又渐渐停了,舞蹈也进入了尾声。它又从高处飘下来,这次没有不舍,而是稳稳当当地落在了一片银杏叶上。它还是那么迷人、夺目。

我站在这里,沉思许久,从这片总统府的黄叶中,我隐约地看见了孙中山的缩影。

秋天,银杏

王旖旎(9岁)

我们去南京时,还是一派金秋景象,尤其那银杏叶,为秋天增色不少。

银杏叶是扇形的,小小一片,叶纹非常清晰。桂花美,多少带些橙色,银杏却没有一丝杂色,连茎都是金黄金黄的,不见半点棕色,就算镀金薄片见了银杏叶也要甘拜下风。银杏叶刚摘下来的时候表面丝滑,似乎一挤就会滴下金汁来。过了一两天,便倍感苍老,轻轻一撕就有一道深口子。它本无味道,可是放在桌上一闻,好像有凉丝丝、蜜汁一样却略有苦涩的味儿。

银杏叶似乎天生就不用花衬,花反而要银杏叶衬,千万片银杏叶"飘"在树上甚是好看。站在高高的、缀满金黄叶片的、轻飘飘的银杏树下,可算来到了人间仙境……

这就像人啊!我想,有些银杏完好无损,像人即使老去但思想、精神永不腐烂;可有些呢,残破不堪,如人已过中年却仍无明智的思想、好的精神,甚至可能有坏的内心……

这便是极富魅力的银杏叶了,正如傅老师所说:"从远处看最美的定是银杏叶啊!"

金陵秋帽

钟善水（12岁）

古都金陵是美的！

金陵之美，美在玄武，美在梧桐，美在桂树。

最美却在银杏，美在她那色彩缤纷的树叶里。

占领南京城的不是孙文，更不是洪秀全，而是她们——银杏叶子。她们千姿百态，各不相同。有的，如扇面一般；有的，像是爪子……我拾起那最小的一片，将她放进我的书里。

金陵的秋日，艳阳高照。即便是你认为银杏叶根本不可能出现的地方，她却在你一闪念之间立刻出现在你眼前。金陵大学、总统府、石头城、玄武湖、莫愁湖畔皆有银杏的身影。不，不单单是身影，更是灵魂。银杏叶，成为我金陵记忆中不可磨灭的一部分。

我喜欢银杏的颜色美。夏日里的银杏叶应是浓绿的。夏日银杏极其配合，将金陵城罩在绿荫中。但，随着大雁和菊花那轻盈的脚步，银杏的秋色却更令我欢喜，金色的或稍偏红的。仔细观察其中每条纹理、每个毛孔，我突然想用秋天的银杏叶来织顶秋帽，装下这满满的秋心。

二、与石头城对话

童子诵

哀江南赋序
庾信

粤以戊辰之年,建亥之月,大盗移国,金陵瓦解。余乃窜身荒谷,公私涂炭。华阳奔命,有去无归。中兴道销,穷于甲戌。三日哭于都亭,三年囚于别馆。天道周星,物极不反。傅燮之但悲身世,无处求生;袁安之每念王室,自然流涕。昔桓君山之志事,杜元凯之平生,并有著书,咸能自序。潘岳之文采,始述家风;陆机之辞赋,先陈世德。信年始二毛,即逢丧乱,藐是流离,至于暮齿。燕歌远别,悲不自胜;楚老相逢,泣将何及。畏南山之雨,忽践秦庭;让东海之滨,遂餐周粟。下亭漂泊,高桥羁旅。楚歌非取乐之方,鲁酒无忘忧之用。追为此赋,聊以记言,不无危苦之辞,唯以悲哀为主。

日暮途远,人间何世!将军一去,大树飘零;壮士不还,寒风萧瑟。荆璧睨柱,受连城而见欺;载书横阶,捧珠盘而不定。钟仪君子,入就南冠之囚;季孙行人,留守西河之馆。申包胥之顿地,碎之以首;蔡威公之泪尽,加之以血。钓台移柳,非玉关之可望;华亭鹤唳,岂河桥之可闻!

孙策以天下为三分，众才一旅；项籍用江东之子弟，人唯八千。遂乃分裂山河，宰割天下。岂有百万义师，一朝卷甲，芟夷斩伐，如草木焉！江淮无涯岸之阻，亭壁无藩篱之固。头会箕敛者，合纵缔交；锄耰棘矜者，因利乘便。将非江表王气，终于三百年乎？

是知并吞六合，不免轵道之灾；混一车书，无救平阳之祸。呜呼！山岳崩颓，既履危亡之运；春秋迭代，必有去故之悲。天意人事，可以凄怆伤心者矣！况复舟楫路穷，星汉非乘槎可上；风飙道阻，蓬莱无可到之期。穷者欲达其言，劳者须歌其事。陆士衡闻而抚掌，是所甘心；张平子见而陋之，固其宜矣！

先生说

为你们鼓掌，你们背出了《哀江南赋序》。"日暮途远，人间何世！将军一去，大树飘零。"中文的美就藏在这样的句子中。你们从小读着、背着这样的文字，慢慢就会领悟其中的奥妙。

石头城

《哀江南赋序》和另一篇丘迟的《与陈伯之书》，都是六朝骈文的经典之作，太美了。随便拿出一个句子，如"日暮途远……大树飘零""春秋迭代""天意人事"，都是不需要翻译的，甚至也可以说是不可译的。前些日子，我们在编一套给小学生读的古文，选了《与陈伯之书》中的名句："暮春三月，江南草长，杂花生树，群莺乱飞"，有个老师把这十六个字翻译成了白话文，我一看还是原文精练且易懂，不需要翻译。"任重道远"，需要翻译吗？"高山仰止，景行行止，虽不能至，然心向往之"，需要翻译吗？"车如流水，马如游龙"，需要翻译吗？南唐后主李煜填的词《忆江南·多少恨》中就有一句"车如流水马如龙"。

说南京是"六朝形胜地"是指哪六朝？东吴、东晋、宋、齐、梁、陈。事实上，远不止六朝，明朝早期在这里建都，太平天国在这里，中华民国最初在这里诞生，国民政府后来又到这里。南京岂止是六朝形胜地，南京至少是十朝的旧地。这里是李煜的伤心之地，他的《破阵子》最能代表他的心情：

  四十年来家国，三千里地山河。凤阁龙楼连霄汉，玉树琼枝作烟萝。几曾识干戈？一旦归为臣虏，沈腰潘鬓消磨。最是仓皇辞庙日，教坊犹奏别离歌。垂泪对宫娥。

南唐亡于宋，属于五代十国当中的一个朝代。五代十国比较复杂，不太容易搞清楚；南北朝也比较复杂，不容易搞清楚，但是南朝还是比较容易搞清楚的，就是"宋齐梁陈"。我少年时代，历史老师给我们出了一个谜语——"无边落木萧萧下"，打一个字。南朝宋齐梁陈，其中两代皇帝都姓萧，"萧萧下"，皇帝姓陈，"无边落木"，"陳"字去掉偏旁，再去掉"木"，不是"田"，不是"日"，是"曰"。

如果要在历代人物中找出一个符号性的人物来代表南京，恐怕还是李煜。他留下的《虞美人》《破阵子》等，造就了一个文学史上的新时代，一个"词"的时代。之前是唐诗的时代，是以李白、杜甫等为代表的时代，李煜开创了一个由词所代表的新时代，一个属于苏东坡、辛弃疾他们的时代，但中间起承转合的枢纽人物是李煜——李后主，绝世才华的一代词人，他的一些词千古流传。王国维说李煜"生于深宫之中，长于妇人之手，是后主为人君所短处，亦即为词人所长处"，丢了"四十年来家国，三千里地山河"，使他对这个世界、山水日月、人情世故有了更深刻而忧伤的体悟。

南京这一方水土、南京的石头城、南京的台城柳是养人的，可以养出一代又一代的诗人，可以养出像李香君、柳如是一样的女子，有才华，有风骨，有美貌。也许今日剩下的只有美貌，失去了美的灵魂和表现美的才华。

我们已处在一个白话文的时代，还能用白话写出石头城的故事、台城柳的故事吗？我相信，每一块石头都是活的，可以想象这些石头也许是李煜踩过的石头，是李煜心爱的女人踩过的石头。李煜还活着吗？李煜爱过的女人还活着吗？他们活在南唐的时空里。毕竟《破阵子》还在,《虞美人》还在,《浪淘沙》还在。

虞美人·春花秋月何时了

五代 李煜

春花秋月何时了，往事知多少？小楼昨夜又东风，故国不堪回首月明中。

雕栏玉砌应犹在，只是朱颜改。问君能有几多愁，恰似一江春水向东流。

浪淘沙·帘外雨潺潺

五代 李煜

帘外雨潺潺，春意阑珊。
罗衾不耐五更寒。
梦里不知身是客，一晌贪欢。
独自莫凭栏，无限江山。
别时容易见时难。
流水落花春去也，天上人间。

童子诵

西塞山怀古

唐 刘禹锡

王濬楼船下益州，金陵王气黯然收。

千寻铁锁沉江底,一片降幡出石头。

人世几回伤往事,山形依旧枕寒流。

今逢四海为家日,故垒萧萧芦荻秋。

百字令·登石头城
元　萨都剌

石头城上,望天低吴楚,眼空无物。指点六朝形胜地,唯有青山如壁。蔽日旌旗,连云樯橹,白骨纷如雪。一江南北,消磨多少豪杰。

寂寞避暑离宫,东风辇路,芳草年年发。落日无人松径里,鬼火高低明灭。歌舞尊前,繁华镜里,暗换青青发。伤心千古,秦淮一片明月!

桂枝香·登临送目
宋　王安石

登临送目,正故国晚秋,天气初肃。千里澄江似练,翠峰如簇。征帆去棹残阳里,背西风酒旗斜矗。彩舟云淡,星河鹭起,画图难足。

念往昔,繁华竞逐。叹门外楼头,悲恨相续。千古凭高对此,谩嗟荣辱。六朝旧事随流水,但寒烟衰草凝绿。至今商女,时时犹唱,《后庭》遗曲。

朱偰说石头城

　　唐刘梦得诗云："千寻铁锁沉江底,一片降幡出石头。"石头城之名,久矣脍炙人口。然初来金陵者,每欲访石头城而不可得。按清凉山旧名石头,即石头城之所据也。自江北而来,山皆无石,至此山始有石,故名。……

　　考金陵方志记载,石头城在孙吴时尚为土坞;晋义熙初,始加砖累甓(pì),因山为城,因江为池,地形险固,自六朝以来倚为重镇,常以亲近重臣领戍军;南北战伐,胜负取决焉。盖当年江流逼城,为金陵必争之地;自江渐西徙,水西门至江东门间十里,淤为平地;而石头城故基,又为杨吴稍迁近南,于是山为城隐,无复虎踞之雄矣。然出石城门(即汉西门)而北二里,山势嶙峋,石城突兀,淮水浩瀚,舳(zhú)舻(lú)纵横,即当年形胜,固依稀在目也。

　　……宋张舜民云:"石头城者,天生城壁,有如城然,在清凉寺北覆舟山上。江行自北来者,循石头城转入秦淮。"陆游云:"望石头山不甚高,然峭立江中,缭绕如垣(yuán)墙。"……

先生说

　　每一座城市都有它的知音。杭州城的知音是苏东坡、白居易还是张岱?是张爱玲、无名氏还是金庸?西湖的知音是谁已经评出来了吗?没有,这要千年以后才可以评。苏东坡快到千年了,可以算杭州的一个知音,他不仅留下了一条苏堤,还说出了"欲把西湖比西子,淡妆浓抹总相宜"。白居易更早,他说"一半勾留是此湖""最爱湖东行不足",也留下了一条白堤。我说杨万里是杭州的知音可以吗？他有"接天莲叶无穷碧"的诗句传世；我说林升是杭州的知音可以吗？他那句"山外青山楼外楼"很有名；当然还有写出了"三秋桂子，十里荷花"的柳永。我可以说蟋蟀宰相贾似道是杭州的知音吗？不可以吗？贾似道也是西湖的牛人啊。我可以说杀掉岳飞的秦桧和皇帝赵构是杭州的知音吗？千古之下自有公论，到底岳飞是杭州的知音还是秦桧是杭州的知音？到底杨万里是杭州的知音还是蟋蟀宰相是杭州的知音？当代人往往是不公正的，一定要等到一切尘埃落定，公正地看，谁真正懂得杭州的心灵，谁就是杭州的知音。张岱写了《西湖梦寻》，高濂有《四时幽赏录》，他们都懂得西湖的心灵、杭州的心灵。

南京的知音是谁？千余年来有无数的诗人，如刘禹锡、杜牧、王安石、萨都剌等，他们都写了关于南京的诗篇，当然还有长在南京的南唐后主李煜，他们都是南京的知音，尤其李煜。但是，今天我想说，如果放在现代的时空里，南京的知音，或者南京城的代言人，是保护南京老城墙的人——朱偰。如同北京的代言人在 20 世纪的时空里，应该是梁启超先生的儿子梁思成，他是想保护北京古城但失败的人。我们今天读的大部分关于台城、石头城的文章都是朱偰写的，他是一位经济学家，他的专业不是考古学，但是南京的部分城墙被他保护下来了，因此他被称为南京明城墙的守护神。

朱偰从国外留学回来，在大学教的是经济学，但他特别热爱南京的文物，查访了很多古迹，写了好几本书，他成了最了解南京、最懂得南京心灵的那个人。如果 20 世纪一定要选一个人做南京的知己，这个人一定是他，他是最懂南京的人。

在朱偰心中有一座不可侵犯的城池，这座城池有多高？"城门城门几丈高?三十六丈高,骑花马,带把刀,从你家门前操一操,问你吃橘子还是吃香蕉。"喜欢这个童谣吗?曾经在南京居住的清代小说家吴敬梓在小说《儒林外史》中曾巧妙地用南京十三座城门名编过一个顺口溜:

"三山聚宝临通济,正阳朝阳定太平,神策金川近钟阜,仪凤定淮清石城。"

石城在哪里?石城就是石头城,我们现在看到的石城是1393年全部完工的明城墙,经过了六百多个春秋。现在我们站立的这一段,其中有三国东吴时代的石头城,就是那个"鬼脸",那时长江的水就从清凉山一带流过,漫长的时光使一切都发生了变化。

1949年以后,为了保护南京的城墙,这位朱先生和梁先生一样,付出了巨大的努力。这位出色的经济学家,如此解释自己对于文物保护的热情:"夫士既不能执干戈而捍卫疆土,又不能奔走而谋恢复故国,亦当尽其一技之长,以谋保存故都文献于万一,使大汉之天声,长共此文物而长存。"

朱先生在1968年自杀了,他在遗书中写道:"我没有罪。你们这样迫害我,将来历史会证明你们是错误的。"五十年过去了,历史已经证明朱先生是一位伟大的先生,是南京老城墙的守护神,是南京的知音,是能够读懂南京心灵的真正的知音。他和北京的知音梁思成先生站在一起,中国很多的古城都有这样的一位"良心",南京的良心是朱先生,北京的良心是梁先生。

下面我们用《桃花扇·余韵》最后一阕来完成我们与石头城的对话:

俺曾见金陵玉殿莺啼晓,秦淮水榭花开早,谁知道容易冰消!眼看他起朱楼,眼看他宴宾客,眼看他楼塌了!这青苔碧瓦堆,俺曾睡风流觉,将五十年兴亡看饱。那乌衣巷不姓王,莫愁湖鬼夜哭，凤凰台栖枭鸟。残山梦最真，旧境丢难掉，不信这舆图换稿！诌一套《哀江南》，放悲声唱到老。

童子习作

遇见石头城

戴欣然（10岁）

当我站在城下仰望石头城时，心突然一震——我好像在何处见过石头城。

是在隋文帝的火影里吗？那一把火烧尽了六朝，却留下了六朝的城墙来保卫自己。或许那时我正站在远处，凝望着被大火映得通红的城墙。那鬼脸似乎在笑，原来石头也会笑啊！一种狰狞的笑爬上脸庞。火灭了，石头城的脸又重新变得平和。

是在台城的十里柳影中吗？透过绿蒙蒙的柳荫，遥望石头城，朦胧的翠绿染绿了石头城。好似那一道道石缝中都长出了叶，开出了朵朵

石头城　童子刘艺婷作

小花。那鬼脸又在笑，它为什么要笑，又在笑什么呢？突然，那石头雕刻的眼睛洋溢出了幸福的色彩，又忽地消失了。

是在石头城下那潭清澈的水中吗？静静的潭水里，几朵小小的、快败的金色睡莲花，就像开在城墙上一般。秋风吹过，水动，城也摇，整个石头城被波浪扯得"分崩离析"，但没过一会儿就又垒起了高墙。鬼脸还在笑，是一种长辈看淘气小孩儿般的笑容。

是降旗中挺立的石头城被我看过吗？东吴最终灭亡，金陵的王气也黯然消失，但石头城始终是石头城。不管江水如何寒冷，不管降旗如何疲累地飘荡着，那傲然挺立的石头城是多么伟岸且具有傲骨呀！那鬼脸仍在笑，是一种蔑视的轻佻笑容，好像认为这人世的打打杀杀都只是幼稚的游戏。

突然，我想起来了，在那石块中，我已见过石头城。石块所拥有的坚硬或温柔、美丽或丑陋，它都拥有。石头城只是一个大的石块，只不过会笑而已。

眼见他楼塌了

付润石（11 岁）

台城，金陵王气聚焦之所，现在也不过是烟波缥缈的一片了。皂荚树枕着一阵阵寒流，银杏染上金陵帝王龙袍的色彩，在淡淡的寂静中飘落，城门边玄武湖畔的几株绿柳在微风中摇曳，更是天生的诗题。

东吴、东晋、宋、齐、梁、陈……千年古都今日有些憔悴，让中国人很怀念昔日的金陵王气。六朝的兴衰已如梦一般过去，谢安王导他们的时代也随之而去，只留下老城墙、玄武湖和无尽的哀思。

"眼看他起朱楼，眼看他宴宾客，眼看他楼塌了！"枯井颓巢扛着天下伤心事从历史的回廊中走出来，艰难地走向未来……每一块城砖，每一棵千年古树，或许都与梁武帝、宋文帝有过亲密接触；遍地黄叶，藏着多少文人墨客的喜怒哀乐？

柳枝依旧在六朝历史一般的雾中摆动，它是无情的，还是有情？谁也不知道。但是这一块块砖、一缕缕历史，诠释了一代代容易倒塌的帝国。

石头城和石头心

冯彦臻（11岁）

千年前，沉睡的石头被唤醒了，它们被搭建成了城墙。东吴、东晋、宋、齐、梁、陈的人们在这里生活。在秦淮河河边欣赏明月，流连忘返……

洪秀全来了，他有些贪婪，他想把石头城占为己有，石头城却抛弃了他。

日本强盗来了，他们想抢夺石头城，他们用大炮、炸药把石头城炸成残垣断壁，三十多万中国同胞被杀戮，石头城愤怒了。在南京大学，一根四十多米高的竹竿上，石头城把自己的心高高挂起，号召受难的人民起来反抗。

长长的竹竿像一根针一样，虽然细小，但是坚定，它要把天空戳破，它要告诉人们石头城的顽强和不可侵犯！最终，中国人民胜利了，石头城胜利了！

石头城深深记得朱偰。他为石头城奔走，为了保护城墙而抗争，他是石头城的保护神。

石头城深深记得赛珍珠。她虽然不是中国人，但她比很多中国人都了解石头城，她把中国作为她的第一故乡，她是南京的知音。

石头城把他们放在自己的心里，让他们变成石头心的一部分。

雁荡山石头的心带着杭州石头的心、湖北石头的心、全国各地石头的心，来拜访南京石头的心。

千万年后，石头城和石头们也许已经灰飞烟灭，但是它们的精神一定还在。石头的精魂与秦淮河的水一起流淌，与吹过台城的风一同飞翔。

它，不朽。

三、与秦淮河对话

先生说

　　孔尚任是山东曲阜孔家的子弟,孔子的后裔。1699 年,他三易其稿完成《桃花扇》这部作品时 52 岁,正值他生命的黄金时代。《桃花扇》是清代早期文学史上的一个重要收获,孔尚任用剧本的方式展现了对明代末年兴亡、人性、爱情的深刻洞察,并真正用文学的方式来叙述秦淮河当年发生的故事。在整个古代文学史上,《桃花扇》也是有地位的。清代还有洪昇的《长生殿》,这些作品代表了中国戏剧上最重要的创造。

　　当然中国人不是最善于写戏的,在西方,古希腊时就出现了埃斯库罗斯这样的剧作家,中国到元代才出现关汉卿、王实甫这样的剧作家和《窦娥冤》《西厢记》这样的作品,离现在都不足八百年。明代的汤显祖写了一部《牡丹亭》,有人将他跟莎士比亚相比,莎士比亚是西方戏剧界的第一把交椅,留下了大量经典剧作。

　　写戏不是我们最擅长的,我们擅长写诗。《诗经》很古老,诗是我们的传统,这个传统曾被叫作"诗教"。西方的传统是史诗和悲喜剧,戏剧需要在舞台上表演出来。我现在为什么非常看重戏剧?因为戏剧可以把人性"整盘"端出来,大家可以看到完整的表现。

　　我们知道《桃花扇》是出大戏,要把整部戏演下来是一个大工程。因此我用取巧的办法,只拿了《桃花扇》最后的《余韵》。《余韵》是《桃花扇》的结束,也是《桃花扇》整部戏演完以后的一个"尾巴",也就是收尾。这个时候主角都已经退场了,从舞台上下去了,上场的人是苏昆生、柳敬亭、老赞礼(老赞礼就是个无名氏),这三个人上来为整部戏做了一个总结。

石头城下众童子演绎《桃花扇·余韵》

他们上场的时间是戊子年九月,也就是 1648 年 9 月,明朝亡于 1644 年清兵入关,已四年矣。1645 年,就是戏里讲的乙酉年,李香君到山里隐居了三年,主角退隐了,苏昆生是穿线之人。整个中国已春秋迭代,从明朝到了清朝,1645 年是清顺治二年,南明在南京也已失败,秦淮河的水还在流淌。在这样一个时代里,主角都离开了,苏昆生他们几个小角色如白头宫女闲话天宝旧事,讲的都是过去的旧事。在这个戏里面,我们看到的是时代的悲剧。

秦淮河实在是一个有故事的地方，爱恨情仇、家国兴亡都在一水之间。我们读张恨水的《日暮过秦淮》，读俞平伯和朱自清的同题散文《桨声灯影里的秦淮河》，同样能勾起对秦淮河的记忆，是因为秦淮河的水积淀着太多历史的记忆，李香君这些人物都像鲜活的一样。李香君是一位真实的历史人物，又成了《桃花扇》的女主角。从某种意义上说，如果离开了李香君，离开了《桃花扇》，秦淮河的"含金量"就大大地降低了。《桃花扇》几乎代表了秦淮河最后的黄金时代，明末清初的秦淮河还是繁华的。那时候的文人和那时候的歌女、名伎都在秦淮河活动，她们既能写出极好的诗，弹得一手好乐器，又有非常高的生活品位，更难得的是还有骨气，能傲视权势、金钱。那样的时代早已远去，因此只剩下怀旧了。

怀旧其实是人类重要能力之一。你觉得一只老鼠会怀旧吗？人的本事之一是具备记忆的能力，记忆就是人脑对经历过的事物的识记、保持、再现或再认。所谓"十里秦淮，六朝金粉"，秦淮河不仅是我们今天目睹的那条秦淮河，同时也是我们不断地从书上看到、从其他地方听到的秦淮河，是"夜泊秦淮近酒家"的秦淮，是"梦绕秦淮水上楼"的秦淮，也是"桨声灯影里的秦淮河"。

如果说国家是土地、人口、文化的总和，这文化可以超越现存的政权，它是跨朝代的，你觉得清代属于中国吗？清代如果属于中国，那宋代属于中国吗？所以它就跨越了朝代，变成了一个更大、更广的概念，也是更深、更远的概念。

教育是什么？教育就是让人变得更有理解能力，对于一切发生的事情，过去、现在和将来，将来的事情我们并不知道，但是透过过去和现在我们能预测将来，或者说猜想将来。每一个学科其实都是要让人与其眼前的世界和过去的世界，以及将来的世界对话。我把我们的课叫作"与世界对话"，这个世界不单是眼前的世界，同时还包括过去的世界和未来的世界。五十年后，你们也不过60岁左右。五十年后我应该不在了，即使在，可能也没有思维能力了。人存在的确定性是什么？就是思维能力。我说我是一个人，我怎么确定我是一个人？就是因为"我思故我在"，法国哲学家笛卡尔首先说出来的。但有的人不是，他们反过来，"我在故我思"。

我们与秦淮河对话，可不可以反过来理解成秦淮河跟我们对话？秦淮河比我们厉害多了，你们知道秦淮河的水已经流了多少年吗？我不知道。我未能追溯秦淮河在历史上存在的确切时间，我倒觉得，现在更应该关心的是秦淮河的水是从什么时候开始变得这么浑浊的，我连这个问题都没有搞得很清楚，我应该关心秦淮河的水是从哪一天开始流的吗？我可以确定的是什么？我可以确定的是秦淮河的水在我们所有人出生之前很久就已经在流了，它比我们更具有确定性，它比我们更长久。我们出生前，它就在了；我们离开之后，可能它还在。因此我们必须找到自己比秦淮河厉害的可能性，这就是我们在跟秦淮河对话时要获得的精神密码。

秦淮河能否理解几十个小孩来到它面前指手画脚，说《桨声灯影里的秦淮河》，说《日暮过秦淮》，说《桃花扇》，说朱自清、俞平伯、张恨水、孔尚任、李香君？秦淮河能否记住他们的名字？也许绝无可能，因为这是一条物理的秦淮河，这条河只管自己流，流到哪里算哪里，有多脏算多脏。它不知道自己脏，你怎么知道的呢？"子非鱼，安知鱼之乐""子非河，安知河之不知自己脏"呢？我说秦淮河不知道自己脏，秦淮河也许会反过来问我，你不是我，你怎么知道我不知道自己脏呢？我确信它真的不知道自己脏，它如果知道自己脏，它就变成另外一种生命了。从这个意义上说，我们最后超越了秦淮河，因为我们能理解它，但它理解不了我们。也就是法国哲学家帕斯卡说的那句话："然而，纵使宇宙毁灭了他，人却仍然要比致他于死命的东西更高贵得多，因为他知道自己要死亡，以及宇宙对他所具有的优势，而宇宙对此却是一无所知。"

我们最后要获得的能力就是理解力。你要理解这个世界，并且有能力跟这个世界对话，把你的理解表达出来。文学是解决"表达"问题的，我觉得物理学也是解决"表达"问题的，哲学也是解决"表达"问题的，艺术也是解决"表达"问题的。音乐用什么来表达对世界的理解？音符。绘画用什么表达？色彩、线条，还可以用其他的方式。文学用什么来表达？文字、语言。

"梨花似雪草如烟，春在秦淮两岸边"。《桃花扇》就是整个秦淮河历史上最具备与秦淮河对话能力的一部作品，读懂了秦淮河就读懂了《桃花扇》。反过来，读懂了《桃花扇》，也就读懂了秦淮河。因为进入《桃花扇》的世界，就是进入了秦淮河最后的黄金时代，进入了它的文化生命的内核，可以歌、可以哭、可以笑、可以怒的旧时秦淮。

烟笼寒水月笼沙，夜泊秦淮近酒家。
商女不知亡国恨，隔江犹唱后庭花。

唐代诗人杜牧的《泊秦淮》传诵不衰，从那时起，秦淮河就很有名了，到了明末清初，更是达到了它最鼎盛的时期，那个时期有柳如是、李香君等所谓的"秦淮八艳"，那个时期流连于秦淮水榭的文人有侯方域、冒辟疆等，她们是农耕中国有所为、有所不为的男女，哪怕是降清的钱谦益也不是一无是处。毕竟那还是一个讲廉耻的时代，有道德底线的时代。今天讲什么？讲钱。那个时代也讲钱，所有的时代都讲钱，自从人类发明了钱以后都讲钱，但是那个时代在钱以外，还有一套道德标准，不断地强调这件事是不能做的，那件事是不能做的，人们从内心对自身有所约束。即使许多标准在今天看来可能显得很迂腐，但是也迂腐得可爱。

世界在不断变化，但是有一些东西是不变的，我喜欢不变的东西。秦淮河的水从某种意义上象征着稳定性，虽然有的时候很脏，但是它毕竟还是水，它没有变成酒，没有变成别的东西，它在物质上仍然是水，以水的形态存在，没有成为固体。秦淮河的水是不是流动的？如果它是流动的，就意味着秦淮河的水仍然是我们所理解的那个水的样子，它的稳定性其实比人类的道德观的稳定性高很多。

我们在与秦淮河对话的时候，实际上也是在与人对话，与自己对话，与人本身对话，与人性对话——人性中的喜怒哀乐，人性中的爱恨情仇。当你看见李香君时，你以为看见的真的是李香君吗？你看见的是你自己的影子，你看见的是你的命运，你看见的是人的命运。李香君的命运是——在那个时代，她宁愿选择自己受伤害，也不愿意屈从强权。在巨大的政权面前，她是一个不识时务的人。我们中国人常说"识时务者为俊杰"，她不是俊杰，而是个小女子，小女子不需要成为俊杰，她要坚持自己的原则。

孔尚任通过一把桃花扇把所有的故事串了起来。桃花扇这把扇子，真是一把美丽的扇子，用李香君的血在这把扇子上画了一朵桃花，这朵桃花成了这个剧本的枢纽，也成了这个剧本的中心意象。如果这部作品叫《李香君》，或者叫《秦淮一艳》，你觉得这部作品还好吗？哪怕里面写得一样，题目就不够好。好作品一定要有一个好题目，写文章，题目很重要，题目代表了文章的一个切口，即你从哪里进入。

《桃花扇》就是个好题目，孔尚任抓住了画在扇子上的桃花这个意象，生发出一部大作品。"桃花薄命，扇底飘零"，不知道孔尚任是否是从北宋词人晏几道的那一句"歌尽桃花扇底风"中获取了灵感。与"桃花扇"对话，与那个时代的秦淮河对话。在这里面，我们看见历史，看见人性，也看见家国、那一切爱恨情仇。

好作品就是这样的。莎士比亚笔下的作品都是很丰富的，而不是单一的。写文章如果单一、呆板，那么你写的东西就没有活力。怎样叙事，怎样进入，这不只是一种技术，这是整个的文化构成。你要去读最好的作品，看它是怎么谋篇布局的、怎么展开的、怎么叙事的，然后再看它的细部，每一篇、每一段、每个句子、每个词。经典作品的每一部分都经得起推敲，放在一个完整的结构中仍然经得起推敲。经典是要经过时间考验的。

梅光迪跟胡适年龄相仿，他在美国留学时说过一句话——"理解并拥有一切通过时间考验的真善美的东西"。这句话对每一个人都适用，我们整个人生其实就是做一件事——理解并拥有一切通过时间考验的真善美的东西。你看见丑陋的东西，也要去理解它，最后转化成你对真善美的认识，因为丑是美的另一面，是一个硬币的两面，它们是相辅相成的。离开了丑不可能有美，因此丑也就不丑了。你把丑吸纳到你的笔下，化作你笔下故事的时候，它就变成了美学意义上有价值的东西。世上的表现方法或许多种多样，但是本质是相通的——理解和表达。理解了并表达出来，就有可能让别人理解。

我们与秦淮河对话，秦淮河只是我们的一个媒介，就相当于桃花扇，它只是《桃花扇》这部作品里的一个媒介，它不是《桃花扇》的全部，媒介在中间起穿针引线的作用。我们今天读的这几个文本也是媒介，它们不是最好的也不是最坏的,但是可以帮助我们,加深我们对秦淮河的理解。

童子习作

明月千载空悠悠

付润石(11岁)

明月在微云的点缀下升上夜空,朦胧中与冷冷的秦淮河说着密语。船在河面上飘荡,变成一片黑沉沉之中梦的眼睛。浅浅的醉、空空的惆怅,和着厚而不腻的河水,流向千里之外。

明月,满载一河悲欢离合,向历史更深处漫溯。它是六朝金粉所凝,见证了千年前五胡十六国的群雄争斗。它一定看见了东吴亡国时的蔽日旌旗和连云樯橹,悲叹过纷纷如雪的白骨……但它如秦淮河一般,静默地看着六朝兴衰。

明月默默地等待着,正如它默默地升上柳梢。它眨一眨眼睛,来到了明末清初。苏昆生、柳敬亭、老赞礼在枯井颓巢里把曲唱,哀叹崇祯之死、明代之亡……一把血色的扇子缓缓展开,记录下萧条的明代野史。

千里秦淮、六朝金粉,如今已无画舫、河房,以及当年的茶楼和桨声灯影了。

花自飘零水自流

金恬欣(11岁)

秦淮河沉淀着多少代老南京人的记忆,又预示着多少新南京人的命运。

秦淮河的记忆太厚重，连水都不像小溪一般清澈。秦淮河的水带着人性，染过胭脂。有人就此沉沦，有人心谋高远。因此，此地是繁华的、世俗的，又是宁静的、高远的。

秦淮的花并非很多，却是很美的。此处的人是极多的，翻涌着发出喧闹的音波。而我却在如此浮躁的地方，找到了一株晚桂。突然，一阵淡雅的花香沁入鼻腔。谁说冬日不能有桂花，这个问题就如孔尚任尚未逝去一样简单。世界是会变的，《诗经》的无名作者临终前闭上眼，当他睁开眼时，世界早已不是那个世界了，而他还是那个他，花仍是那朵花。

秦淮河的水是不会歇的，它带走了六朝的脂粉，早春的花粉仍会洒向它。水仍在流，花还会落，即便我心永恒。

逆流而上

戴欣然（11岁）

如今，秦淮的水缓慢而轻快地向下流去，但是不知流往何处。如果你能逆流而上，回溯时光，你看到的又是怎样的秦淮？

假如你雇了一只"七板子"，在皎月方来时上了船。棕红色的桨拍动柔波逆流而上，你倚在淡蓝色的栏杆上，看着暗暗的水波。你此时看到的秦淮即是朱自清和俞平伯的秦淮。

假如你乘着一把"桃花扇"，飘飘悠悠，晃晃荡荡。歌女三五成群，脸上扑着厚粉；文人名士散步于秦淮两岸，在你所处的河边，吟诗作对，悠然自得。那你此时看到的秦淮即是明末清初正值青壮年的秦淮。它孕育了"秦淮八艳"，也被这些风尘女子的风骨与才华所滋养。

假如你倚着灰白色的石柱，遥望下边的秦淮水。那黑咕隆咚的秦淮水，是被千万个学生洗过笔吧？脏得不忍直视，但还能映出桥上亮丽的彩灯。此时的秦淮是今日的秦淮。

到底哪个是真正的秦淮？

它们都不是真正的秦淮。

真正的秦淮，戴着历史给予它的头花（此处头花指历史给予它的文化，因沉淀而发出灿烂光华），在跨越时间与空间的精神世界里亘古至今一直流动着。而《桃花扇》中的秦淮、朱自清和俞平伯的秦淮、现在的秦淮，只不过是它的小小支流罢了。

如果现在送予你一只小竹筏，你是否能逆流而上，找到那神秘而古老的秦淮河？

日暮过秦淮

曾子齐（10岁）

一年前，我曾去过横店影视城，游览过仿真版的秦淮河，也欣赏过《秦淮八艳》。今日到南京，见着真正的秦淮河，算是故地重游了。

伪秦淮（横店的仿真版秦淮河），宛如西子湖畔杨柳依依，又如水帘洞前碧水青树，更似小桥流水人家……步入秦淮河畔，自己便成了画中人，生活在桃林仙境。这是一种奇妙的人与自然的结合，可惜金陵王气却一丝不见。

今日造访秦淮河，已是傍晚。此时的月还不足以称为明月，天地间却仍然明亮，那是灯光。傍晚的秦淮河畔，就如杭州之河坊街一般。秦淮河的水，宁静、安详，它虽无钱塘江大潮之壮观，但河畔的人喧马嘶足以盖过大潮气魄，席卷整个金陵。日暮过秦淮，如今的秦淮，早已无"问秦淮旧日窗寮，破纸迎风，坏槛当潮，目断魂销"之景象。虽然那些被秦淮河水冲刷着的历史、故事，早已破灭了，但也让人记住了。如今的秦淮，俨然是一条商业街，秦淮河渐渐被冷落。

哎，"日暮过秦淮"倒不如"日过伪秦淮"哩！

秦淮河畔，孩子们在演绎《桃花扇》 童子刘艺婷作

寻找秦淮河

曾彦文（9岁）

今日的秦淮河，河畔到处都是小吃店，空气中弥漫着油烟的

气味;河水油腻腻的,又脏又浑浊,让人看着就不舒服;路两旁,声音十分杂乱,给人很拥挤的感觉,一点都没有历史的影像了,已非逗留之处。

昔日的秦淮河华灯映水,画舫凌波,到处都是金粉的香气,到处都有袅娜的歌声,到处都是微风的吹漾和水波的密语。河中晕眩着的灯光、纵横着的画舫、悠扬着的笛韵,夹着那吱吱的胡琴声,那便是李香君和侯方域产生爱情的地方。

可以说,秦淮河是李香君的秦淮河,秦淮河是《桃花扇》的秦淮河。秦淮河成就了《桃花扇》,《桃花扇》也成就了秦淮河。

我面对着秦淮河,仿佛看到一把大大的桃花扇正缓缓展开……

秦淮河

冯彦臻(11岁)

我没出生前,它就在;我来后,它还在;我走后,它仍在……

曾经,它是歌伎们的秦淮河。胭脂、金粉落入河中,与河水融为一体;歌伎们的歌声飘入风中,每阵风都会唱她们的小曲;连她们身上的花香,也凝固在薄薄的雾中。

现在,它是我的秦淮河。如今河上不再有歌伎,但有我。曾经宁静的秦淮河哪里去了?难道全被街边的叫卖声、香气和闪着光的五彩招牌淹没了?秦淮河早已不是我想象中的秦淮河了。

将来,它又是谁的秦淮河呢?我不知道,或许它是世界的秦淮河。

秦淮河的水,从《桃花扇》中流进我的心中,它已在历史中留下了脚印。我知道它还会流，永无止境，那时，它就不是物质或空间上的它了，它属于时间。

从古至今，秦淮河水不停歇地流着，在时间上留下了脚印。

"哗哗——"……

流

黄若瑜（10岁）

我坐在船上，
荡漾在慢流着的
秦淮河的流上。

流，
一层厚厚的胭脂，
一阵令人难受的花粉味儿，
掩在秦淮河上。
流，
淌在指尖儿，
在历史的长河里淌着。

秦淮河的心在哪里？
是否被流掩埋……

流，
你静静地，

自己流着。
在这条河里，
随波逐流。

朱自清、俞平伯、张恨水……
都成了秦淮河里的潜流
将南京的内心隐藏……

秦淮河的知己都去哪了？
在污浊的河里，
隐藏着一颗纯洁的心，
不是日暮的秦淮，
再没有桨声灯影，
没有了华丽的包装，
只剩下一尘不染的沉重历史。

所有的流都淌向秦淮的心，
所有的流都显出梦的色彩。

彩色秦淮
王旖旎（9岁）

  秦淮，是孔尚任牙牙学语时早已淌了千年的彩色河。时而柔情低语，静静地、慢慢地向前；时而又在大雨降临时狂吼，崩开了地，劈开了天。为何说是彩色秦淮？

秦淮河,是粉色的。那些眉目清秀、气质非凡的秦淮女子,成为许多时代流行的美。她们的脂粉,曾经香满南京,见证六朝兴亡。她们,曾血染桃花扇,因而那抹粉红也成为文人雅士的追求。

秦淮河是稍显油腻的黄绿色。河水本是碧阴阴的,绿得沉郁,漾着微波,衬出江南的典雅,应该就是朱自清笔下的秦淮河吧。但不知是谁,在大好秦淮前放肆地画蛇添足,过去还好一些,现在的夜晚只见花花绿绿的灯光和做工粗糙且丑陋的"怪物",显得十分多余。

秦淮河也是蓝色的。六朝沧桑尽在一河之中,流入海洋,最后化为虚空。六朝兴亡,经历了无数风雨,秦淮是经由难舍难分的血泪洗涤过的,风干之后,残留的痕迹该是忧郁的蓝吧……

它不光有艳色,还有冷色。从某种角度来看,秦淮河又是灰的。满河的烟头、废纸和其他垃圾,给南京引以为傲的秦淮抹了满脸灰尘,让人性也抹了黑。

彩色秦淮,凝结了六朝金粉,见证了多少代的兴亡,承载着千年韵味。

千年秦淮

李周烨(11岁)

秦淮,

秦淮,

你从何来?

"随风归来,

随风归去。"

你用八个字告诉我们真相。
李香君,
你是否见过?
孔尚任,
你是否见过?
这些只有你知道,
我不再问。
你在河底
是否珍藏过
东王府中人的血?
所有事只有你知道,
我不再问。

四、与鲁迅、陶行知和赛珍珠对话

先生说

与青年鲁迅对话

看到这块牌子没有？我们选择这个地方就是因为这块牌子——矿路学堂德籍教员宿舍旧址，也就是说鲁迅在这个学校念书的时候，这所房子就已经在了，这是鲁迅的老师们当时住的宿舍。我站在这里的感觉特别好，因为这是清代的建筑，已经有西式建筑的味道，同时又有中式的风格，可以说是中西融合的一种建筑。站在这个长廊里，你可以体会到东西方文明交汇的时候在建筑上体现出来的那种味道，既有中式的也有西式的。鲁迅当年应该见过这所房子，这所房子跟鲁迅真的有关系，而不是传言。

在这里建这个鲁迅纪念馆，追忆的是鲁迅从少年到青年时代。鲁迅生于1881年，他来到这里的时候是1899年，准确地说17岁来到了江南水师学堂，但是他特别不喜欢水师学堂，所以只读了五个月就退学了。过了一段时间，他考入江南陆师学堂附属矿路学堂。

关于这段历史，鲁迅写了一篇散文《琐记》——收在《朝花夕拾》里面——回忆了自己在南京这两所学校求学的经历。这是我们与青年鲁迅的对话。上一次我们到绍兴的百草园、三味书屋，是跟什么时期的鲁迅对话？少年鲁迅。

少年鲁迅在绍兴，青年鲁迅在南京、杭州、绍兴、日本的东京和仙台，鲁迅年轻时去了不少地方。鲁迅生命当中最重要的几个城市慢慢地都出现了鲁迅纪念馆或者鲁迅纪念室，这也是其中的一个。

鲁迅纪念馆

青年鲁迅，为什么要大老远地跑到南京来念书？说起来他们绍兴其实也有新学堂了，但是绍兴人都笑话那个学堂。那个中西学堂其实是蒋梦麟先生的母校，北京大学校长蒋梦麟就是绍兴中西学堂毕业的，鲁迅没有在那个学校念过书，那个学校在本地人的眼里是一所被笑话的学校。鲁迅对中西学堂也不满意，因为里面只教汉文、算学、英文和法文。如果到杭州去读书，他可以选择浙江大学的前身——求是书院，但是听说学费很贵，最后算来算去南京最好。为什么？鲁迅家很穷，南京这个学校是免费的，所以他来到了这里。1899年鲁迅在水师学堂退学之后进入这个矿路学堂，他对这个学校有很多美好的回忆，他对前面那个学校印象很坏，没留下什么回忆。在这个学校他念书不错，我们刚才看到他的作业，他画的那些图尤其好，我特别喜欢鲁迅在读书时候画的图，有些是用铅笔画的，都是一丝不苟，字迹也非常工整。你们看看这个玻璃柜里鲁迅那些作业的复制品，现在我们很多人的字写得都像爬的，但鲁迅写的字一个一个都像刻在那里一样。他在这所学堂念的其实相当于工科一类，是关于开矿的。这个训练对他一生有非常重要的影响，他写的文字常常非常严谨，不像有些文学作品的句子那样随意、散漫。鲁迅的文字密度很高，这是他的思维能力，尤其是理性思维非常缜密、非常发达的一个体现。

1898年12月，鲁迅其实就到这里来了。也就是说，一百二十年前鲁迅在这里念书，最后以第一等第三名毕业，因此他有官派留学的资格，公家出钱派他到日本留学。1902年3月24日，他被这所学校派到日本，当时有五个同学一起，有一个中途不去了，剩下四个，鲁迅是其中之一。

鲁迅是一位很出色的学生，他到日本不到一年就出了一本叫《中国矿产志》的书，我们在这里可以看到封面，边上有一个矿石的那个柜子，你们还记得吗？那是他在日本的时候编写的，很可能也是中国最早的讲矿产的一本小册子。1903年，鲁迅的生命中还有一件重大的事情，就是他把头发剪了。倪馆长告诉我们那个铜像是有问题的，上面没有辫子。鲁迅的辫子并不是1898年，也不是1899或1900年，而是1903年才剪掉的。

1903年，他在日本留学的这一年，编写了《中国矿产志》这本小册子。这一年他也成了一个没有辫子的年轻人，就是"假洋鬼子"。"假洋鬼子"将来回国还要买一条辫子缝在帽子上。"假洋鬼子"这个名词他是怎么想出来的？因为他就是"假洋鬼子"。鲁迅在这里念书期间，对他影响最深的是——我刚才提示大家，看第一个展示厅靠近走廊的这面墙上有一些头像，哪些人的头像？有几位外国人：达尔文、孟德斯鸠、卢梭，还有两位中国人，一位是翻译了《天演论》的严复，另一位是这所学校的总办俞明震，鲁迅对他印象非常好。这些人都是对青年鲁迅有深远影响的人，他们的精神资源在鲁迅的一生中都会发挥作用。这所学校是1890年张之洞创办的，鲁迅来这里的时候，已经有了将近十年的历史，是中国在新旧交替时代创办最早的新式学堂之一。这个学堂相当于我们现在所说的中专，不是大学，但它专业程度是很高的，请的很多教师都是外国人，德国人最多，学校还为德国籍教员建了一栋楼。请了很多德国人，这在当时是不得了的一件事情，那个时代的成本多么昂贵啊。鲁迅在这里学了些什么功课呢？有格致、地学和金石学等。格致就是科学，地学和金石学就是现在的地质学和矿物学，我估计鲁迅特别喜欢这些学科。鲁迅在这些方面非常有天分，也非常用功，而且他非常喜欢他们的校长俞明震。他在《朝花夕拾》里的《琐记》一文中写道：

> 但第二年的总办是一个新党，他坐在马车上的时候大抵看着《时务报》，考汉文也自己出题目，和教员出的很不同。有一次是《华盛顿论》，汉文教员反而惴惴地来问我们道："华盛顿是什么东西呀？……"

你们说"华盛顿是什么东西呀"，是一个地名吗？既是美国的都城，也是一个人——美国的第一任总统。你们的知识显然比一百二十年前这所学校的那个老师丰富。一百二十年前,这所学校的汉文老师惴惴不安地来问学生"华盛顿是什么东西呀"?因为他不知道这是一个什么物件,你们会觉得拿破仑是一个什么"轮"吗?那时候中国的老师都会问:拿破仑是一个什么仑?亚历山大是一座什么山?就是说那个时代的知识还没有触及这些方面。在这里鲁迅接触了他一生印象都非常深刻的一本书——《天演论》。在达尔文写出《物种起源》之后,赫胥黎也写了一本书来阐释他对进化论的理解,这本书对中国有重大的影响。我们现在不去讨论进化论到底是对的还是错的,因为随着科学的发展,进化论未必都是对的,但在那个时代,它对中国的年轻人产生了重大的影响。中国许多的年轻人都是读《天演论》长大的,这其中包括胡适、鲁迅、毛泽东等人。《天演论》深刻影响了中国,一百年都不止。鲁迅星期天跑到城南去买了一本,这本书他记得清清楚楚,他怎么描述的?"白纸石印的一厚本,价五百文正"。我觉得对一个家境贫寒的少年来说,五百文一定是一个很大的数字。他翻开来一看是写得很好的字,不说这本书的内容,仅是这本书的外形,他就已经描述了那么多,白纸、石印、一厚本、五百文。还有什么?写得很好的字。这是最好的说明文写法,一句话里面有多少内容?五个内容。鲁迅在《琐记》开篇中写道:

"赫胥黎独处一室之中,在英伦之南,背山而面野,槛外诸境,历历如在机下。乃悬想二千年前,当罗马大将恺彻未到时,此间有何景物?计惟有天造草昧……"

哦!原来世界上竟还有一个赫胥黎坐在书房里那么想,而且想得那么新鲜?一口气读下去,"物竞""天择"也出来了,苏格拉第,柏拉图也出来了,斯多噶也出来了。学堂里又设立了一个阅报处,《时务报》不待言,还有《译学汇编》,那书面上的张廉卿一流的四个字,就蓝得很可爱。

我们发现鲁迅是一个敏锐的人,他第一次读《天演论》,打开来一看,就惊为天人,世界上竟然还有一个赫胥黎这样的人,在一个遥远的叫英伦的地方思考如此新鲜的问题。读下来他就知道这个世界是如此充满了新奇,许多陌生的人,苏格拉底、柏拉图、斯多噶,这些希腊的人物都出来了。

学校里的阅报处,坐在马车上都带一份《时务报》的总办给他很深印象,《时务报》显然也吸引过年轻的鲁迅,梁启超先生是《时务报》的创办者之一。梁启超是那个时代的70后,鲁迅是那个时代的80后,鲁迅他们这一代人和鲁迅的下一代人胡适他们,都是读着梁启超的文章长大的。梁启超在《时务报》上的文章风靡一时。同时鲁迅也看到了日本留学生出版的一本叫《译学汇编》的杂志,从这个"译"字就可以知道这本书讲的是什么,都是从西方或日本翻译过来的文章。然后他还记住了"译学汇编"这四个字的颜色,蓝得很可爱。我们记住一本书,往往也会记住封面的样子,比如我们手里这本小册子,你们会记住什么?是记住了一幅画,还是记住了上面的字?可能每个人不一样,但是一定会记住某个样子或颜色,对吗?鲁迅能够记住少年时代读过的一本杂志,那杂志名字的四个字是蓝色,蓝得怎么样?很可爱。这就说明印象很深。我觉得鲁迅在这个时候开始"睁眼看世界"了。这篇文章可以直接跟哪一篇文章放在一起读?《从百草园到三味书屋》。在那篇文章里,他讲到自己念过些什么书?《诗经》《论语》之外,描的是《荡寇志》《西游记》的插图。那都是中国书,到这里他看到了《天演论》,这就不一样了,从此他开始知道了希腊的世界,知道了苏格拉底、柏拉图、斯多噶这些人。

在北师大鲁迅像前与鲁迅对话

鲁迅在这篇文章中没有回忆到的，是他在这个学校还读到了严复翻译的其他的书。我们知道严复一共翻译了八种书，所谓的"严译丛书"一共八种，其中《天演论》是最有名的、影响最大的，也是最早翻译的，他以后又翻译了七种学术著作，其中包括《法意》《群己权界论》等。《法意》是法国思想家孟德斯鸠的代表作。我们刚才看到了孟德斯鸠的头像，对吗？孟德斯鸠的作品鲁迅之后也接触到了。

与此同时，与严复一样来自福建的还有一位翻译家，就是不懂英文的翻译家林纾——林琴南，京师大学堂的老师。他精通中国的经典，但是不懂英文，别人讲给他听，他就把它译过来了，大约翻译了一百五十种西方小说，在那个时代影响巨大，不仅影响了鲁迅那一代人，也影响了沈从文那一代人，影响了很多中国作家。他们读了林纾翻译的作品，发现西方文学也有巨大的魅力。其中有大仲马、小仲马、柯南道尔、狄更斯、雨果等人的作品。林纾翻译的《茶花女遗事》问世不久，鲁迅就买了这本书，等他到了日本，林纾的译作每出一部，他就跑到书店买回来，看过之后，还要到订书店改装硬纸板书面。

正是在这个地方，鲁迅变成了一个不仅读过中国书，也读过西方书的人。严复和林纾是中国翻译史上两位开创性的人物，康有为这样评价他们："译才并世数严林。"严、林通过翻译，把西方的文学世界和学术世界带到了中国人的面前。鲁迅在这里对严复产生了强烈的崇拜，他特别佩服严复，他曾经说过一句话："严复是19世纪末中国感觉敏锐的人。"

鲁迅从严复和林琴南那里看见了国外的世界。但与此同时，他骨子里其实是个中国人，他仍然跟在绍兴三味书屋的时代一样，坚持阅读中国的文学作品和思想作品。比如他在这里读《西厢记》，读《红楼梦》，有同学回忆说，他在矿路学堂时差不多可以把《红楼梦》背下来了。《红楼梦》近百万字，差不多背下来倒未必见得，但他读得烂熟则是真的。我小时候读鲁迅的《中国小说史略》，他讲为什么贾宝玉这个人物如此吸引人，一句话就让人难忘。我觉得自曹雪芹过世以来，自《红楼梦》第一个版本出现以来，没有人比他讲得更精彩，他说，"悲凉之雾，遍被华林，然呼吸而领会之者，独宝玉而已"。即使是所谓的"康乾盛世"，也已是一个将要衰亡的时代，在这样一个时代里，只有一个人呼吸到了这样的空气，这个人是谁？贾宝玉。

贾宝玉代表了当时最早呼吸到中国由盛转衰的空气的人，在盛世却呼吸到衰亡的气息，贾宝玉最后的命运怎么样？白茫茫大地一片真干净。这是鲁迅的判断，他在20世纪20年代的判断。他在南京时就已把《红楼梦》读得滚瓜烂熟了。不知有多少人讲过《红楼梦》？中国有许多红学家，但是没有他的三言两语来得精辟。比如他说一部《红楼梦》，"经学家看见《易》，道学家看见淫，才子看见缠绵，革命家看见排满，流言家看见宫闱秘事……"

等到鲁迅在矿路学堂接触外部世界，看见西方世界的辽阔，知道了苏格拉底、柏拉图以后，一个崭新的知识世界在他面前出现了，正如他在《琐记》中写道：

> 仍然自己不觉得有什么"不对"，一有闲空，就照例地吃侉（kuǎ）饼，花生米，辣椒，看《天演论》。

看来花生米是个好东西，原来鲁迅也爱吃花生米。

鲁迅一有闲空就干什么？吃侉饼、花生米、辣椒，还有一样最重要的是看《天演论》。他在这里读书的时候正是1898年戊戌变法被镇压，谭嗣同他们被杀害时。谭嗣同是"戊戌六君子"中最灿烂的一个人物，是光绪帝重用的军机四卿之一，是他们当中最有思想、且坦然牺牲了的一个人，明明有机会可以逃走，流亡到日本，但是他选择留下来，愿意死，并说要流血从他开始。他身后留下了一本著作叫《仁学》，这本书一出版，鲁迅就读到了。鲁迅接受的精神资源，既包括严复翻译的《法意》《天演论》这些著作，林纾翻译的西方文学作品，也包括《红楼梦》《西厢记》和谭嗣同的《仁学》等著作。

等到鲁迅1902年3月24日动身前往日本的时候，虽然还留着辫子，但他已经不再是三味书屋的那个周树人，而是从矿路学堂重新出发的周树人。鲁迅诞生了吗？1902年有鲁迅吗？1902年还没有鲁迅，还是周树人。我们现在为了方便就叫他鲁迅，鲁迅其实还不存在，鲁迅还没"出世"。鲁迅的出世与1881年出世的周树人不是在同一个时间。我们是跟鲁迅的前身在对话，他是一个爱读书的人，一个爱思考的人。他不仅是一个文学史上的人，而且是一个文明史中的人。因为他不仅看见了一个旧文明的世界，由《诗经》《山海经》《西厢记》《红楼梦》等建造起来的那个旧文明的世界，而且他也看见了由赫胥黎、苏格拉底、柏拉图、孟德斯鸠他们所构成的另外的一个更辽阔的文明世界，鲁迅开始慢慢变成一个新世界中的文明的孩子。还记得《文明的孩子》吗？那是布罗茨基意义上的"文明的孩子"。

文明的孩子是一步一步建造起来的，不是一步登天的。三味书屋的那个鲁迅与矿路学堂的鲁迅、仙台医学专门学校的鲁迅是同一个鲁迅，但也不是同一个鲁迅。如果说他是同一个鲁迅，是因为人还是那个人。但如果说他不是同一个鲁迅，是因为他的世界不断地扩大，他之所以变成了后来的那个样子，是因为有很多新的资源进入他的世界里面，使他变成了一个文明的孩子。这个文明的孩子，与那个看得见的物理意义上的孩子其实是有区别的。鲁迅也是如此。

以往人们很少讲鲁迅在矿路学堂这段时光，但是矿路学堂其实对他影响十分重大。因为他第一次看到《天演论》是在这里，第一次知道苏格拉底、柏拉图也是在这里。他第一次读到林琴南翻译的西方文学作品在这里，第一次读到谭嗣同的《仁学》也是在这里。他从这里出发到日本去，这个地方难道不重要吗？很重要。

在南京大学与陶行知和赛珍珠对话

金陵大学的主楼就是我们正前方中轴线上的这个塔楼，这边是礼拜堂，现在叫作大礼堂。大礼堂建成的时间比那个主楼还要早一年，那个主楼是1919年建成的，这个大礼堂是1918年建成的。我们刚才看过了小礼堂，小礼堂是1923年建成的。刚才陆远老师跟我们讲，早年金陵的学生在这里毕业的时候，同时拿到了哪一所大学的毕业证书？纽约大学。这所学校跟美国有名的康奈尔大学也是姊妹大学，所以它被认为是中国最好的大学之一，号称"江东之雄""钟山之英"。在这所学校毕业的学生可以直接到美国的大学去读研究生院，不需要考试，这是美国人给金陵大学的一个待遇。

这所大学不仅以农科取胜，而且它也培养出了许多农科以外的杰出学生，其中有一位叫陶行知。我刚才路上问了大家一个问题，知行楼，大家觉得是什么意思呢？知道并行动。还有不同意见吗？中国人讲知行合一，是不是叫知行啊？其实那个知行楼就是纪念陶行知的。陶行知本名叫陶文濬，1910年到1914年在金陵大学求学期间，因仰慕王阳明的知行合一学说，自己改名陶知行，后来他又改名为陶行知（那已经是40多岁的时候）。年轻的时候"知"在前面，叫"知行"，后来呢，"行"在前面叫"行知"。我们现在叫他陶行知，但在金陵大学读书的时候，他叫陶知行。这栋教学楼现在命名为知行楼。

金陵大学，现为南京大学的一部分

陶行知年轻时的志愿非常宏大。1916年2月16日，陶行知还在美国哥伦比亚大学师范学院求学时，给师范学院院长写过一封信，信中说他回国要做的事情是：

> 余今生之唯一目的在于经由教育而非经由军事革命创造一民主国家。鉴于我中华民国突然诞生所带来之种种严重缺陷，余乃深信，如无真正之公众教育，真正之民国即不能存在。……余将回国与其他教育工作者合作，为我国人民组织一高效率之公众教育体系，以使他们能步美国人民之后尘，发展和保持一真正之民主国家，因此乃唯一能够实现的正义与自由的理想之国。

陶行知在金陵大学的毕业论文叫《共和精义》，是用文言文写的。他在这所学校毕业的时候，中国人普遍使用的还不是白话文，1916年的中国还是文言文的天下。那个时候，同在美国留学的另一位中国学生、跟他年龄相仿的胡适已开始酝酿提倡白话文运动了。

陶行知回国以后成了中国最有名的教育家之一，影响巨大。

金陵大学培养出来的教育家还有刘伯明，他是哲学家，也是教育家，做过大学校长。曾做过教育部常务次长的杭立武也是这所大学的学生，还有许多在各个学科有开创性的人物也与这所学校有关，比如农学家邹秉文。

这所学校也拥有赛珍珠这样的老师。1921年，赛珍珠随她的丈夫布克到金陵大学做了外语系的老师。赛珍珠在这个地方住了许久，刚才我们所看到的那所房子是赛珍珠留在南京的最重要的一个建筑。

赛珍珠跟陶行知是同一个时代的人，比陶行知小一岁。她在1931年完成了《大地》这部小说，1932年获得了美国非常重要的普利策小说奖。1938年，她又因《大地》获得了诺贝尔文学奖。在整个美国文学史上，同时获得普利策小说奖和诺贝尔文学奖两个大奖的作家，她是第一人。这部作品是讲中国安徽农民生活的，虚构了一个叫王龙的中国农民，讲了他的命运及他跟土地的关系。

赛珍珠在中国一共生活了将近四十年，她跟中国的感情几乎与司徒雷登跟中国的感情一样。她1934年才离开中国，她认为中文是她的第一语言，她把镇江称为她的中国故乡。她在镇江度过了童年和少年时代，进入了青年时代，前后长达十八年。她在南京的时间也很长，从1921年来到金陵大学，到1934年离开，在这个校园生活了十三年。也正是在这期间，她写出了她获得诺贝尔文学奖的作品《大地》。

因此金陵大学对于陶行知、对于赛珍珠都有重大的意义。陶行知是中国人，一个安徽的普通农家的小孩，曾经留学美国，在哥伦比亚大学师从杜威等先生。赛珍珠是一个美国传教士的女儿，在中国长大，长期生活、工作在中国，在中国开始文学生涯。一个中国的农家子弟和一个美国传教士的女儿，应该说都是普通人家的孩子，他们慢慢都变成了世界性的人物。陶行知是世界知名的教育家，赛珍珠是世界知名的文学家。

金陵大学1888年创校，1952年院系改造合并，没有了。一共有四千四百七十五名学生在这里毕业，其中本科生三千一百七十人。在这三千一百七十人当中，有许多人成了国家的栋梁，包括昨天给你们讲课的景凯旋先生的老师程千帆先生，也是金陵大学培养出来的。

当年，有一些曾经在北京大学任教的教授，后来也都到了这所大学来做教授。我举两个例子，一位是大家都知道的黄侃——章太炎最重要的弟子，国学深湛的学者；还有一位叫吴梅，就是北大二十周年写校歌其中有句歌词为"幸遇先生蔡"的作者，是对戏曲研究很有贡献的一位学者。他们都从北京大学来到这儿。在南京大屠杀的时候，保护了十几万平民的贝德士先生，也是这所学校的教授。校园隔壁有个拉贝纪念馆，德国人拉贝不是这所学校的教授，他是南京国际安全区主席，刚才陆老师告诉大家，安全区的中心就在那个地方，几十万的难民就在旗杆下面那个地方活下来了。

我们现在翻开《中国之美》。《中国之美》是在中国生活了将近四十年的赛珍珠对中国的认识和理解：

普通中国人需要培养审美情趣，去发现他周围有待于挖掘的

美。一旦他懂得了美的意义,一旦他认识到美根本不存在于那令人讨厌的、要价四角的石版画中,甚至也不完全存在于有钱人的那些无价之宝中,一旦他认识到美就存在于他们的庭院之中,正等待他从粗心懒散造成的脏乱环境中去发掘时,一种崭新的精神将会在这块美丽的大地上传播开来。

赛珍珠纪念馆

这篇文章很长,我们只能挑一点来看,你们通读全文,就可以约略明白怎样理解中国之美。这位在中国生活了将近四十年的美国小姑娘,变成了美国老太太,从一位默默无闻的小人物,变成了诺贝尔文学奖得主,她对中国之美的认识,可以帮助大家。她到过很多的国家,她比较了美国之美、日本之美,还有法国之美:

我不是在卢浮宫,而是在一个老妇身上找到法国的。她身穿蓝布长裙,头戴白色纱巾,跪在叮咚作响的小溪旁捣衣。她是那样任劳任怨,那样贤惠。她突然抬起头冲我笑了,笑出了她无处不在、无时不有的幽默和风情。一张爬满皱纹的脸上,那对永远年轻的眸子,光波流动,充满活力——我几乎看呆了。

赛珍珠认为法国的美不是在卢浮宫找到的,也不是在其他地方找到的,而是在一位法国的老妇身上找到的。赛珍珠会在哪里找到中国的美呢?是在故宫吗?是在长城吗?是在长江吗?你们觉得会在哪里?我们翻到后面,看看那又老又聋的王妈妈:

那又老又聋的王妈妈,可怜的寡妇中更可怜的一个,整日里辛辛苦苦为人缝衣换碗饭吃,然而,她桌子上那个有缺口的瓶子里,整个夏天都插有不知她从哪儿弄来的鲜花。当我硬是送她一个碧绿的小花瓶时,她竟高兴得流出了眼泪。

这位老妇自己吃碗饭都如此艰难,整个夏天她还要在破瓶子里插花,你们觉得这花对她有什么意义?能吃吗?能穿吗?那用来干吗?破瓶子里插个花干吗?高兴?身心愉悦?我们没有答案。她这么穷,还弄个破瓶子插花。接下来:

还有那个小小的烟草店。那位掉光了牙齿的老店主,整天都在快活地侍弄他的陶盆里一株不知其名的花草。我院外的那位农夫，让一片蜀葵在房子四周任其自然地长着。还有那些街头"小野孩儿"，也常常害羞地把脸贴在我门上，向我讨一束花儿。

这些人，赛珍珠所看到的中国人，从那位掉光了牙齿的老店主到那位农夫，从又老又聋的王妈妈到那些"小野孩儿"，是不是都一样？他们有一个共同的特点是什么？都在寻美是吗？中国之美在哪里？在他们的生命中，在他们身上。真正的中国之美不在高山大川，不在黄山、庐山，不在西湖、漓江，而在这些人的心里，因为他们都渴望美。

虽然这儿的千百万在贫困中挣扎的人们，一直都在为一口饭而终日辛劳，但我知道，无论如何，人不能仅靠植物生活。我们最需要的是那些大家都能自由享用的美——澄塘霞影，婀娜的花卉，清新的空气，可爱的大自然。

可是当有一天赛珍珠把她的这个想法对教她中文的中国老师讲了，中国老师随口给她的答案是什么？"仓廪实则知礼仪，衣食足则知荣辱。"这句话本来没有错，这是我们古老的哲言。但是不能因为我们现在还没有达到"仓廪实"，现在还没有达到"衣食足"，我们就不去寻找美。你们觉得那些人——又老又聋的王妈妈、那位掉光了牙齿的老店主、那位农夫，还有那些街头"小野孩儿"，都已经达到"仓廪实""衣食足"了吗？文章中已明明白白地告诉我们，那个王妈妈没有达到"衣食足"，但是她照样在一个有缺口的破瓶子里整个夏天都插着不知道从哪里弄来的鲜花，显然都是不花钱的鲜花，不一定要等有了钱的时候再去买鲜花，没有钱也可以"千方百计"地去寻找。

不，我认为每个儿童的心田里，都能播下爱美的种子。尽管困苦的生活有时会将它扼杀，但它却是永生不灭的，有时它会在那些沉思冥想的人的心田里茁壮成长，对这些人来说，即使住进皇宫与皇帝共进晚餐也远非人生之最大乐趣。他们知道自己将永远不会满足，除非他们以某种方式找到了美，找到了人生之最高境界。

赛珍珠这篇《中国之美》，值得你们从头到尾细读一遍。赛珍珠在中国生活了近四十年，她对中国之美的认识超过了大部分中国人。这篇文章写得多好啊，这篇文章里面的细节，她所捕捉到的中国农夫——又老又聋的王妈妈、掉光了牙齿的老店主等，他们的形象难道不能跟那位法国的老妇相媲美吗？法国的那位老妇代表了什么美？法国的美。法国的美、美国的美、日本的美、中国的美，各美其美，但是最终都归结于人的美。那张脸——中国那个又老又聋的王妈妈的脸，凭那个有缺口的瓶子里整个夏天都插着鲜花，就把中国给颠覆了。记得塞尚说过，"用一个苹果就可以颠覆整个巴黎"，王妈妈用一个有缺口的瓶子里的一束鲜花，也可以颠覆整个中国。也可以说，中国的美就在一个有缺口的瓶子里的一束鲜花上，在又老又聋的王妈妈脸上。

童子习作

东风　西风

金恬欣（11岁）

　　金陵大学的秋日，是古老的秋日。岁月在古老的石板桥上摩挲而过，温柔地、含蓄地轻轻走过。然而，在金陵大学历史悠久的校园里，却有不同于其他古迹的独特魅力。

　　校园中的风，还在吹——吹出一首遥远的民谣，吹进历史的旋涡。微风，吹进了赛珍珠的小屋，吹入一卷半开的《中国之美》，残页随着温柔的东风，渐渐在视线之中消失。那是东风，中国人的风，是婉转的、含蓄的东风。这东风，吹进了赛珍珠的心里。

　　而赛珍珠也带来了一阵风，一阵毫不避讳的西风。这阵西风，就如一位天外之客，在金陵大学偌大的校园里，不知所措地奔跑。这阵西风，是西方直率的美。

　　当东风遇上西风，就是东西方文化碰撞之时。这一碰，就有了赛珍珠。她爱中国这片土地，爱得深沉，尽管她是一位美国人。但那又如何呢？当局者迷，旁观者清，赛珍珠作为一位见证者，她见证了东风和西风的交融与共。

　　"各美其美，美人之美，美美与共，天下大同"，金陵大学就是一把扇子，正面是东方文化，背面是西方文化，相互激荡，正是东风与西风造就了赛珍珠，也造就了金陵大学。

茶与茶杯
——与赛珍珠的对话
李点乐（10岁）

赛珍珠如一盏馥郁的茶，里面是古老的东方文化，外面是直率的西方文化，而那茶叶便是她在金陵受到的熏陶。

那茶水刚入口时有些苦涩，细品则回味无穷，这不正是含蓄的中华文化吗？这一盏茶，已将委婉的灵魂注入赛珍珠的心房，这温润的茶水也早已渗入赛珍珠的灵魂，成为她不可分割的一部分。而那茶叶，便是她在金陵岁月中所看到的中国文化，所看到的中国灵魂，那清冽的茶，也来源于此。

那茶杯，不是古色古香的瓷杯，而是晶莹剔透的水晶杯，这便是西方文化，直率、天真、毫不避讳，如一个小姑娘毫不羞涩的话语，与茶水相映成趣。

赛珍珠正是这样的一个人，中国的灵魂早已融入她的血脉，美国又给了她敏捷的思维。她用世界脑反观中国，用中国心看世界。她正如茶与茶杯，香遍整个世界。

落　叶
解芷淇（9岁）

这是一个平常的清晨，发生了一件很普通的事——一片叶子落了。

这片叶子还没落到地上，一阵时间之风就把它吹上了天。风儿带着那片黄叶飞呀飞，风儿不停地旋转着，黄叶不停地翻滚着。终于，风停下来了，风儿告诉黄叶，我们现在是1910年，说完风儿便飘回了2018年12月1日的清晨。

黄叶东张西望地看着四周，不久黄叶就看见有个大学生背着行李进入了一所名叫金陵大学的学校，此人正是陶行知。

陶行知在金陵大学求学时，就在《金陵光》杂志上发表文章，他后来提出了"生活即教育"等教育理念。

黄叶还没看够，那风儿又把黄叶带回了2018年12月1日，现在已经是上午了，两位老师和34名童子来到了金陵大学，黄叶听见他们讲的内容，正是自己清晨听见的！只是这几秒钟就跨越了一个多世纪！

黄叶仍是一片黄叶！

南京大学（原金陵大学）草坪　童子刘艺婷作

黄叶纷飞的金陵大学

徐茜茜（10岁）

和煦的秋风吹过，金灿灿的银杏叶像美丽的黄蝴蝶一样在空中飞舞。有的打着旋儿，向上飞去后又落下。高高的银杏树在阳光的照耀下，金光闪闪，瞬间让人觉得格外的喜悦。

深秋的金陵大学是美丽的，美在片片飞舞的银杏叶中，美在童子们的欢笑声里，美在知行楼的肃静里。透过片片飞舞的黄叶，我们好像看见青年陶知行行走在校园中，匆匆走进图书馆。正是在金陵大学，陶知行受到了良好的教育，继而到美国留学，回国之后成为著名的教育家。

深秋的金陵大学是美丽的，美在赛珍珠故居的宁静里。透过片片飞舞的黄叶，我们好像看见赛珍珠手拿一只碧绿的小花瓶去送给王妈妈，中国之美深深地烙在她的心里。透过片片飞舞的黄叶，我们好像看见赛珍珠正在教室里为学子们讲授英语之美。她跨越半个地球，正在把自己心中的美播撒在中华大地上。

深秋的金陵大学是美丽的，美在小操场旗杆的庄严里。透过片片飞舞的黄叶，我们似乎看见当年的莘莘学子，他们用竹竿将国旗高高地升起。

深秋的金陵大学是美丽的，黄叶纷飞中，我们尽情地吸收金陵大学给我们的养分。也许某个黄叶纷飞的金秋，金陵大学将迎来我们这一批新的学子。

一根头发

刘艺婷（12岁）

鲁迅纪念馆的门口，风很大。

风声中传来了一个奇怪的声音："小姑娘，帮我一下。"我四下张望，不见人影，正当我以为是我幻听时，那个奇怪的声音又来啦："别找啦，我是一根头发，被你衣服的静电吸住了，快把我拿下来。"我一边震惊一边看我的衣服，果然有一根长长的头发，我把它拿在手里，仔细地看着，这根头发，除了有点长以外，与别的头发没有任何区别。

"头发怎么会说话呢，这也太奇怪了吧？"我惊呼。头发说："你可不要小看我，我可是鲁迅的头发呀，当然非同一般，想当年，我可是亲眼看见鲁迅在绍兴的三味书屋上课，亲眼看见他在百草园里捣的乱呢。我也看见了，他在这个学堂认真地画图的样子，以及他一边吃花生米一边看《天演论》的样子呢！"我顿时对头发肃然起敬，说："头发先生，那您可真了不起，不过我想问您，为何您长得那么长呢？"头发在风中摇着，说："可不是，因此鲁迅就把我同他的那条辫子一起剪了。他把我剪了后，他就步入了新社会，成了一位大人物了，而我，也许就是腐朽社会的象征吧！"头发的语气暗淡了下去。

我开口，想安慰头发两句，但一不小心，那根头发被风吹走了，只留给了我无数的疑问。

青年鲁迅

刘尚钊（11岁）

"落马一次，即增一次进步。"就是这句话成就了他，让他找到了人生方向。此人为周树人也。

他留着一条长辫子，一对浓眉，一双大眼，满满的书生气质。

他没有很大的梦想，他只是矿路学堂的一个小书生。每天，他只吃侉饼、花生米、辣椒，还会看看《天演论》。

在矿路学堂，他读到了严复的译文，听说了孟德斯鸠、达尔文和卢梭。赫胥黎的"物竞""天择"，苏格拉底、柏拉图都出现在他的记忆中。

可以说，矿路学堂给予他的知识，为他初步指明了人生的方向。

五、与六朝对话

先生说

这是我们此次南京寻梦之旅的最后一课，这一课也是总结课，两个总结——六朝的总结和南京寻梦之旅的总结。

我们从游学手册的目录可以知道，南京寻梦之旅一共分了五篇，大致上能看出一个结构，从南京篇开始，这是总纲。从唐、南唐到近现代的宗白华、朱偰、汪曾祺、柏桦，一路下来，从唐代诗人的作品、南唐词人的作品到白话文，然后从六朝篇进入到晚清民国篇。

以时间为顺序，六朝篇到晚清民国篇，然后是台城和石头城篇、秦淮河篇，从时间切换成了空间。第五篇是教育，把教育放在最后，是因为教育可以贯穿时间、空间，教育是关于人的。实际上我们讲了三个词，即时间、空间、人物。教育造就了鲁迅、赛珍珠、陶行知，这些人都是在南京这个空间里孕育出来的。看看这个目录，就能了解一些思考问题的路径和方法，简简单单的目录包含了这么多，里面有很多的判断，而不是随意的。我把教育放在最后一篇，有没有想法呢？压轴。我们去了鲁迅当年求学的矿路学堂和陶行知求学的南京大学，而且通过教育，我们可以认识六朝，认识民国，教育可以打通时间也可以打通空间。鲁迅、赛珍珠、陶行知，他们都接受了跨国的教育。鲁迅离开南京之后，留学日本；陶行知在南京金陵大学毕业，留学美国；赛珍珠是美国人，在中国和美国受的教育，他们都接受了新旧教育、中西教育。这些人可以贯通我们的南京寻梦之旅。与其说我们要寻的是古老的六朝，或近代的民国，不如说我们要寻的是南京的心灵。南京的心灵既是旧的，也是新的，这是一座生生不息的城，是一座现在还活着的城，不只是一座历史中的城。我们这一行走过来，从这五个篇章可以知道，我们想寻找什么——我们在寻找南京之美，寻找中国之美，也在寻找世界之美。

你们回去写一篇与南京对话的文章。第一个思路是南京的知己到底是谁？我曾讲过一个南京的知己朱偰，他是现代南京城的第一知己，但是南京的知己难道不能是南唐后主李煜吗？前面说过，如果要在历代人物中找出一个符号性的人物来代表南京，恐怕还是李煜。那么在你们的心中，南京的知己到底是谁？

第二个思路可以是寻找南京之美。你们认为南京的美是在银杏的叶子里，还是在枫树的叶子里？或者在法国梧桐的叶子里，或者在石头城的石头里，或者在六朝的文物里，或者在某一个人物那里，比如赛珍珠，或者在《桃花扇》中的某一个角色里。

第三个思路，南京的心灵是什么？南京的心灵是一块砖？南京的心灵是一块石头？南京的心灵是南京的城标吗？南京的心灵会是云吗？美学家宗白华是个能读懂云的人，他是少年时代就想做云谱的人，所以他写得出很美的文字。这是第一个题目。

第二个题目是与六朝对话。你们想在六朝找到什么呢？你们不能泛泛地与六朝对话，你们要找到一个人，找到一个文物，如一个碗、一个瓦当，或一个故事……也就是找到与六朝对话的一个切口。

六朝博物馆

第三个题目是与民国对话。可以与法国梧桐对话，或者与民国的银杏对话，再或者与民国的红枫对话，这个你们可以自己找，把孙中山、黄兴他们的故事融到这个题目里面去，不要泛泛地去写。

第四个给你们参考的题目，可以选择与曾国藩对话，从他的家书入手。

第五个题目有两个选项，你们想选择台城的柳，还是石头城的石头？如果你们特别想把两个都写出来也可以，如果你们想把两个合在一起写一篇也可以，这是你们的本事，你们只需找到最佳的方式来表达。

第六个题目是与秦淮河对话，估计你们昨天晚上都写了这个题目。

第七个题目就是教育方面。有三个思路可参考：

第一个与青年鲁迅对话，比如矿路学堂旧址鲁迅纪念馆前那个铜像，没有辫子的鲁迅，那是个败笔，一个不能原谅的败笔，鲁迅在矿路学堂时还是留辫子的。从那个没有辫子的青年鲁迅铜像入手是一个角度，从鲁迅读过的《天演论》入手是一个角度，从鲁迅的作业入手也是一个角度。看看鲁迅那时候的作业，那些图画得那么精细，字写得一丝不苟。

第二个是与赛珍珠对话。通过赛珍珠的《中国之美》，你们可以细细体会中国之美、日本之美、法国之美及美国之美，感受美的不同、美的相同。

第三个是与金陵大学的满地黄叶对话。你们在金陵大学玩黄叶玩得不亦乐乎，你们写黄叶的时候要在黄叶里看见陶行知，要在黄叶里看见赛珍珠，要在黄叶里看见那个时代的莘莘学子，看见那个时代的老师，如果看不见，这些黄叶就只是黄叶。这几个思路你们可以选其一。

现在我们开始做六朝的小结。你们看了将近两个小时的六朝文物，你们在这里最先看的是六朝的器物，器物是什么？就是你们看见的那些碗、盘子、青铜器、瓦片，这些东西都叫器物。第二看的是什么？六朝的人物，比如《世说新语》里的那些人物，比如王羲之，比如谢安、谢石、谢玄。六朝的人物和六朝的器物，在这个博物馆里，地下发掘的遗址也在这下面，六朝的人物和器物都是"一代风流"。如果让你们来选，六朝最能打动你们的一个词或一样东西，是什么呢？

戴欣然：青瓷。

想到六朝就想到青瓷，青瓷的特点是什么？没有一点杂质，很纯净的，六朝就像青瓷一样纯净。

徐茜茜：辉煌。

辉煌太抽象了，无法体现六朝的特色，像这样的词我们要回避，这叫"大词",这样的词不足以呈现特点,放在任何时代几乎都能用,不能抓住特征,不具体。

李益帆:瓦当。

瓦当有沧桑感、有历史感,所有的一切就像瓦当。这个词算。

刘艺婷:石头。

石头也是有沧桑感的,六朝的石头,台城就是由石头建造的。

戴欣然找到了六朝的"青瓷",李益帆找到了"瓦当",刘艺婷找到了"石头"。"青瓷""石头""瓦当"从不同侧面,已经接近了六朝的心灵。

王旖旎:莲花。

莲花也可以,因为六朝也是佛教大盛的时代,"南朝四百八十寺,多少楼台烟雨中",也有点意思。

李点乐:火焰。

第一层含义,陶瓷是从火中烧制出来的;第二层含义,南京城的历史像火焰一样辉煌。

戴欣然:釉。

泥巴上釉之后,就价值连城又富有神秘感。釉和青瓷还是搭界的,釉加青瓷使你的那个词更完美,很好,这个釉给你添了一些色彩。六朝是一个有釉的时代,六朝不仅简朴,还带有神秘色彩。

"旧时王谢堂前燕,飞入寻常百姓家"。王谢是哪两家呢?王导(王羲之的堂叔)家族和谢安家族。王家的故事在《兰亭集序》中,《下棋》和《咏雪》都是谢家的故事。淝水之战的决策者是谢安,淝水之战,东晋出兵八万,打败了北方前秦苻坚领导的八十多万大军,号称是百万,以八万打败八十多万,是中国历史上一个以少胜多的战例,非常显赫的一个战例。

谢家的这个故事很动人：

　　公元383年，谢安正在下棋的时候，有人进来交给他一封信，信从前线送来，他看完以后一句话都没说，神色也没有任何变化，继续下棋。客人问，前线的情况如何？他的回答是："小儿辈大破贼。"

　　淡淡的一句话，这要多大的镇定、淡定、笃定、确定，才能做到啊。一般人会怎么样？喜形于色，对不对？谢安的小辈是些什么人啊？谢石、谢玄，这些人是他的弟弟、他的侄儿，谢石是他的弟弟，谢玄是他的侄儿，他们所带的八万兵，把北方强大的前秦八十多万大军打败了，这就是东晋时代的风流人物，六朝风流可以说就在谢安的淡定里面。

　　再讲一个故事。你们以为谢安只有淡定吗？谢安还有文采，大雪天他在家里讲论文义。雪越下越紧了，他欣然来了一句"白雪纷纷何所似"，他的侄儿谢郎接着说："撒盐空中差可拟。"他另外一个兄弟的女儿谢道韫却来了一句："未若柳絮因风起。"谢道韫是谢安的侄女，谢无奕的女儿，左将军王凝之的妻子。你们觉得哪一句更好，为什么？盐太重了；盐是刻意的，柳絮是无意。"未若柳絮因风起"是无意的，这件事是无意识发生的，下雪是天上的事，不是你的事。撒盐的话是你去撒了一把盐，而且那么重，怎么撒？你们已经解释清楚了。谢安当场的判断是怎样的？"公大笑乐"，为什么大笑？因为他的侄女谢道韫写出了一个好句子。"旧时王谢堂前燕"，人物风流尽在这些故事里面了。

六朝博物馆

六朝那些风流人物，无论是王羲之、谢安，还是写出了"暮春三月，江南草长，杂花生树，群莺乱飞"的丘迟，还是写出了"日暮途远，人间何世！将军一去，大树飘零"的庾信，都让人感念不已。

六朝的器物、六朝的人物，那种风流都足以让千年后的人尽折腰。我们今天在六朝博物馆与六朝对话，罗建老师带你们看了很多文物，你们也听了很多，印象最深的是什么？

瓦当、青莲、大马车、城墙、青瓷莲花尊、二楼的竹影、排水系统……我来这里第一次就被排水系统所吸引，排水系统很震撼，他们做得很好。你们每一个人"抓住"的东西不一定是相同的，六朝有多少年，从东吴开始，到宋齐梁陈结束，将近四百年，正是中国南北分立、天下大乱的时期，有很多东西都化为了灰烬，但是六朝留下的器物还在，哪怕是碎片，六朝留下的人物风流还在，包括王羲之的《兰亭集序》，包括《世说新语》里的人物故事，六朝沉淀在历史的记忆里面，到现在还没有变。看你们抓住了什么，我觉得捕捉信息的能力是一个人最重要的能力之一，你捕捉到什么信息说明你的关注点在什么上面，我们与六朝的对话小结就到这里。

最后我们对这两天的南京寻梦之旅做一个小结。

刚才其实我已经讲了，我们的南京寻梦之旅，寻了两个梦，两个什么梦？我们从哪里开始到哪里结束？我们是倒着来的，由近及远，而不是从远到近。这两个梦其实可以概括成一个说法，即一个新文明的梦，一个旧文明的梦。我们选了两个文明的梦，旧文明梦代表了中国旧文明时代，那时南朝的文明高于北朝，北朝还是游牧民族统治着，南朝是成熟的农耕文明，江南变成了中国文明的中心。

这两个梦，农业文明时代的旧文明梦和中国开始往工商业文明转换的新文明梦，就是我们这两天寻的梦。每个人可以写一个词、一句话，来表达你们对这两天寻梦之旅的总结。一个词、一句话，这句话要能阐释你的这个词。这件事情其实不难，因为是说心里话，而不是编造，现在你们只要写出心里话就可以。要说心里话，这第一重要。心里想的是什么就是什么，不需要刻意地去编，如果连这都需要刻意地去编，那还会写文章吗？写文章就是顺流而下。顺流是怎么顺的？从高流到低，就这样流，非常简单。写文章跟说话一样，没有什么难的，水怎么流，话怎么说，文章就怎么写，就是这么简单。不需要精密地去思考，只要一个词，你们想到的词是什么就是什么。

金恬欣：越。跨越中西，穿越空间，飞跃了时间的一个个破碎的梦正熠熠生辉。

戴欣然：沉淀。历史的沉淀，光华与文明交织，秦淮水波里沉淀的沙石，总统府散布的石头可以沉淀在南京。

付润石：衰落。民国孙中山不得志，只做了不到两个月的临时大总统。六朝是容易倒塌的王朝，一江南北，消磨多少人才。

曾子齐：沧桑。历史的沧桑是华夏文明的光辉，六朝的沧桑是文物上的残缺，秦淮的沧桑是不再清澈的河水，总统府的沧桑是散布着的石头，时间流逝过的是沧桑。

刘艺婷：石头。历史从石头里来，文学也从石头里来，人也从石头里来。

赵馨悦：桃花扇。金陵的黄金时代，历史就像是打开的一把扇子，上面的桃花是历史的光辉。

说得好啊，赵馨悦又创造了一个让我们惊艳的说法。用桃花扇来命名这次的寻梦之旅。历史就像一把打开的扇子，上面还画了一朵血桃花。

有人说自己说得不好。不好就是好的另一面，好与不好就这么简单。你说它们能分开吗？分不开，其实就是一体。你现在看到自己不好的时候，那个好藏在哪里？另一面。它可以转换的，只不过你现在看到的是这一面。

蔡斯运：梦。黄叶承载着我们的六朝梦，飘落下来，如梦一样，一下就过去了，那么美好，那么难忘。

刘尚钊：流淌。金陵像河水一样流淌着，由千万水滴组成。

李益帆：六朝记忆。六朝的记忆是爱美的，答案就隐藏在一个爱美的瓦当中。

那你应该叫瓦当，因为你的中心不是爱美，是瓦当。

李周烨：《红楼梦》。家族有盛与衰，国家也有盛与衰，六朝与民国也有盛与衰，就像《红楼梦》。

冯彦臻：银杏。生如夏花之绚烂，死如秋叶之静美。六朝兴亡，民国烟雨，如银杏般绚烂，又如银杏般静美。

罗程梦婕：梧桐。路旁栽的树木多为法国梧桐，秋天来临时会有一阵欣喜的黄色，就像一次次历史衰亡的前奏。当落叶飘零之时，一切又归于一片空白。

李点乐：石头。南京像石头一样有千年沧桑感，无论是台城的石、秦淮的石，还是总统府的石，都充盈着昔日的梦。

张哲语：野草。南京是一株长在路边的顽强的野草，被暴晒，被霜冻，但还是挺住了。一株野草算什么？它又为什么要如此顽强地活着呢？因为它的梦想还未实现。

钟善水：怀古。南京怀古，无论六朝的青瓷或是民国的银杏，都已沉淀于历史长河之中——孙文踩过的地板，台城的每块砖石，秦淮河那流淌千年的河道。

郑佳煜：回忆。南京之行像一场梦，梦到了六朝，梦到了夫子庙、石头城、玄武湖、金陵大学、高而陡的城墙和总统府，车上的喧闹和湖边的飞虫，都让我回味无穷，不愿从梦中醒来。

其实你们中很多总结都是梦，写梦的人很多，梦占了很大的比例。还有就是回忆、记忆或历史。这两个占了大部分，都太平淡了，容易趋同。今天谁想得最好？赵馨悦。她想到了桃花扇，其实你们也都可以想到的，不就是大家熟悉的《桃花扇》吗？历史就像一把打开的扇子，南京就像一把打开的扇子，秦淮河就像一把打开的扇子，看上去如此简单，却又如此深刻、如此贴切，赵馨悦想到了。想到就是一念之间，一念之间可以变出一个新的世界。还有今天刘尚钊用了一个什么词还记得吗？流淌。这个动词你们不是人人都会吗？可是你们没想到呀，就他一个人想到了，同样是讲历史，同样是讲梦，他用流淌来表达，那就比你用梦、用历史，要精彩多了。流动的秦淮河和流动的历史，流淌过来，流淌过去，就流出来了，这就叫学习能力，学习能力就这么简单。他们不是我们当中最厉害的，但是他们可以写出今天最好的东西。就这么简单，所以人人皆有可能，可能就在手掌中。你们现在看见我的手是好还是不好？好啊。那这一面给你们一定就是不好，不好和好无非是我们变了一下。希望回去之后你们都能写出桃花扇，写出流淌，写出青瓷加釉一样的词。今天青瓷加釉也是很精彩的一个答案，石头也是一个好的答案，石头谁没看见，石头城、台城都是石头，法国梧桐谁没看见，银杏叶谁没看见，关键是怎么去解释，找到了解释，就是好的。我就是在街上随便捡一片叶子，只要在上面写一句话，如果这句话是好的，你们觉得我这片银杏叶跟原来捡来的时候还一样吗？化腐朽为神奇，就这么简单，因此世界是很简单的，关键是脑子，一念之间就可以把坏的变成好的。同样的道理，好的也可以变成坏的，一点都不奇怪，不就是手掌的两面吗？一点都不奇怪。今天赵馨悦写出桃花扇，难道桃花扇你们都不会吗？你们统统都会，关键是他的解释：南京像一把打开的扇子，秦淮河像一把打开的扇子。这个世界重要的是怎么去解释，怎么去理解，怎么去表达。解释是你的理解，表达出来就把你的理解跟大家分享了。这个世界就是两个词，理解与表达。我们所学的一切，不管你是学科学的，学艺术的，还是学文学的，就学两样东西——理解与表达。表达什么？表达人类的心灵。你的心灵通过你的文字、艺术、符号表达出来，也可以通过社会活动。孙中山用政治活动表达他的心灵；牛顿用物理公式表达他的心灵，表达他对宇宙的理解；李煜用词来表达，就是中国的文字。不同的人找到不同的东西来表达，也许有的人就是个石匠，石匠用石头来表达。我就是一块石头，你们用石头来表达，就是用我来表达，找到石头就找见我了，将来我不在这个世界上，你们如果还想找到我，就到雁荡山去找石头，如果雁荡山的石头在，你叫那块石头，我就在那里回应你，不信你就去试。五十年后你们多少岁？60岁，你们退休了，你们试着到雁荡山去找一块很大的石头，你们去叫我的名字，我一定回应你们，你们叫什么，我回应你们什么，这是石头的回音，这个世界如此简单。表达是一件最简单的事情。表达靠什么？理解。理解了就能表达；不理解，永远都表达不出来。所以第一学会理解。第二呢？理解之后就把它流淌出来呀，流出来就表达出来了。今天你们就是即兴的、随意的、在最短的时间表达自己的想法，你们会突然觉得脑筋急转弯一样，没找到你要表达的词，但是有的同学找到了。现在我们的课结束了，南京寻梦之旅也结束了。

童子习作

王谢燕子

付润石（11 岁）

从六朝茫茫白雾中来，我是王谢家的一只燕子。

当年我穿行在台城的柳树间，观摩谢安的棋、王羲之的字，听王凝之的妻子吟诗；放眼淝水之战谢石、谢玄的英勇，低头观察兰亭的"品类之盛"……

如今我穿过蔷薇色的历史，富富丽丽的都城已变成了黑沉沉的遗迹。穿过这么多年，金陵已经"燕去城空江自流"。黯然摇曳的柳枝下，没有人吟咏"未若柳絮因风起"；静静流淌的秦淮河上，再也不会有银光闪闪的一根根钢索；转眼来了李白、王安石，却又匆匆离去，更添了几分悲怆。

江自流，云自卷，柳自飘，燕自过，我又何疑？当一次次战火把金陵夷为平地时，是否就已经怀着这样的心态？我飞过金陵苍老的柳树与银杏，历史在我的翼间流失，繁华在翼间消亡，六朝也飘过翼间，一去不复返了！

在天下伤心处胭脂色的空气中穿行，我是一只从六朝来的燕子。

最忆是六朝

戴欣然（10岁）

六朝如梦，梦在南京。

梦中忆那六朝的古瓷，水一般的青色，印在了层层莲花的瓷器上。朴素而无华，但塑出了六朝的古梦。那越千年而不朽的美梦，在六朝埋下。

梦中忆那瓷上的釉彩。将泥巴造成的器物，化为六朝梦里的珍宝。它是瓷器最神奇而又最美丽的一面，令六朝之梦久久不忍醒来。

梦中忆那屋上的瓦当，在风里雨里都绽放着自己可爱的笑脸。六朝梦里赏到了那莲花纹瓦当所构成的河池，大大小小的荷花在不同的朝代，被石匠们铸出不同的色彩。六朝的梦是石头的欢乐。

六朝博物馆

　　梦中忆那六朝的宫殿,厚达二十五米的宫墙。尽管眼前已一片空虚,但梦里仍忆那六朝的繁华。或许有金碧辉煌的殿宇,招摇过市的牛车。可六朝的繁华梦早被隋文帝掐断,只剩下坟内的陶俑来忆六朝。

　　六朝梦醒,天边的光线刚刚透过云彩,朝屋内射来。几只燕子停在檐下,叽叽喳喳似在诉说六朝往事。这就是"旧时王谢堂前燕"吗?飞越了时间与空间的界限,来到"寻常百姓家"了。话说前朝,白头燕子也懂得话当初呢!

　　翻身,仍旧入梦。

梦

陈涵（11岁）

你想在六朝找到什么？

我想在六朝找到一个梦，不管这个梦是真实的、奢侈的、复杂的、美妙的、富贵的，还是虚伪的、平淡的、草率的、凄惨的、贫穷的，都没关系。只要是一个梦，关于六朝的梦，就行。

这个梦可能是华贵的，它披着带有金辉的轻纱，世间一切奇珍异宝、繁华喧嚣装饰着它，将它打造得金光闪闪、无与伦比。正是这个金碧辉煌的梦，受到人们的追捧，受到天之骄子的青睐。

这个梦可能是悲惨的，它的荣华富贵吸引着外来者，它迷惑着他们，以至于外来者入梦随意抢掠、杀人，导致三十万同胞丧生。

这个梦是虚幻的，它如同神话中的鲛人，死去幻化成泡沫遗存大海，消失得无影无踪，但它的美丽与容易冰消又让人赞叹与惋惜。

就是这么一个梦，从始至终，从古至今，再也没有与它相媲美的梦，但谁知它容易冰消。

与银"信"谈心

陈胤涵（9岁）

满地的银"信"叶，
我是否该相信那满是谎言的六朝历史。
说是六朝却是十朝，

但真是十朝吗？
其实是十二朝，
只是古人喜欢十，
便把这二去了。

台城，台城，
说是台城，却早已不见，
台城已被泥土淹没，
只不过它有水有柳被称为台城。
满地的银"信"叶，
我是否该相信那满是谎言的六朝历史。

双城记

金恬欣（11岁）

粗糙的古城墙上，有岁月的吻痕。

我是一块南京的老城砖。我曾经矗立在这里，看过南京的风风雨雨。我听过秦淮歌女的哭泣，也看过街市的繁华盛景。孙中山抚摸着我与我低语，曾国藩满腔壮志，刀枪弄影。

这里，也曾是六朝脂粉所凝，又曾为无辜鲜血所染。但这都不重要了，因为我去了北京。我见到了一个不一样的、充满活力的城市。那里跟墨守成规的南京不一样，那里不再守旧，不再人人拘谨。北京，带着游牧民族的气息——一种自由的、不受拘束的草原一般的气息。

我见到了北京的城砖，那儿的城砖是红色的，是蔡元培、胡适这样的新派人物抚摸过的，是光滑的、饱满的。我看见它们，仿佛看到了自己曾经的样子——一个美妙的、青春的样子。

南京，一个老成的中年人的样子；北京，一个朝气蓬勃的青年人的样子。南京经历过岁月的磨难，已变得圆滑世故；北京则不然，在北京，一切都像刚开始一般，欣欣然地睁开眼。

我目睹了一个个新王朝的崛起，一个个旧王朝的老去。我看见，那个六朝繁华形胜地，最终化为乌有；我听见，那之前的铮铮铁马逐渐远去……没关系，曾经的繁华六朝随水流走了，时间的印记，烙刻在了南京的心里。看，城砖上有时间带来的吻痕；瞧，那秦淮河的水仍有胭脂香。这都是岁月驻留的印迹。时间想悄无声息地溜走，最终还是没有。那青苔瓦堆，是千年的兴亡，是六朝的繁华精致，是民国的标新立异。岁月，藏在南京人呼吸的空气中，只要细细品味，就感受得到。

我老了，我的皮肤不再光滑，曾经的美丽外表也不复存在，变得丑陋不堪。这些，都没有关系了。因为在我的心里，有两座城——一座叫南京，一座叫北京！

图书在版编目（CIP）数据

少年双城记：北京与南京篇 / 傅国涌著 . — 成都：天地出版社，2020.4
（寻找中国之美）
ISBN 978-7-5455-5400-7

Ⅰ.①少… Ⅱ.①傅… Ⅲ.①散文集—中国—当代 Ⅳ.①I267

中国版本图书馆CIP数据核字（2019）第273960号

SHAONIAN SHUANGCHENGJI：BEIJING YU NANJING PIAN

少年双城记：北京与南京篇

出 品 人	陈小雨　杨　政
作　　者	傅国涌
责任编辑	王继娟
封面设计	瞬美文化
责任印制	董建臣

出版发行	天地出版社
	（成都市槐树街2号　邮政编码：610014）
	（北京市方庄芳群园3区3号　邮政编码：100078）
网　　址	http://www.tiandiph.com
电子邮箱	tianditg@163.com
经　　销	新华文轩出版传媒股份有限公司

印　　刷	北京文昌阁彩色印刷有限责任公司
版　　次	2020年4月第1版
印　　次	2020年6月第2次印刷
开　　本	710mm×1000mm　1/16
印　　张	18.25
字　　数	235千字
定　　价	48.00元
书　　号	ISBN 978-7-5455-5400-7

版权所有◆违者必究

咨询电话：(028) 87734639（总编室）
购书热线：(010) 67693207（营销中心）

本版图书凡印刷、装订错误，可及时向我社营销中心调换